18689081

日文
書信手冊

王智新
江麗臨 編

鴻儒堂出版社發行

序

隨著日中友好交流的發展，日中兩國互學對方語言的人數正飛速增加，其水平亦不斷提高，這是非常令人高興的。

現在，日語研究者王智新等編著的《日文書信手册》作爲中國人學習日語的參考書，又與大家見面了。這本書，面向全中國所有與日本有關的、在日常生活中需要選用日文的各界人士。目前，在各界人士進行的相互交流中，用書信來溝通相互間意見越來越頻繁，其重要性也在不斷增加。看到這些情形，我愈發認爲此書實在是本非常及時的好書了。

即便是日本人，平時雖然用慣了日語，可是一旦提起筆來寫信，也常常會感到困難。尤其是比較鄭重的書信，必須講究固定的格式，有時需先琢磨一下用哪些季節性習慣用語等，這樣，也需求助于《日文書信手册》。書信文中必然地會有許多合乎常識的慣用句例，雖然不必過分拘泥，但亦不可完全忽視，否則將會失禮。當然，具體應該如何使用，這將因人而異。寫信的關鍵在於，不僅要遵守格式，而且要能簡潔地將自己的想法、自己要講的事情告訴對方，同時還要在紙面上充分反映出自己是體諒到對方心情的。這樣寫出來的信就非常理想了。當然，由於受書信內容的影響，其表現方法不可能是千篇一律的。

第二次世界大戰以後，隨著日本經濟的高度發展，日本的語言也發生了巨大的變化。此外，隨著學校教育的多樣化，文學表現方式也反映著時代的變化。雖然日中兩國人民使用著相同的漢字，但是這共同的漢字中卻有著令人難以估摸的不同意思，或是同字異義。甚至於在書寫信函時，也常會造成不必要的誤會，需要特別留神注意。

對於上述諸點，作者不愧爲語言研究者，都給予了充分的考慮。

我希望本書能作爲學習日語和日本書信的學生、活躍在社會第一線

上的中國各階層人士的常用書。讀者不僅能從中學習日本書信的書寫方法，而且能了解日本的風俗習慣。

我相信王智新等的辛勤勞動，肯定能滿足廣大願意通過日文書信來進行相互交流的中國朋友的需求，同時也爲日中友好的進一步發展作出不小的貢獻。

日中友好協會會長
日本參議院議員

目　　錄

一、日文書信常識

1. 日文書信的起源與特點

時代發展到今天，已進入了一個嶄新的信息社會。各種先進通信手段的開發、利用，使遠在天涯海角的親朋好友能在瞬息間直接通話，如同近在身邊一樣。然而，無論其他通信手段如何先進，書信仍爲人類社會中的相互交往的一種古老而又無法捨棄的通信手段。不論是今天，或是通信手法更加發達的明天，一封書信，尤其是一封好的書信，仍不失"抵萬金"之價。

人們常說"文如其人"意爲一篇文章能够很好地反映出作者的思維方式、文化知識及教養程度。這裏的"文"，對一般不從事筆耕工作的人來講，就是"書信"了。一封書信看起來很平常，但它却能充分反映出寫信人的學識水平。很難想像思想境界不高，文化水平很低的人能寫出一封情趣高雅、文筆流暢的信來。

日文書信的寫法與中文有所不同，它雖然沒有一定的規則，却有一定的格式，稍不注意便會貽笑大方，乃至被人家誤解。爲此，想要用日文寫信，首先必須了解日文書信的書寫方法。

書信，自古以來在日本曾有過許多名稱，如「書狀」、「書禮」、「書翰」、「尺牘」、「尺素」、「手簡」、「消息」、「玉章」、「玉禮」、「玉梓」、「書契」、「往來」等。早在隋朝時，日本的推古天皇就派小野妹子爲使節，向隋煬帝遞交了親筆信。以後，書信逐漸發展，到鎌倉、室町時代，廣泛地以平安時代末期的書信作爲教材，形成了一種用俗語、國語寫成的漢和混合體——「往來體」、「消息體」。現代日語中的「手紙」一詞是在江戶時代後期才逐漸使用開來的。

近代日語書信中有文言體、白話體和候文體三種。現代主要用白話體，白話體中又有「である」、「であります」、「です」三種形式。白話體不同於別的文體，有其獨自的特點。用日文寫信，首先應注意以下幾點：

(1) 因爲書信是以特定的個人或團體爲對象的，所以首先必須注意到收信人的地位、年齡、身份等。由於社會制度、風俗習慣的不同，對於學習日文的中國人來講，往往容易忽視這一點。

一般來講，對地位比自己高、年齡比自己大的人，要用敬語，以示對對方的尊重和禮貌；在使用詞句時，也要斟酌。而對地位比自己低、年齡比自己小的人，則可不用敬語，以示親切、和藹。對自己的同輩，則可用也可不用敬語，但要親切、自然，切忌生硬、粗魯無禮。

其次，還要注意到對方的性別。在日語中，男女性別的不同，造成了用詞、語氣、表現方法的差異，這也是日語的特點之一。它不同於德、法等語言中的陰、陽性，是我們中國人很難體會到的，此點不能疏忽。

(2) 既要寫信，就要有一定的內容。一封信的價值，完全由信中的內容決定。正因爲有事相告，才提筆寫信。這事，就是信

的主要內容，所以在動筆之前，首先要將想寫之事在頭腦中作一番整理。如不加整理，興緻所至，則不僅會造成行文曖昧，篇幅冗長，而且會使收信人不知道你究竟講些什麼，以致達不到寫信的目的，還浪費了收信人的時間。所以先要進行整理，並且要寫得明晰、簡練、得體。明晰，就是清清楚楚，不含糊；簡練，就是簡明扼要，沒有空話；得體，就是要根據信的中心內容和寫信的時間、地點、對象，採用最適當的語言形式。

(3) 用詞準確，紙面清潔。書信不同於交談。我們平時用日語與人交談時，遇有不清楚之處，可以再問一句，或借助對方的手勢、表情乃至眼神來猜測，在大多數情況下，可以弄通其意。而閱讀書信時，則全憑紙面上的詞句進行判斷。所以寫信時，用詞一定要準確，不能含糊其辭。有些自己沒有把握的詞彙應盡量避開不用，如非用不可時，一定要查清其詞義及用法。在交談時，講出的話不一定每一字、每一句全都留在對方的腦海之中；而信一但發出，就會留在對方那裏，可能會長期保存下去。所以寫信時，一定要仔細、謹慎，力求字跡端正，紙面整潔。如信筆塗抹，寫出了除自己以外別人無法看得懂的字，則不僅會使人無從判斷，也是非常不禮貌的。因此，即使字再差，也要一筆一劃書寫端正，盡量避免寫錯字、別字和日文中所沒有的中文漢字。信寫完後要從頭至尾仔細地看一遍，以此來糾正錯誤，拾遺補漏。如塗改太多，則應重新謄寫一遍，切忌草率、敷衍。

(4) 寫信，要掌握時機，尤其是喜慶婚喪的賀唁信，更不能喪失時機，如延至事後再發，如同廢紙一般。

收到信後，應立即回信，不要無故拖延。人家給你寫了信，就必然在等待你的回信，所以要毫無遲疑地回信，千萬不要讓人家覺得自己的信如同入海的泥沼。

要想寫好一封信，而且是用自己本民族語言所謂母語以外的語言來寫，這當然是件十分困難的事。不花費一番功夫，是不易做好的。但只要我們肯下功夫，認真學習，不僅能夠寫好信，而且也必將大大地有裨於外語水平的提高。

2. 日文書信的格式

日文書信的格式有中式與西式兩種。

在一般的日常書信中，中式占多數；而公司、商業團體的事務性通信則幾乎全是西式。較之西式，中式更具有日本色彩，其風格明朗、莊重，不帶絲毫事務文牘之味。所以凡發弔唁、問候等社交信件時，公司、商業團體也多採用中式。

西式的特點是事務性強、效率高，只求效果，不帶任何感情色彩。加之寫金額、數量、日期等數字，公司名號、商號、商品名等外文字母時，西式比中式方便，同時亦易於閱讀。豎寫時自右向左，已寫好的部分被壓在手下，自己無法邊看邊寫，有時甚至會被抹髒；而橫寫則避免了這些缺點，又便於整理裝訂。

今後中式與西式究竟哪一種占優勢，現在幾乎無法判斷，從日本文化發展史來看，很可能兩種方式長期共存下去。對此，我們可根據書信的性質加以選擇。

3. 日文書信的基本結構

日文書信的結構與其他常用文不同，一般由四大部分組成：(1)「前文」（客套話），(2)「主文」，(3)「末文」，(4)「あと付け」（見表1～4）。

(1)　「前文」。這是信的起首部分，等於到別人家裏時，得先打招呼，問好、寒暄一番。「前文」的內容又可以分為①起首

表1　日文書信的結構（中式）

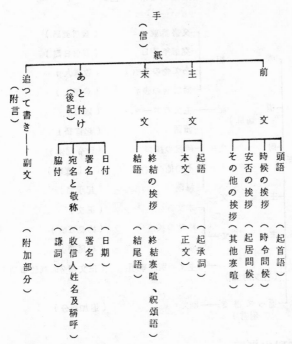

手紙（信）の構成：

- 前文
  - 頭語（起首語）
  - 時候の挨拶（時令問候）
  - 安否の挨拶（起居問候）
  - その他の挨拶（其他寒暄）
- 主文
  - 起語（起承詞）
  - 本文（正文）
- 末文
  - 終結の挨拶（終結寒暄、祝頌語）
  - 結語（結尾語）
- あと付け（後記）
  - 日付（日期）
  - 署名（署名）
  - 宛名と敬称（收信人姓名及稱呼）
  - 脇付（謙詞）
- 追って書き——副文（附言）（附加部分）

語，即開頭第一句話，如「拜啓」或「拜復」等；②時令的問候，如「春寒の候」、「清涼のみぎり」等；③起居問候，給長輩請安，如「皆樣ご気嫌よくいらしやいますと存じ上げます」等；④其他寒暄，報告自己的近況，如「お陰さまで」、「私どももつつがなく暮しております」等。

　　一般人寫信都從「前文」開始寫起。當然，其中①、②、③、④項不一定要面面俱到，除①以外，其他三項可有所取捨。但如是弔唁信、慰問信及其他十萬火急的信件，則必須省去「前文」，直接進入「主文」。這時應採用「前略」、「冠省」等詞。

　　(2)「主文」。不言而喩，這是信的中心部分，自己寫此信的心情、理由、目的全在這裏表達。在寫「前文」的轉折處，要用起承詞，如「さて」等來轉入正文。如內容多的話，應避免混

表2 日文書信的結構 （西式）

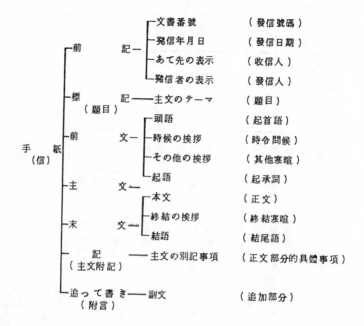

前　記　┬　文書番號　　　　　　（發信號碼）
　　　　├　発信年月日　　　　　（發信日期）
　　　　├　あて先の表示　　　　（收信人）
　　　　└　発信者の表示　　　　（發信人）

標　記　──　主文のテーマ　　　（題目）
（題目）

前　文　┬　頭語　　　　　　　　（起首語）
　　　　├　時候の挨拶　　　　　（時令問候）
　　　　├　その他の挨拶　　　　（其他寒暄）
　　　　└　起語　　　　　　　　（起承詞）

主　文　┬　本文　　　　　　　　（正文）

末　文　┬　終結の挨拶　　　　　（終結寒暄）
　　　　└　結語　　　　　　　　（結尾語）

記　　　──　主文の別記事項　　（正文部分的具體事項）
（主文附記）

追って書き　──　副文　　　　　（追加部分）
（附言）

手　紙
（信）

亂，可分條列出來寫。

　　(3)　「末文」。「末文」由結束時的寒暄和結尾語組成。在「主文」中將想告訴對方的事寫完後，在這一部分中，以表示感謝、祈禱對方健康作為道別，如：「右、お願い申し上げます」、「向寒の折りから御加養第一に」等。然後，再簡要地將要點強調一下，點明信的主題。最後還要與前文的起首詞相呼應，寫上結尾語，如「敬具」、「敬復」等，相當於在分手道別時說"再見"。應注意結尾語與起首語要前後呼應，搭配嚴格，如省略了前文，結尾語仍是不可缺少的。

　　(4)　「あと付け」。「あと付け」的內容也可分為四項：①寫信日期；②署名；③收信人的姓名及稱呼；④謙詞（加在收信人的名字邊上），如「侍史」、「機下」等。注意順序不要顛倒。

表3　手紙文の様式（タテ書き）

前文			主文		末文		あと付け				追って書き
頭語	時候の挨拶	安否の挨拶	起語	本文	終結の挨拶	結語	日付	署名	宛名と敬称	脇付	副文
拝啓	残暑ひときわ厳しい日が続いておりますが。	皆様にはお変りなく御壮健のことと存じ上げます。	さて	小生の友人黄活敏君が夏休みを利用して御地の古墳時代の遺跡を調べたいと申しておりますので、その方面で造詣の深い貴台に同君を御紹介させていただきたいと存じます。つきましては、小生が数年前貴台の御案内で訪れたことのある大阪にある古墳や古文献など黄君が調査の對象として逸し得ないものを貴台の御配意により同君にも見せて頂けますようお願い致します。	先ずは御紹介に併せて御依頼まで。	敬具	八月十二日	張景清	山田国男　様	機下	なお他にも資料がありましたら御送信下さるようお願い申し上げます。

表3　日文書信的格式（中式）

前　文				主　文	末　文		記　後				附言
起首語	時令問候	起居問候	起承詞	本文	終結寒喧、祝頌詞	結尾語	日期	署名	收信人姓名及稱呼	謙詞	附加部分
敬啓者	時令雖已進入秋季，但仍是暑氣逼人。	諒各位都一如往昔，健康無恙吧。	這次	我的一位朋友黃浩敏想趁暑假到各地去調查古墳時代的遺跡。所以，我想把他介紹給你這樣一位古墳考古造詣高深的專家。為此，想麻煩你安排一下，把前幾年你曾陪我去看過的大阪古墳及有關古墳的歷史文獻，讓小黃也能看看。這些對他的調查來講，都是不可忽略的。	以上匆匆，謹為介紹並拜託。	敬上	八月十二日	張景清	山田國男	案下	又：如還有什麼其他的資料，請給我患寄些來。

文書番號		上繊督字第784號
前記	発信年月日	1984年5月2日
前記	あて先の表示	東京通商株式会社営業部 部長 白井彦太郎殿
前記	発信者の表示	四海電子メーター公司 貿易部 王曜明拝
標記	主文のテーマ	商品破損についてのお知らせ
前文	頭語	拝啓
前文	時候の挨拶	めっきり夏めいてきましたが
前文	その他の挨拶	御社いよいよご発展のこととと心から喜び申し上げます。
主文	起語	さて
主文	本文	この度、お送り下さいました「スキアメーター（skiameter）50台」につきまして、下記の通り破損が発生致しましたので、お知らせいたします。お取調べの上、大至急ご返事下さいますよう、切に願い申し上げます。
末文	終結の挨拶	まずは取り急ぎお知らせまで
末文	結語	敬具
記	主文の別記事項	1. 破損して使用できないもの 7台 2. 破損しているが、修理を施せば使用できるもの 4台 3. 完全品 39台
追って書き	副文	以上

參考譯文

表4　日文書信的格式（西式）

分類	項目	內容
前記	發信號碼	上鐵營字第784號
	發信日期	1984年5月2日
	收信人	東京通商株式會社營業部 部長 白井彥太郎閣下
	發信人	四海電子儀表公司 貿易部 王曉明謹上
題目	主文的題目	關於商品破損情況的通知
前文	起首語	敬啟者
	附令問候	春逝夏至。
	其他塞喧	諒貴公司鴻圖大展，可喜可賀。
主文	起承詞	且說
	正文	這次貴公司發來的"50台線量測定儀（skiameter）"，已於日前收悉。但發生了一些破損，現將特將破損情況通報如下。敬請貴公司在調查審核後，即迅速謝覆。
末文	移結結束詞，祝頌詞	以上匆匆，謹致通報。
	文結尾語	敬上
附記	正文部分的具體事項	附：1.完全破損無法使用的　7台 2.雖有破損，但經修理後仍能使用的　4台 3.完整無損的　39台
附言	附加部分	

日文書信的結構除以上四大部分外，一般還可以有附加部分。當信寫完後，有時會突然想起什麼，盡管內容與信的「主文」沒有什麼關係，也可以寫入。這部分內容也有起承詞，如「追伸」等。但應注意此項內容不可太多，多了會有丟三撿四之嫌。

以上內容構成了一封信，但具體的布局，特別是開頭、結尾部分，格式很多，往往容易搞錯，千萬不能掉以輕心。

4.日文書信中的習慣用語

(1) 起首語

A 一般用語

拜啓　拜白　拜呈　謹啓　謹白　謹呈　捧呈
肅啓　恭啓　一筆啓上　乱筆御免下さい　一筆申し上げます　謹んで申し上げます

B 當省略前文和有緊急事情時

前略　冠省　前文お許し下さいませ　前略御免下さい　急白　急陳　急啓　急呈　早速ですが取り急き申し上げます　走り書き御容赦下さい

C 回信時

拜復　復啓　拜誦　拜披　拜答　敬復　謹答
芳書拜見　お手紙拜見いたしました　御芳墨に接して嬉しく存じました　なつかしいおたより嬉しく拜見いたしました
御尊狀拜受致しました

(2) 時令問候

A 1月（又稱「睦月」、「正月」、「端月」）

初春　新春　厳寒のみぎり　酷寒の候　寒威耐え難き折柄　寒さはまだまだこれから　朔風骨を刺す昨今

雪ばれの好天氣　　雪に暮れ雪に明けます今日この頃　　雪は豊年のしるし

　　B　2月（又稱「如月」、「梅見月」、「初花月」、「雪解月」、「木芽月」）

　　　晚冬の候　　寒明け　　余寒の候　　春寒のみぎり　　余寒嚴しき折柄　　立春とは名ばかりで　　梅のたよりもちらほら聞かれます昨今　　朝夕はまだ霜のきびしい季節でございますが　　やつと春が近づいてまいりました

　　C　3月（又稱「弥生」、「花見月」、「桃月」、「桜月」、「嘉月」）

　　　早春の候　　浅春のみぎり　　春寒次第にゆるみそめました昨今　　春色俄かに動きはじめ　　春暖快適の候　　一雨ごとの暖かさ　　桃のつぼみもすつかりふくらんで菜の花もいまが盛り　　暑さ寒さも彼岸までと申し　　早や外套も重い季節　　嬉しい卒業の季節

　　D　4月（又稱「卯月」、「卯花月」、「鳥月」、「花殘月」）

　　　春陽麗和の好季節　　春風駘蕩の折柄　　桜花爛漫の候　　春たけなわ　　樂しい新学期　　汐干狩の季節　　月もおぼろにかすみ　　花もいつしか散つて若葉の光もさわやかに相成り　　麦もいきおいよく伸びて　　そぞろにゆく春の愁いにとらわれ

　　E　5月（又稱「皐月」、「早月」、「田草月」、「菖蒲月」）

　　　薫風の候　　緑したたる好季節　　新緑の目にしみる昨今　　五月晴れのつづく絕好の折柄　　輕暑のみぎり　　バラの季節

となり　　藤の花房が風にゆかれて　　初鰹の季節　　巣をつくる燕の姿もいそがしく　　今年も苺がたくさん出廻って
春田を渡る風

　　F　　6月（又稱「水無月」、「五月雨月」、「早苗月」、「葵月」、「橘月」）

　　心もめいる梅雨の季節　　梅雨冷えの折柄　　初夏の候
麦秋　　田植え　　素足の快い味わい　　枇杷のまろやかな味覚　　若鮎のさわやかな光　　濃艶にしてまた清楚な菖蒲のむらさき　　湯上りに着るゆかたの心地よさ

　　G　　7月（又稱「文月」、「七夕月」、「常夏月」、「蘭月」）

　　梅雨明けの暑さ　　爽快な夏　　炎暑の候　　暑気日ごとに加わり　　朝毎にかぞえる朝顔のたのしみ　　海山の恋しい季節　　星祭り　　七夕　　子供たちが花火を楽しむ季節
行水に遠蛙の声も聞えて　　夕立　　団扇を手に宵待草の咲く川原へ　　いよいよ夏休み　　避暑

　　H　　8月（又稱「葉月」、「桂月」、「壮月」）

　　秋立つとは申しながら暑熱いまだ衰えを見せず　　残暑の候　　ひぐらしの声にも何となく朝夕は涼しさを加えて参り
松葉牡丹が庭をおとぎの国に彩って　　釣り忍の風鈴にも秋の気配が感じられ　　そろそろ避暑客の姿も少なくなりはじめた昨今　　晩夏をたのしく

　　I　　9月（又稱「長月」、「夜長月」、「月見月」、「寝覺月」、「玄月」）

　　野分の季節　　朝夕日毎に凌ぎやすくなり　　虫の音もようやくしげく　　新涼の候　　台風一過　　すすき女郎花が咲き乱れて　　天高く馬肥ゆる好季節　　燈火親しむべき読書の

秋　　庭に咲く芙蓉の白も目に沁みて　　ひと雨ごとに秋も色こく相成り

　　Ｊ　10月（又稱「神無月」、「時雨月」、「紅葉月」、「良月」、「菊月」）

　　秋冷爽快の候　　うららかな秋晴れのうちつづき　　空はあくまでも澄みきって　　中秋の候　　渡り鳥の季節　　稲刈本年も全国的にめでたき豊作　　桐一葉にも秋は早や半ばをすぎて　　昨今は日足も短く相成り　　菊薫る好季節　　茶の花を濡らす雨も肌寒く　　虫の音もいつか消えうせて深まりゆく秋

　　Ｋ　11月（又稱「霜月」、「神楽月」、「雪待月」）

　　晩秋の候　　向寒のみぎり　　逐日冷気加わる折柄　　眼もさめるばかりの鮮やかな紅葉　　落葉の音にもゆく秋の淋しさは身に沁みて　　そろそろ暖房器具の恋しい季節　　張り替えた障子の白さ　　柿の実が枝々に赤く　　霜枯れた庭に冬仕度も済ませて　　小春日和　　朝夕はひときわ冷え込む今日このごろ　　落ち葉の散り敷くころとなりました

　　Ｌ　12月（又稱「師走」、「極月」、「臘月」、「雪見月」、「忙月」）

　　寒冷の候　　寒気きびしき折柄　　木枯し吹きすさぶ季節歳末多端の折から　　いよいよ押しつまり　　風にも負けず　　クリスマスも近づいて　　本年も余すところ旬日に迫り迎春のお仕度　　冬ごもり　　除夜の鐘

　　Ｍ　歳尾

　　歳末の候　　歳晩のみぎり　　年の瀬もいよいよ押し詰まるこのごろ　　今年もいよいよ残りわずかとなりました

N　無特定季節

気候不順の折から　　寒暖不整のみぎり　　天候も定まり
かねるこのごろ　　とかく雨がちに気もめいるこのごろでござ
います

O　如兩地相隔很遠，緯度差別很大，也可以描寫兩地不同
的氣候

こちらは今なお雪に埋もれておりますが、御地には既に桜
が満開のころかと存じます。（這裏還是冰天雪地的，而貴地想
必已是櫻花盛開的季節了吧。）

・こちらはようやく春めき、昨今はうららかな日も続くよ
うになりました。御地は既に山々の若葉も目にまばゆいころか
と存じます。（這裏已是春意盎然，近來都是晴朗的天氣。想必
貴地也已是滿山遍野的嫩葉，令人精神氣爽的時節了吧。）

總之，要適當地將自己寫信時的氣候、季節、景色等巧妙地
揉合進去。

(3)　起居問候

・いよいよ御清勝のこととお喜び申し上げます。（諒各位
更加健康，可喜可賀。）

・お変わりなくお過ごしの趣なによりも喜ばしく存じてお
ります。（得知您和以往一樣，我感到萬分欣慰。）

・御一同様御壮健の由お喜び申し上げます。（欣聞貴府闔
家健康，衷心敬致欣喜之悅。）

・益々御発展の段欣快のきわみでございます。（得知您鴻
圖大展，不禁欣悅萬分。）

・皆様にはお変わりなくお過ごしの御事と拝察いたします
。（我想各位一定是一如往昔，平安無事吧。）

・御一同様お変わりございませんか。（貴府各位都好嗎？）

・日ごろかげながらご案じ申し上げております。（我常在背後爲你擔心不已 。 ）

・相変わらず御繁忙とのこと何よりと存じ上げます。（得知您仍是十分繁忙，我也就放心了。）

・貴家ますますご健勝の段、慶賀の至りに存じます。（貴府康泰有加，可喜可賀。 ）

・御家一段とご多幸の儀大慶至極に存じます。（敬祝你們全家幸福無量。）

　以上幾種形式，程度有很大的不同，具體用哪一條比較妥當，應根據整封信的基調來加以選擇。

　(4)　其他寒暄

　A　報告自己的近況

・私こと相変わらず元気に過ごしておりますから、御休心下さい。（我也和以前一様，精神飽滿地過着日子，務請放心。）

・当方一同無事消光いたしておりますので、ご安心下さい。（我們大家一切都很好，請勿掛念。）

・小生例によって大過なく消日しております。（我亦和往常一様，不犯大過，平安度日。）

・家内一同おかげさまにてつつがなく暮しております。（我家人等亦托您的福，平安無恙地度着時日。）

・弊社もおかげをもちまして追々業務発展に向かっておりますので、お喜び下さい。（承蒙關照，本公司業務也不斷地發展，您該爲此高興吧。）

・くだって、私ども一同、おかげさまにて無事過しておりますので、他事ながらご休心の程、お願い申し上げます。（

並且，我們大家都托您的福，平安無恙，請放心。）

在運用上述報告自己情況的用語時，先要搞清對方平時對自己關心的程度。如對方平素與自己關係不甚密切（公用文或第一次給陌生人寫信時），就可以略去這一項。又如，有時對方遇到了不幸，而且寫信的人已經知道時，上一項的起居問候和本項介紹自己近況的報告，都必須略去，而代之以其他的詞句，如：

• その後、ご様子いかがお運びでしょうか、案じております。（打那以後，不知進展是否順利，非常掛念。）

• その後、ご日常いかがお過ごしでしょうか、一同心配しております。（打那以後，不知你情況如何，大家都很不放心。）

當然，用了這些詞句就接近於慰問信了，具體請看慰問信類的常用詞句。

此外，寫信的人也並不是永遠幸運的，偶爾你也會有頭痛發燒，遭天災人禍。在給一般人的信件中，就避而不寫了。但倘若對方是很熟悉的人，可略微帶一下（注意不可重點寫或寫得過多，因為到這裏為止，仍處在寒暄階段。如一定要詳細寫的話，也應放在主文中去寫，否則會造成頭重腳輕，比例失調）如：

• この冬は当地に悪性の感冒も流行し、一同何かと悩まされております。（今年冬天，本地流行惡性感冒，我們一家都深受其害。）

• この夏は連日の猛暑に全く元気を失い、当てもなく過ごす毎日でございます。（今年夏天，連日高溫酷暑，熱得人坐立不安，成天不知幹什麼是好。）

• 一週間ほど寝込んでおりましたが、既に全く快復いたしましたので、他事ながらご休心の程、お願い申し上げます。（在床上躺了一個多星期，已經全部痊癒了，請放心。）

B　對自己的久無音訊表示歉意和向對方表示感謝

・その後久しく御無沙汰いしておりますが。（打那以後一直沒有致書問候。）

・日ごろ心ならずも無音に打ちすぎ恐縮に存じております。（久無音訊，實在是事出無奈，非常抱歉。）

・久しくおたよりもいたさず失礼の段ひらにお許し願い上げます。（久不修書問候，謹請見諒。）

・日ごろ格外のお世話にあずかり謹んで御礼申し上げます。（平素一直承蒙您份外照顧，謹此表示感謝。）

・毎日なにかと御芳情に浴し心から感謝いたしております。（毎毎承蒙照顧，謹此表示衷心的謝意。）

・いつも過分の御高庇を賜わり恐縮至極に存じております。（一直承蒙您愛護，實在是過意不去。）

C　對復信因故延遲表示歉意

・早速お手紙を差し上げなければならないところ、雑事に追われて延び延びとなり、誠に申し訳ございません。（本應及時回信，無奈被雑事所累，延遲至今，非常抱歉。）

即使自己是因為某些客觀上的原因而沒能及時寫信，也不應把這一原因寫出來，免得給人一種強詞奪理、不謙遜的印象。

D　第一次給素不相識的人寫信時的寒暄話

在生活中常會遇到這種情況，不得不給素不相識的人寫信。這時應先致歉意，然後再作自我介紹，並報告自己是如何會知道對方的。

這時，在起首語「拝啓」之後，應緊接着寫上：

・いまだお目に掛かったこともございませんが、突然お手紙を差し上げる失礼、お許しの程、お願い申し上げます。（以前從沒同您見過面，今突然給你寫信，請您能原諒我的冒昧之舉）

這方面習慣的寫法還有：

突然ながら　　ぶしつけに　　初めて　　唐突ながら
ご無礼　　非礼　失態　　不作法　　ご容赦　　誠に申し訳
ございません

　　儘管對方不知道自己，但寫信的人是知道對方的，所以接下
去寫：

　　・ご芳名はかねて承知しておりますが。（久聞大名，如雷
灌耳。）

　　・ご尊顔は幾度か拝し、ひそかに敬服しておる者でござい
ますが。（我曾幾度得以拜見尊客，並且一直在心底裏佩服着您）

　　・ご高著はかねがね拝読しておりますが。（大作早就拜讀
了。）

　　・最近のご活躍をひそかにご尊敬しておりますが。（對您
最近的情況，我一直暗暗表示欽佩。）

　　以示對對方的敬仰，然後是自我介紹：

　　・当方、かねて田中様よりご紹介にあずかりました肖斌と
申すものでございます。（我叫肖斌。早先承蒙田中先生介紹過）

　　・こちらは既に田中様よりお聞き及びかと存じますが、劉
尚儒と申す学生でございます。（想您已從田中先生處得知了吧
，我就是劉尚儒。）

　　注意這時要寫清楚自己的姓名。

　　到這裏就可以轉入下一項正文了。這時，正文的起承處與一
般的略有不同，可以用「さて、このたびお手紙を差し上げます
のは、ほかでもございません。実は……」的形式接下去寫。

　　E　回信時的寒暄話

　　一般回信在寫好起首語「拝復」之後，可省去時令問候，而
寫回信時的寒暄話，如：

・このたびはご丁寧なお手紙、ありがたく拝見いたしました。（來信已經拜讀，感謝您鄭重其事地給我寫信。）

・ただいまはご懇篤なご芳書、恭しく拝読いたしました。（方才恭恭敬敬地拜讀完您那熱情洋溢的來信。）

・先月はお心尽くしのお手紙正に拝受いたしました。（上個月你那熱情洋溢的來函已拜悉了。）

・昨日はお急ぎの御速達、確かに落掌いたしました。（昨日收到你十萬火急的快遞信。）

如信是託別人寄來的，則可寫：

・このたびは林震様におことづけのお手紙、ありがたく拝承いたしました。（這次你託林震先生寄來的信已經收悉，謝謝。）

如有必要指出是哪封信時，可以點明對方來信的日期，如：「10月26日付御手紙」。

接下去就是起居問候。向對方表示問候，在形式上要寫對方來信中的「おかげさまにて無事過しております」相對應，向對方的平安表示祝賀：「ますますお元気にてご活躍のこと、お喜び申し上げます。」一般習慣用法有：

・いよいよご健勝にてご発展のこと、何よりと存じます。（聽說你現在健康有加，鴻圖大展，實在太令人高興了。）

・ひときわご壮健にてご勉学のこと、お喜び申し上げます。（喜聞你身體健康，學業進步，眞是太可喜了。）

然後是報告自己的近況，如：「くだって私ども一同おかげさまにて無事過しておりますので、他事ながら、ご休心のほど、お願い申し上げます。」接下去還可以寫些感謝的以及對自己久無音訊表示歉意的話。

回信的原則是越快越好，一般應在接信後的第二天就寫回信。

如對方信上所提出的事，自己一下子還沒把握、回答不了，那麼也應該先給對方回封信，講清理由。當然，也會因許多客觀原因造成無法馬上回信。如發生了這種情況，在寒暄話中就要加上表示遲覆的歉意，如：

・早速ご返事を差し上げなければならないところ、雑事に追われて延び延びとなり、誠に申し訳ございません。（本應即時回信，但為雜事所累，拖延至今，實在太抱歉了。）

・即日ご返信を差し上げなければならないところ、心ならずも延引いたし、何とも申し訳ございません。（本應即刻回信，但無奈事情太多，延誤至今，敬請諒解。）

・折り返しご連絡いたすべきところと存じながら、雑事に取り紛れて遅くなり、お詫のことばもございません。（接信後本應立即回信，但因為事太多，拖到這麼晚才回信，真不知如何賠罪是好。）

一般都只是抽象地表示歉意，而不寫遲覆的具體事由。如確實有重大，非告訴對方不可的事由，也要放到正文中去寫。如果對方等不及了，又來信催的話，就要加上以下的詞句，以表示深切的歉意：

・このたびは重ねてお手紙を頂き、誠に恐縮こ存じます。（一連收到你好幾封信，實在太不敢當了。）

・このたびは再三お手数を煩し、深くおわび申し上げます。（此次多有打擾之處，謹此深表歉意。）

或者用：「恐縮の至りに存じます」、「何とも申し訳ございません」等詞句。總之，態度要誠懇。

(5) 主文的起承詞

しかるところ　　さて　　ついては　　つきましては

ときに　　ところで　　陳者

　　以上這些詞都起承上啓下的作用，但意思又各有不同。最常用的是「さて」。與此同義的有「ところで」和「陳者」（多見於文言書信中，今已不常用了）。這些詞既可表示上面的話已經結束，另行換了個新話題，又可表示接着上面的話題繼續往下講。

　　「ついては」表示下面的內容與寒暄話中的事情有關，是順承下來的。如寒暄話中有「お手紙拝見いたしました」的話，就可以用「ついては」。「つきましては」與它屬同一類型。

　　「しかるところ」表示下面將要寫的內容同上面所講的事毫無關係。即使在寒暄話中有：「お手紙拝見いたしました」的詞句，但下面的內容與這信不相關，則應用「しかるところ」。

　　以上三大類起承詞，應視情況不同而區別使用。其中「さて」用得最多，而且不管在哪種情況下都可以使用。另外，起承詞下面的詞句，一般也有一定的搭配，常用的有以下幾種：

　　「さて、このたびは」

　　這種用法最為常見，與此相似的有：「さて、今般は」、「さて、今回」、「さて、ただいまは」、「さて、早速ながら」、「さて、いよいよ」。

　　「さて、実は」

　　表示自己所寫的內容是出乎對方意料之外的。同樣的寫法還有：「さて、ほかでもございませんが」、「さて、突然ながら」、「さて、唐突ながら」、「さて、誠に突然ではございますが」、「さて、突然に失礼とは存じますが」等。

　　「さて、私こと」

　　表示下面將要提到自己的事或與自己有關的事和人。如：「さて、小生こと」、「さて、私どもこと」、「さて、私儀」、「

さて、愚弟小海こと」、「さて、父李季こと」等。

「さて、そちら様には」

表示下面所要寫的事或人與對方有關。這類寫法還有：「さ
て、皆様には」、「さて、ご一家様には」、「さて、ご令室様
には」、「さて、ご令兄様には」、「さて、ご祖父様には」、「
さて、先生には」等。

「さて、お申し越しの件」

表示開門見山地進入有關事項。同類的寫法還有「さて、過
日の件」、「さて、かねてお話しの件」、「さて、顧みれば」、「さ
て、從來」、「さて、かねて」等。

「さて、承れば」

表示下面所要寫的事是傳聞，類似的如：「さて、ほかに承
れば」、「さて、伺うところによれば」、「さて、前々から伺って
おりましたが」、「さて、山本様よりのご書面によれば」、「さて
、新聞によれば」、「さて、テレビのニュースによれば」等。

但當對方遭到了什麼不幸，自己寫信去表示慰問時，上述的
寒暄話和起承詞都應省去，一般多以「急啓、承れば」的形式開
頭，以示自己心情之迫切。

另外，如正文中所要寫的事情有二三件，而且都換行寫的話
，這時每件事都要用起承詞。但要注意，不要用重覆了，如前一
段用了「さて」，換行時，開頭就要用「ところで」。

(6) 結束時的寒暄

在正文結束後，要另起一行，向對方表示結束時的問候、寒
暄。這一項與前文一樣，內容廣、形式多。其中最常見的是就自
己的字體、文章向對方表示歉意，如：「以上、拙筆のうえに急
ぎましたこと、誠に申し訳ございません」。儘管自己的字寫得

很漂亮，很端正，但這一類的寒暄還是不可缺少的，這是一種謙虛的態度。表示字寫得不好的寫法還有：「以上、取り急ぎ乱筆のため、何とぞあしからず、お許し下さるよう、お願い申し上げます」、「生来の悪筆、幾種にもおわび申し上げます。」等等。另外，在寫信時，文章一定要簡潔明瞭。但卽使做到了這一點，也應該向人家打個招呼，這也是一種姿態。主要的形式有：「以上，悪文にて失礼いたしました」、「以上，取り急ぎ悪文のため、誠に申し訳ございません」。等等對於字體和文章的歉意，可以只用一種，也可以兩者合用，如：「以上，乱筆悪文にて失礼いたしました」、「拙筆のうえに悪文のため……」、「拙筆、悪文のうえに急きましたので……」。等等。

最後，還有一種表示給別人添了麻煩的歉意，諸如我的信花費了你寶貴的時間之類的。特別是長信或是第一次給陌生人寫信時，更要加上這一條。常見的有：

・以上，長々と勝手なことばかり書き連ね、誠にご迷惑と存じますが、何とぞあしからずおぼしめの程、お願い申し上げます。（以上信口開河地囉嗦了一大堆，又花去了你不少時間，務請見諒。）

・以上，失礼をも顧みず、しろいろ申し上げましたこと、何とぞお許し下さるよう、お願い申し上げます。（以上寫了一大堆，如有很多不禮貌之處，還請海涵。）

如是有什麼事要麻煩對方的話，對此也要表示歉意。一般有:

・以上，ご無理なことばかり申し上げ、いろいろとご迷惑をお掛けいたしますこと、幾重にもおわび申し上げます。（以上寫的都是些難為之事，會給你造成不少的麻煩，謹此致歉。）

・以上、勝手なお願いを申し上げ、さぞご迷惑なことと存

じますが、何とぞご寛容の程、併せてお願い申し上げます。（以上信口開河提了不少要求，一定會給你帶來麻煩，請多加寬恕。）

　　有時對方在信中提出了某些要求，而自己又無法滿足他，在這種情況下，也應有所表示，如：

　・以上、折角のご好意を無にし、誠に申し訳ございませんが、何とぞ事情ご推察のうえお許し下さるよう、お願い申し上げます。（辜負了你的一番好意，實在抱歉得很，敬請惠顧海涵。）

　・以上、お心に添えず誠に心苦しく存じますが、何とぞご寛容の程、お願い申し上げます。（無法應諾你的要求，我也感到非常難受，千萬請多加寬恕。）

　　(7) 回信的要求及其他

　　有些事情在正文中還說不清，有時會請求對方給予回信、答覆，或約定其他的聯繫方式，這些都寫在末文中。如：「委細は後日ご拝顔の折申し上げたいと存じます」、「詳細はいずれ近日中にお電話にて申し上げる所存でございます」、「今後の経過についてはその都度お電話にてご報告いたしたいと存じます」。如信是請別人帶去的話，可寫：「近日中に、弟が参上いたしますので、ご面接を賜わりたく、お願い申し上げます」。如果要求別人回信的話，可寫：「恐縮ながら、折り返しご返信を賜わりたく、伏してお願い申し上げます」、「ご迷惑ながら、本状に入手次第ご回答をくだされたく待望しております」、「ご多用中誠に恐れ入りますが、貴意をお漏らしいただきたくお願い申し上げます」。如不是要求回信，而是邀請別人來時，其中的「ご返信」、「ご返事」等可改爲「ご来訪」、「ご光来」、「ごお目に掛かった折、重ねて申し上げます」、「今後の経過につい

来者」。如隨便哪位來都可以的話，可以寫：「どなたかに」、「ご都合の付く方に」。

一般如要求不是很熟悉的人回信，可在信中附上回信用的郵票。回信內容如不很複雜，也可以附上張明信片，正面寫上收信的地址及收信人姓名，只要對方將所要回答的內容寫上就行了。

(8) 請求對方的關照

上述的回信要求在一般信中多略去不寫，而代之以請求對方繼續關照，如：「なお、今後とも何とぞご高配を賜わりますよう、切にお願い申し上げます」。一般都用「なお」來承接，常用的有：「将来ともご指導を賜わりますよう」、「引き続きご援助をくだされますよう重ねてお願いする次第でございます」、「なにとぞお力添えにあずかりたくお願い申し上げます」。有時還可以將「ご指導」、「ご支援」、「ご愛顧」、「ご厚情」、「ご懇情」、「お導き」等重疊起來使用，如：

・末永く一層ご支援、ご教導の程心から、お願い申し上げ、ごあいさつといたします。（衷心懇請今後仍能多加支持，多加指導。以上是我的問候。）

最簡單的寫法有：「よろしく」、「なお、今後ともよろしくお願い申し上げます」。但這樣比較抽象，最好是寫得具體點，如：

・何とぞ事情ご了承のうえ、ご協力を賜わりますよう、よろしくお願い申し上げます。（盼能明察高鑒，大力賜助。拜託了。）

・今後ともご期待におこたえするよう努める所存でございますので、何とぞよろしくお願い申し上げます。（我們決心今後加倍努力，以期不辜負各位的期望。敬請賜教。）

(9)祝頌詞

主文結束時的寒暄種類很多，一般表示歉意及請求的內容以及下面將談到的託代問候，都可以省去，但祝賀詞却是一定要有的。常見的有：

· 寒さ厳しい折から、一層ご自愛の程、お折り申し上げます。（隆冬嚴寒之際，祈望多加保重。）

· 暑さも厳しいこのごろ、ますますご自重の程心からお祈り申し上げます。（正值盛夏，務請多加保重。）

· 気候不順の折から、なお一層ご自愛を衷心よりご念じ申し上げます。（眼見氣候變化無常，務請多加珍重。）

· 年末ご多忙の折から、いよいよお体をお大事になさいますようにお祈り申し上げます。（時近歲末，想你一定更加繁忙，千萬請珍重身體。）

· 末筆ながら貴家ますますのご健勝をお祈り申し上げます。（最後祈祝貴府闔家身體健康。）

以上是私信結尾時的祝賀。如是公用信件，與此又有不同，詳見公用文部分。

⑽　託代問候

在寫完上述祝賀詞後，可請對方向特定的人轉達自己的問候。如：

· ご令堂様にもよろしくお伝え下さるよう、お願い申し上げます。（請代向你母親問好。）

· ご尊父様にもよろしくご伝言の程、お願い申し上げます。（令尊大人面前也煩請代為問安。）

· ご両親様にもくれぐれよろしくお願いいたしたいと存じます。（煩請代為問候你父母。）

—27—

其中「ご令堂様」處，可以根據對象不同，換成「奥様」、「ご令姉様」、「ご家族の皆様」等等。

有時是別人託寫信人代爲問候的，如：

・父からも、くれぐれよろしくとのことでございます。（我父親也向你問好。）

・両親からも、にの際十分にご静養くださるようにとのことでございます。（我父母也請你在這一階段裏多加休養。）

有時還會有別人託寫信人向收信人以外的對象致問候，這就是以上兩種情況的覆合，如：

・父からも、ご母堂様によろしくとのことでございます。（我父親也要我代他向你母親問好。）

以上的託代問候，牽涉到的稱呼關係很複雜，同樣是父母，稱呼別人的與稱呼自己的就完全不同，一定要注意，千萬不能搞錯（詳見自他的稱呼關係）。此外，託代問候，尤其是託對方轉達向別人的問候，會給別人添麻煩。所以在給長輩或上級等的信中，轉達問候一般只限於對方的夫妻之間，也可以不指定的人，用「皆々様にも」的形式。

(11)　強調信的主題

結束時的寒暄，最後可用強調信的主要內容，點明主題來結尾，如：「右、取り敢えず、御礼申し上げます」。一般要抬頭一行寫。倘若是中式的，用「右」；若是西式的，則用「以上」。最常見的有：

・右、取り急ぎごあいさつまで申し上げます。（以上草草，謹爲致意。）

・まずは失礼ながらおわびといたします。（實在太對不起了，特此致歉。）

・以上ここに略儀ながらお祝いまで申し上げます。（以上草草，謹致祝賀。）

用「あいさつ」，還是「おわび」，要根據信的內容來決定。此外還可以用：「通知」、「お知らせ」、「お見舞い」、「お悔み」、「ご連絡」等等。如果信中的內容不止一個，那麼可以用：

・お礼を兼ねてご連絡。（特此通知並致謝。）

・ごあいさつかたがたお願い。（特此致謝並拜託。）

總之，強調信的主題要與正文中的內容相同，如正文內容很簡單，這一項也可寫得簡單些；正文中的內容很多，那麼主題的強調也相應要複雜些。

如果整封信是用「前略」的形式開始的話，這裏可以用簡單一些的形式，比如：

・右、ご通知まで。（以上，特此通告。）

如果信中並無大事，不值得重覆強調時，也要用「右、取り敢えず」。否則這封信就給人有虎頭蛇尾之感。此類用法還有：

・右、取り急ぎ御返事申し上げます。（以上草草，謹為函覆。）

・まずは右御通知申し上げます。（以上謹此通知。）

・この儀くれぐれもよろしくお願い申し上げます。（以上，千萬請多加關照。）

・まずは要件のみ。（暫且只談了要緊的事。）

・略儀ながら書中をもって御依頼まで。（先簡單地草書此信，謹為拜託。）

・この段御紹介かたがた御願い申し上げます。（特此介紹並請多加關照。）

・取り敢えず近況お知らせまで。（特此通報近來情況。）

・まずは貴意お伺いまで。（不知貴意如何，謹此拜詢。）

・何卒よろしく願い上げます。（請多照顧，多加包涵。）

・くれぐれも御返事お願い申し上げます。（謹請賜回信。）

・末筆ながら皆様へよろしく願い上げます。（最後請代向各位問好。）

・憚りながら皆々様によろしく御鶴声のほどを。（最後還想麻煩你代我向大家問候。）

・時節柄御身お大切に。（眼見天氣多變，請多保重身體。）

・御自愛のほど切に願い上げます。（謹請多加保重。）

・御多祥を祈ります。（祝你幸福。）

・取り急ぎ乱筆免下さい。（匆匆草就，敬請寬恕。）

・乱筆御判読願い上げます。（字草文拙，煩請一閱。）

・父からもあなたへよろしくと申し出がございました。（我父親也叫我向你問好。）

・愚妻よりもよろしくとのことです。（我內人也向你問好。）

・なお将来ともよろしく御指導のほどを。（今後仍請多多指教。）

　⑿　結尾語

　結尾語要另起一行，寫在下方（西式書寫時，則在右方）。但如上面一行只寫了幾個字，還空很多時，也可直接寫在這一行的下方。常有的結尾語有：

　　頓首　　頓首再拜　　謹白　　恐惶謹言　　拜具　　拜狀

敬具　　早々　　草々　　匆々　　不一　　不備　　拜白

拜具　　敬白　　不尽

女性專用的結尾語有：

かしこ　　さようなら　　ごきげんよう　　失礼いたします　　あらあらかしこ　　めでたくかしこ

其中「敬具」、「敬白」用得最多，尤以「敬白」更爲莊重。具體使用時，還要照顧到與「前文」記首語的搭配。起首語如是「拜啓」的話，結尾語就要用「敬具」、「拜具」、「敬白」等。回信時，起首語如用「拜復」、「復啓」等，也有人結尾語用「拜答」、「謹酬」等，但一般都用「拜具」、「拜白」一類。

當「前文」中一部分和整個都省略了，只用「前略」、「冠省」等起首語時，結尾語就要用「草々」、「匆々」、「不一」等結尾語時，結束時的寒暄也要簡單些。

女性除用女性專用的結尾語外，當然也可以用「敬具」等。

最後要注意的是，在寫賀年卡、慰問信時，不用起首語，因而也不必加結尾語。死亡通知、唁信等亦如此。

(13)　日期的寫法

日常的書信只要寫上月日就可以了；如是要長期保存的或商業通信，則需寫入年號。一般書信中，通知結婚、邀請書等也都寫明年、月、日。此外，同事或關係很好的朋友之間的通信，有時光寫年、月、日尚覺不足時，可用些較風趣的寫法，如：「結婚二年目の紀念日に」、「春雨けむる如月二十三日の昼下り」，或「一九××年菊秋十三夜の月を賞でて」等。但諸如此類的寫法，都只由寫信人的興趣來決定的，如勉强硬學，則有畫虎類犬之虞。

(14)　署名方法

一般署寫自己的姓名是萬無一失的。只寫信而不署名的方法，只用於給晚輩或關係十分密切的親朋好友，但也要做到形式上的統一。如寫「鈴木君」時，則署「陳国慶」；寫「光太郎様」

，就署「国慶」。若是自己家裏人，一般都只寫名，省去姓，比如：「道雄より」、「御両親様へ」，這也可以沿用於關係很近的親屬之間。

(15) 收信人姓名的寫法

一般在信上都寫上收信人的姓和名，但如收信人是地位比自己高、年齡比自己大的長輩的妻子時，則光寫姓不寫名，如：「川島御令室様」、「川島御母堂様」等。

收信人姓名後的稱呼，根據對方的地位、職業的不同而有所區別，其中「様」是最常用的一種。凡是寫給個人的信，一般加上「様」總不會錯。如是公事往來、商業信件等，則一般用「殿」；如是寫給團體的信，則可以寫「御中」。

對收信人的稱呼基本有以下幾種：

「様」——使用得最多，可以對任何人使用。

「殿」——一般用於地位比自己低的人。而妻子稱丈夫、朋友之間互稱時，則用平假名寫「どの」。多用於公文。

「君」——用於同事或年齡比自己小的人。

「大兄」、「雅兄」、「仁兄」——多用於同事或同仁之間。

「先生」——用於老師或自己所尊敬的人。「先生」是尊稱，故「先生様」乃畫蛇添足。

「閣下」——從前用於尉級以上的軍官和勅仕官以上的高官，現在不常使用了。

「女史」——用於女醫生、女作家、女教育家、有社會地位的婦女等。

「各位」——人數衆多時使用。

「御中」——用於公司、商號、辦事機構等。

(16) 謙詞

加在收信人姓名下的謙詞，要寫在稱呼的邊上，相當於中國老式書信中的"××先生台鑒"、"××先生台啓"中的"台鑒"、"台啓"。最近不少人已經不用了。旣已有了稱呼，再加謙詞雖顯得更加恭敬，但並無太大意思。倘若省略不加，也無礙大局。

常用的謙詞有：

貴下　　機下　　案下　　座右　　　侍史　　膝下　　猊下
（僧侶用）　　　御許へ（女性用）　　　みもとに（女性用）

(17) 附言

二伸　　再伸　　追白　　追啓　　　再啓　　追而　　追って一言申し添えます

5. 日文書信中的習慣稱呼及敬謙語

上面我們已談到日文書信的特點，其中很重要的一條就注重禮節。寫信時應按不同的對象，選用不同的詞彙。爲此，日文書信有一套特別的自他稱呼方法。在中文裏，詢問對方姓名時用"貴姓"、"大名"、"尊姓"，而講到自己時，則用"敝姓"、"賤姓"，提到與對方有關的行爲、語言時用"大作"、"高見"、"尊府"、"雅教"，而指自己時，則用"愚見"、"拙作"、"寒舍"等。在日文中更講究這一點，必須特別留神。主要的常用形式有以下幾種。

(1) 用於對方時

御——御地　御地方　御社　御宅　御書状　御意見　御感想

貴——貴地　貴縣下　貴市　貴社　貴店　貴宅　貴下　貴方　貴国　貴覽　貴会　貴支店　貴影　貴意　貴鋪　貴村　貴翰　貴家　貴邸　貴簡　貴信

尊——尊家　尊宅　尊意　尊影　尊書　尊父

令——令嗣　令息　令嬢　令兄　令弟　令友

芳——芳書　芳信　芳情　芳志　芳思　芳名　芳翰

高——高堂　高見　高説　高配　高覧　高承

玉——玉簡　玉章　玉札　玉稿　玉影　玉声

その他——雅居　華状　宝墨　璽書　卓説　妙案　賢案
厚志　盛宴　佳酒　美酒　鮮魚　佳品　美果　美菓

(2)　指自己時

当——当地　当県下　当市　当方　当社　当店　当支店
当会　当行　当院　当病院　当商店　当庁　当事務所　当店貨
物　当店販売品

弊——弊地　弊郷　弊家　弊社　弊店　弊信　弊国　弊邑
弊社製品　弊宅　弊村

小——小屋　小社　小影　小著　小宴　小生　小誌　小寓
小生宅　小店

拙——拙宅　拙店　拙墨　拙書　拙著　拙見

愚——愚書　愚状　愚見　愚考　愚妻　愚女　愚兄　愚弟
愚孫　愚案

粗——粗酒　粗品　粗果　粗菓　粗茶　粗餐　粗肴

卑——卑書　卑簡　卑札　卑墨　卑見　卑職

その他———筆　一寸書　短簡　一書　微力　薄志　微志
薄謝　拝読　簡片　禿書　本校　本学　茅舎　寸簡　私見
寸楮　寸書

上述詞彙中的「貴」、「玉」、「高」、「卑」、「小」、「粗」等均
已失去原來的意義，純粹是接頭語。

另外還有幾種常用的敬謙語表現方式。

(3) 敬語

用於提到對方及與對方有關的人或事。

……れる　　……られる

急ぐ——急がれる　　調べる——調べられる

調査する——調査される

お……になる　　ご……になる

受ける——お受けになる　書く——お書きになる

調べる——お調べになる　調査する——ご調査になる

勉強する——ご勉強になる

お……なさる　　ご……なさる

選ぶ——お選びなさる　　選択——ご選択なさる

調査する——ご調査なさる

その他

する——なさる　　　　　見る——ご覧になる

出る、行く、いる、居る——おいでになる

言う——仰せになる　　　知る——ご存じ

食べる、飲む——お召し上がる

乗る、着る——お召しになる

休む——お休みになる

(4) 謙語

用於提及自己和與自己有關的人或事。

お……する　　ご……する

読む——お読みする　　書く——お書きする

話す——お話しする　　知らせる——お知らせする

調査する——ご調査する　伺う——お伺いする

お……いたす　ご……いたす

取る——お取りいたす　話す——お話しいたす

連絡——ご連絡いたす

お……申し上げる　ご……申し上げる

願う——お願い申し上げる

知らせる——お知らせ申し上げる

電話する——お電話申し上げる

見舞う——お見舞い申し上げる

相談する——ご相談申し上げる

その他

する——いたす　　　　　行く、来る——参る

行く、たずねる——上がる、参る

訪問する——伺う　　　　言う——申す、申し上げる

見る、読む——拝見する　　　食う、飲む——頂く

知る（知っている）——存じておる

　以上敬語中，應該注意的是「お」和「ご」，其意思很廣，需靈活掌握，大致有以下三種意思：①相當於中文裏“你的帽子”、“您的意見”、“您的書”中的“你”、“您”。②完全表示尊敬之意。如：「先生のお話」、「皆様のご来訪」、「先生のご出席」、「部長のご指示」。③用於自己的行為、動作，表示對對方的尊敬。如：「お手紙」、「お返事（ご返事）」、「お願い」、「お礼」。

　寫信時的語體，一般以「ます」體常用。「です」體當然也可以用，但語氣較硬，有些鋒芒畢露，最好是避而不用。實在要用時，可用「でしょう」，語氣較委婉。如：

お元気ですか——お元気にてお過しでしょうか

学生です——学生でおいでになります

問題です──問題かと存じます

連絡したのですが──ご連絡いたしましたところ

お願いしたのです──お願いいたしたいと存じます

　日語中的敬語相當複雜，分尊敬語、謙遜語、叮嚀等。在此，爲方便起見，統一分爲敬語、謙虛語兩大類。

6.　信紙和信封的選擇、書寫及其他

　　信紙、信封的規格各有不同，各人愛好也不盡一樣，但大致上要符合國際習慣。信紙可用潔白或淡藍色的單線紙，一般寬約21厘米，長約28厘米。除了關係十分密切的人以外，不能用除藍、白以外的其他彩色紙或印有花紋的信紙，尤其是給地位比自己高的人寫信，或是寫弔唁信時更不能用。也不可以用方格稿紙。

　　信封一般有中式、西式兩種。在選購時要注意，不要買太花俏的。寫私人信件時，不要用印有單位名稱的信紙信封。私人信件一般用全白信封，公用函件一般多用茶色信封，帶圖案的信封只限於年輕的小姐使用。商店裏出售的一種帶有薄襯紙的雙層信封，比較莊重，可在給地位比自己高的人寫信時使用。但這種雙層信封在日語中叫「二重」，故一般在辦喪事時不用。如寄航空信，則要用質地較薄的信紙、信封，以免超重。航空信封只限於寄航空信，平信不能用。

　(1)　信紙書信

　　不論西式還是中式，上下左右都要留出一定的空白。用帶線的信箋時，字要寫在線條中間，不要騎在線上。習慣於寫大字的人，可以加大字的行距，寫一行空一行，或用不帶線的白信箋。用白信箋時要注意寫得整齊，不要歪七扭八的。一封信最好有兩張以上的信紙，並在一定的地方標上頁碼。如信的內容只有一張

紙，在寫的時候就應該注意寫得鬆一些，儘量分兩張紙。如正文內容正好寫到第一張結束了，那麼就要在第二張開頭處空出三、四行再寫署名、寫日期及收信人姓名。如實在只有一張紙，那麼可以再附上一張白紙，以示禮貌。

在起首語「拜啓」寫完後，有兩種寫法：一是另起一行再寫；一是不換行，空下一個字的距離後繼續寫。兩種方式均可，但換行寫顯得比較鄭重。一行結束另起一行時，要注意保持整齊。一段寫完，另起一行時，要空一格再寫。

後記部分的日期、署名和收信人的姓名，一般都各占一行，但若紙張不夠的話，日期和署名可寫在同一行上（日期在上，署名在下）。謙詞要寫在收信人姓名的稱呼左下方。信中凡是「由」、「趣」、「及び」以及助詞「て」、「に」、「は」、「を」，都不要寫到行首上來；「御意見」等的「御」字不要寫到行尾上；「先生」、「貴方」等也儘量不要寫到行尾，同時不要分寫到兩行上。有些日本人還習慣將「小生」等第一人稱的詞，寫得較一般字小些，縮在邊上，這點現在並不太講究，只要知道一下就可以了。

(2) 信紙折疊

這在日本並沒有什麼特別的講究。通常都將書寫的一面朝裏面折。如用普通中式信封，可先將信紙從下向上疊三分之一，再從上朝下疊三分之一；或者先從上向下疊三分之一，再從下向上疊三分之一；這樣正好可以放進信封中（見圖1）。如用西式信封，可先將信紙豎的一疊爲二，再從下向上一疊爲二，然後放入信封中（見圖2）。信紙有好幾張時，要按順序排列，數字小的在上面。日本郵政部門規定，信封最大不能超出23.5×12厘米，厚度不超過1厘米；最小不能小於14×9厘米，在這兩者之間的爲標準郵件。另外還有一種超大型郵件，信封最大爲40×27

厘米，厚度不超過 10 厘米，從禮節上來講，私人信件一般都用標準郵件信封。

(3) 信封書寫

A 中式。正中寫收信人姓名和稱呼，左下方爲謙詞。右邊寫收信人地址，如一行寫不下時，可分兩行。第一行寫「都」、「道」、「府」、「県」、「市」名，第二行寫「区」、「町」（街）、「村」、「番地」（門牌號碼）。但應注意不要把街名或門牌號碼拆開寫。

信封上的稱呼與信裏的要一致，如信中寫「樣」、「殿」，信封上也應照寫。謙詞要寫得比收信人的姓名小些，也要按信中的寫，不可兩樣。如信中寫「侍史」，而信封上寫「親展」，就會鬧笑話。因爲「侍史」的意思爲不敢直接呈上，而讓秘書代爲拆閱轉呈，但「親展」則是要求收信者親自啓封閱覽。

信封上的謙詞，除了前面已經列舉的以外，如是不願讓別人拆開看，可以寫上：「親展」、「親披」、「直披」、「御直覽」、「親覽」等。

如果信中寫有急事或附寄其他物件時，都應該在信封上註明，主要有以下幾種：

要求回信時——「乞御返信」「待貴答」「煩芳答」「待貴報」

有急事時——「至急」「急用」「急信」「火急」「飛信」「大至急」

相當重要的信——「重要」「要信」「緊要」

一般的信件——「平信」「当用」「無事」「無変」

託人捎信時——「幸便」「託幸便」「○○君特參」

附寄其他物件時——「願書在中」「写真在中」「計算書同

封」「送状在中」「申込書同封」

　不是私人信件時——「公用」「社用」「商用」「事務」「御家中」

　　如果收信人寄宿在別人家裏或旅館里時，須寫明：「○○學舍御內」、（住在宿舍裏時）、「○○樣方」、「○○樣御內」、（住在別人家裏時）、「○○旅館御中」（住旅館時）。千萬別忘了代爲收信人的敬稱。另外，如不知道收信人的地址而求他人或單位轉交時，可寫「気付」（相當英文中的 care of）。

　　B　西式。收信人的姓名寫在中央偏下處，上方寫收信人地址。其他要求與中式相同。

　　發信人的姓名、地址一律寫在信封背面。中式的信封中縫右側寫發信人地址，左側偏中處寫發信人姓名，左側上方寫發信日期。西式在右側下方寫發信人的地址及姓名，左側中央寫發信日期。

　　信封封好後，一般在封口處畫上封緘符號“α”（念「シメ」）。也可以寫上「封」、「緘」、「締」、「厳」等。如是祝賀信、祝壽信等，也可寫「賀」、「寿」等字，女性也有用「蕾」、「莟」的。

　　郵票要按規定貼在左上角，一定要貼端正。有的人講究郵票語言，譬如郵票斜貼表示親吻，倒貼表示絕交等，千萬不能疏忽。另外，一定要貼足郵資，特別是快件和航空信件。國際通信中郵資時有變動，須隨時詢問才好。

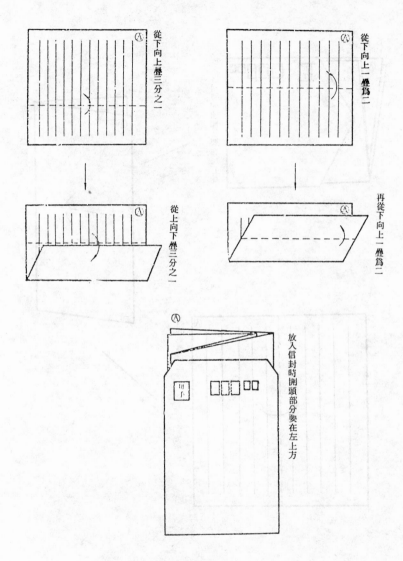

圖1 信紙的折疊與裝入信封的方法（中式信封）

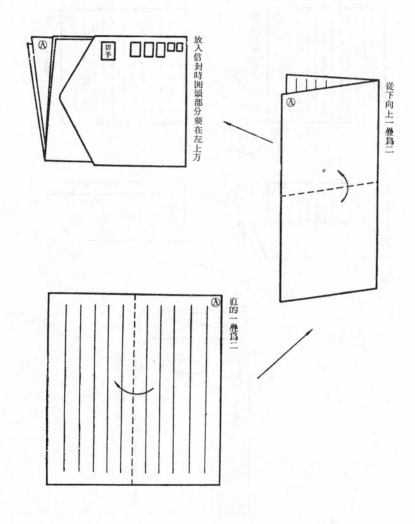

圖2 信紙的折疊與裝入信封的方法（西式信封）

東京都杉並区成田東一ー六一五

小沢様方

加　藤　光　子　様

御許に

中華民國台北市敦化北路39號

楊　甫　焕

七月六日

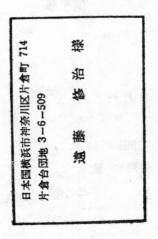

日本国横浜市神奈川区片倉町 714
片倉台団地 3－6－509

遠藤　修治　様

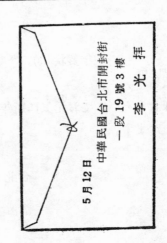

中華民國台北市開封街
一段 19 號 3 樓

李　光　拜

5 月 12 日

圖 3 信封書寫格式

二、日文普通書信信例

1.賀年卡

①年賀状(1)

謹賀新年

　　　　　　　　　　1989年1月1日
　　　　　　台北市開封街一段**19**號　　林震庭

②年賀状(2)

あけまして　おめでとうございます。

　　　　　　　　　　1989年元旦
　　　　　台北市中山北路二段**25**號**3**樓

　　　　　　　　　　　　陳平華

③年賀状(3)

謹賀新年
皆様おそろいにてお元気に新年を迎えられたこととお喜び
申し上げます。

　　　　　　　　　　1989年初春
　　　　　台北市敦化北路**39**號

　　　　　　　　　　　　李小潔

④年賀状 (4)

新年御目出度 ございます
　昨年 中は何かとお世話になり、ありがとうございました。
今年もどうぞよろしくお願い申し上げます。

　　　　　　　　　　　　　　　　1989年元日

　　　　新莊市新泰路133巷14—4號5樓熊英杰

⑤年賀状 (5)

謹賀新年
　1月1日をもって、次のように住居表示が変更になります
ので、併せてごあいさつ申し上げます。
　　旧 表 示　○○台北市東園街35巷48號
　　新 表 示　○○台北市西園路二段320號

　　　　　　　　　　　　　　　　1989年元旦

　　　　　　　　　　　　　　　　　田平雄

⑥年賀状 (6)

　あけましておめでとうございます。
　この度下記のところに新築転居いたしました。龍華の面影も
残る新興住宅地でございます。お近くにおいでの節はぜひお
立ち寄りの程、お待ちしております。

　　　　　　　　　　　　　　　　1989年歳旦

　　　　台北市中央南路二段5號3樓

　　　　　　　　　　　　　　　　季 風

— 45 —

⑦年賀状 (7)

恭 賀新年
私どもは昨年10月4日、田徳寿先生ご夫妻のご媒酌により、金陵ホテルにおいて結婚式を上げ、下記に新居を営みました。世間知らすの私どもでございますが、今後とも御激励のほど、お願い申し上げます。

1989年1月1日

台北市和平東路三段391巷32號3樓

柯義志

葛　娟

⑧年賀状 (8)

新年あけましておめでとうございます。
高雄に来て三年目の新春、暮れに長女寧々が加わり、家族三人になりました。

1989年元旦

高雄市三民區重慶街384號2樓

張永進

陳丹丹

⑨年賀状 (9)

謹賀新年
早々ご丁寧なお年賀状　ありがとうございました。

⑩年賀状 (10)

明けまして　おめでとうございます。

早々と年頭の御祝詞を賜わり、誠に感謝のほかございませ
ん。御答礼が遅くなりまして恐縮に存じます。
今年も御厚情のほどお願い申し上げます。

1989年初春

趙　慶

⑪年賀状 (11)

謹賀新禧

早々とご丁寧なお年賀状を頂き、恐縮至極に存じます。
昨年中はいろいろお世話になりましたこと、心から御礼申し
上げます。本年も何卒倍旧のご指導を賜わりますよう、よろ
しくお願い申し上げます。末筆ながら、先生のますますのご発
展、切にお祈り申し上げます。

⑫年賀状 (12)
（正月7日過ぎて）

拝復

このたびは早々とご丁重な御年賀状を頂き、恐縮の至り
に存じます。先生にはめでたくご迎春とのこと、深くお喜び
申し上げます。

くだって、私ども暮れから郷里高雄に帰り、久方ぶりに
両親の元にてお正月を迎えました。一同健康にも恵まれ、無
事に年を重ねましたので、他事ながらご休心の程、お願い申
し上げます。なお、勤務先、長江貿易公司のほうも、おかげ
さまにて、万事好調に推移しておりますこと、何より感謝し
ております。ついては、本年も何かとご教導を賜わりますよう、

伏してお願い申し上げます。末筆ながら、先生ご一家のご多祥をお祈り申し上げます。

まずは御礼かたがた近況ご報告まで。

敬 具

③年賀状 (13)

謹賀新年

このたびはご丁寧なお年賀状ありがとうございました。父（丁常豊）は海星貿易公司の海外視察員として、目下ローマに滞在しておりますので、そちらへ回送させていただきました。

なお、帰国は今年の9月ごろになる予定でございます。

1989年初春

楊 濤

⑭年始欠礼

喪中につき年末年始のごあいさつご遠慮申し上げます。

1989年12月

林仲仙

台北縣三重市仁愛街82巷7號3樓

⑮年賀欠礼

亡夫大雄の喪に服しておりますので、年末年始のごあいさつ失礼させていただきます。生前はもとより、その後も何かとご懇情を賜わり、ありがたく厚く御礼申し上げます。

1989年12月3日

司馬琴

⑯喪中見舞い

拝復　このたびはご丁寧な喪中のごあいさつ、ありがとうございました。お寂しいお正月をお迎えになること、心から同情申し上げます。何卒ご自愛のうえ、一日も早くお元気を取り戻されるよう、お祈り申し上げます。

まずは略儀ながら、喪中お見舞い申し上げます。

敬　具

2.禮節性書信

(1) 時節問候

⑰暑中見舞い (1)

暑中お見舞い申し上げます。

1989 年盛夏

新荘市忠孝街 29 巷 4 — 3 號

鄭准清

⑱暑中見舞い (2)

謹んで暑中お伺い申し上げます。

今年の暑さは殊のほかでございますが、皆様にはいかがお過しでしょうか。お見舞い申し上げます。

⑲暑中見舞い (3)

(返事)

暑中お見舞い申し上げます。

— 49 —

早々とご丁寧な暑中お見舞い、ありがとうございました。一同無事消光しておりますので、ご休心の程、お願い申し上げます。

暑さもまだまだ厳しい折から、一層のご自愛、お祈り申し上げます。

⑳残暑見舞い (1)

残暑お伺い申し上げます。

1989 年 8 月 14 日

新荘市中正路 514 巷 33 弄 19 號

銭山魁

㉑残暑見舞い (2)

謹んで残暑のお見舞いを申し上げます。

残暑とは名のみにて　誠に盛暑にも劣らぬ毎日　皆様にはいかようにお過しでしょうか　お伺い申し上げます。

1989 年 8 月 20 日

周　潮

㉒残暑見舞い (3)

残暑なおも厳しい折から、ご懇篤なご芳書を頂き、恐縮至極に存じます。皆様にはお変わりもなくお過ごしの由、何よりのこととお喜び申し上げます。くだって、当方は折を見て黄山に赴き、思う存分涼気を味わってまいりましたにつき、都会の残暑一段としのぎ難いこのごろでございます。暑さも今しばらくとのことでございますので、何卒、ご自愛の程、お祈り

申し上げます。

1989年8月26日

高建軍

㉓寒中見舞い (1)

寒中お見舞い申し上げます。

1989年厳冬

中和市荘敬路 49 巷 20 弄 14 號

薛晋延

㉔寒中見舞い (2)

謹んで寒中お伺い申し上げます。

厳寒の折から皆様にはいかがお過ごしでしょうか、お見舞い

申し上げます。

㉕寒中見舞い (3)

寒中お見舞い申し上げます。

このたびはご丁寧な寒中お見舞い、ありがとうございまし

た。おかげさまにて一同無事消光しておりますゆえ、何卒ご

放念の程、お願い申し上げます。

㉖余寒見舞い (1)

余寒お見舞い申し上げます。

1989 年 2 月 23 日

新荘市三泰路 58 號

羅維乾

㉗余寒見舞い (2)

謹んで余寒お見舞い申し上げます。

残寒なお厳しい折から、皆様にはお障りもなくお過ごしでしょうか、お伺い申し上げます

1989年晩冬

台北市光復南路417巷90號

江一帆

㉘梅雨見舞い (1)

謹んで梅雨のお見舞いを申し上げます。

去る3月貴校を卒業後、台湾大学に戻りまして、外国語学部に勤務しております。今後とも倍旧のご教示、ご激励を賜わりたく、何卒よろしくお願い申し上げます。

1989年6月17日

蔡成功

㉙梅雨見舞い (2)

梅雨お見舞い申し上げます。

さて、このたび当地域の電報電話局の新設にともないまして、弊社の電話番号は下記のとおり変更に相成りました。なにとぞ、ご記憶お改め下さいまして、従前のとおりご利用くださいますよう、お願い申し上げます。

敬　具

記

光華貿易振興公司　新電話番号

永和市局766835番

(2) 饋贈往来

㉚恩師へお茶を

暑さも日ごとにきびしくなってまいりました。先生にはご機嫌うるわしくお過ごしのことと大慶に存じます。私どもも無事でおりますのでご安心下さい。

いつも先生のお力添えを感謝しながら、ついごぶさたいたしまして、何とも申し訳ございません。おかげで研究のほうも順調にいっており、今年の学会で研究の結果を発表したところ、まずまずの好評でした。

本日、お中元のおしるしに、私のふるさとで採れたウーロン茶を一箱送らせていただきました。ご笑納くだされば幸いと存じます。

なお、時節柄ご一同様ご自愛くださいますよう念じ上げます。

㉛お中元を贈られて──その返事

拝復　ことしはことのほか、暑さがきびしくしのぎがたいほどですが、皆様おそろいでご健勝の由お喜び申し上げます。仕事のほうも順調にいっているご様子、ときどきおうわさを聞いておりました。ご成功心からお祝い申し上げます。

今日、確かにお中元の品をちょうだいいたしました。ご芳志まことにかたじけなく存じます。あなたのふるさとのお茶と聞き、さっそく妻とふたりであなたのことを話しながら、淹れて飲みました。さすが本場の味です。暑さに弱い私には食欲

をそそる飲み物としてまことに重宝します。ほんとうにありがとうございました。

　別便にて、先月出版した小著をお送りしますので、読んでみて下さい。

敬　具

3.祝賀信

㉜病気全快を祝う

　拝復　ご療養中のところ、このたびめでたくご全快、無事ご退院の由、心からお祝い申し上げます。

　日頃頑健そのものでいらっしゃいましただけに、ご入院と聞きまして、たいへん驚きましたが、このように早いご全快とは、さすが鍛え方が私どもとは違っていると感服するしだいです。

　来月早々から職場に戻られますとのこと、喜びにたえません。ただ申し上げるまでもないことながら、なにぶんにもご回復直後のことでございますので、なにとぞご無理のございませんよう、幾重にもご自愛のほどお祈り申し上げます。

敬　具

㉝長寿を祝う

　拝復　盛夏の候、いよいよご清栄のこととお喜び申し上げます。

　承りますれば、このたびめでたく古希を迎えられましたとのこと、まことに大慶の至りに存じます。

　先生の多年にわたるたゆまぬご指導とご努力により、教育

― 54 ―

学研究分野の今日の隆盛を招来され、今なお第一線に立っての ご活躍ぶりは、私どもの範とするところであります。

今後さらに、喜寿、米寿、白寿と加寿を重ねられ、私ども後輩をご指導くださいますよう、よろしくお願い申し上げます。

なお、ご招待いただきました祝賀の宴には、ぜひとも出席させていただき、あらためてご祝詞を申し述べたいと存じます。

まずは略儀ながら書中をもってお祝い申し上げます。

敬　具

㉞全快を祝って

御全快のお知らせいただき、おめでとうございます。先月お伺いいたしましたときは、だいぶの御衰弱で、ことにお付き添いの方に聞きましたところ、手術後の御経過があまりはかばかしくないとの事でしたので、内心たいそう心配しておりました。

ただいま、御母上様からのお手紙で御全快と承りまして、ほっと安心いたしました。御家族のお喜びいかばかりとお察し申し上げます。しかし、病気は予後が大切とのことですから、日頃の貴殿のご気性にまかせて、あまりご無理をなさらぬよう、ここ当分はご静養が第一かと存じます。いずれそのうちお伺いいたし、お祝い申し上げるつもりでございますが、取り敢えず書中をもってお喜び申し上げます。

㉟書道展入選を祝う

鄭君、書道展に入選おめでとう。

昨年は残念なことでしたので、今度こそはと期待していました。その期待が実現したわけで、われわれの喜びはいうまでもありませんが、貴君の喜び、そして御家内御一同様のお喜びはどんなものでしょう。

こうして貴君は書道の世界へすすみ出られたのですね。前途はまさに洋々の感じです。どうかますます御精進のほどをお願いいたします。そのうち展覧会場へいって貴君の力作に接したいと思っております。

まずは取り敢えずお喜びまで。

㊱良縁を祝う

謹啓　菊花かおる好季節、皆々様いよいよ御健勝の段大慶に存じ上げます。

さて、承りますれば御息女春枝様には、このたび御良縁ととのわせられ、めでたく華燭の典をお挙げになりますとのこと、ご両親をはじめご一同さまのご満悦いかばかりでしょう。私どもまで深い喜びに存じ上げます。謹んでお祝い申し上げますとともに、末永きご幸福をお祈り申し上げます。

何かお祝いをと存じ、心ばかりの品を別便にてお送りいたしましたので、何とぞ御嘉納いただけますよう。まずは春枝さまの御多幸を祈り御祝詞申し上げます。

敬　具

㊲卒業を祝う

拝啓　この度ご令息英雄さまには優秀なご成績で、千葉大学を御卒業の由、誠におめでとうございます。御入学の当時

から、期待しておりましたとおり、立派なご成績で、御両親さまにおかれましてもどんなにか、お喜びのこととお察しいたします。

これからは社会人として、学校で御研さんされた事を実地に活用されますならば、ご子息さまの御学才と相まって必ずや大成されることと信じております。取り急ぎ御祝詞申し上げます。

敬 具

㉘夫の友人、田中さんの奥さんへの出産祝い

梅のつぼみもふくらんでまいりましたきょうこのごろ、奥さまにはお健やかに女のお子さまをご安産なさいました由、私ども一同心からお喜び申し上げます。

かねてより、田中さまがぜひ女の子をともらしていらっしゃいましたが、ご希望がかない、ご満足のご様子とお見受けいたします。伸雄ちゃんもかわいい妹さんができて、一段とお兄さまらしくおなりでございましょう。

春とは申せ、また寒うございます。奥さまには、くれぐれもおからだをごたいせつになさいますよう、お祈り申し上げます。

別送の品、心ばかりのものでございますが、どうぞお納めくださいませ。

㉙友人の初産を祝う

ごぶさたばかりして申しわけない。本日男子ご出産のたよりを受け取った。結婚したのはついきのうのように思っていた

— 57 —

が、考えてみれば、君が親父になってあたりまえだ。僕はもちろん、陳躍進君も増田君もすでに親父になっているのだから。

さっそく、ほかの仲間たちにも知らせたらみんな喜んでいたぞ。きっと君に似て元気な赤ん坊だろうが、初めての子どもを育てるのは、思いのほかたいへんなことだ。とにかく、いよいよ責任重大だ。お互いに力になってゆこうよ。

奥さんが元気でなによりだ。くれぐれもたいせつに。

さようなら

㊵ 留学決定おめでとう

このたびは、イギリスの牛津大学にご留学されるとのこと、まことにおめでとうございます。

同大学は台湾でも一流の大学、国内はもとより世界各地から英才が集まっていると聞いています。同大学に留学されることは、研究者にとってこのうえない名誉でありましょう。

あなたの日ごろのご精進が察せられます。

どんな大事業も、健康なからだがなくては達成できません。特に外国で、すぐれた才能の持ち主と対等に研究をお続けになるためには、人並み以上の体力が必要とされましょう。

その点、あなたは研究に没頭される学者タイプとお見受けします。どうぞ十分に健康にお気をおつけになって下さいませ。そして、同大学で、ご専門をさらにおみがき下さい。国際的に通用する研究者として、お帰りになる日を心からお待ちしております。

なお、別便で心ばかりの品をお送りいたしました。あちらでお使いいただければ幸いです。

㊶進学する友人を祝って

吉仁君

合格おめでとう。

君なら、という期待どおり、みごとに千葉大学に入学したね。ほんとうによかった。あそこの教育学部は、日本の教育界に多くの人材を送りこんでいるという。君の前途には、大きな可能性が待ちかまえている。すばらしいことだ。君も知っているとおり僕は川江貿易公司に就職だ。二、三日前まで新入社員研修のための学習班に参加していた。僕と同じ高校卒の仲間たちとも知り合いになれた。お互いに社会人として、着実な歩み方をしようということで意見が一致したよ。

僕は社会人一年生として、学ぶべきことはなんでも学んで成長していきたいと思っている。君は大学生として、学問に打ち込んでもらいたい。

今度合うときは、二人の体験がお互いのプラスになるよう、がんばろうじゃないか。大学ってどんな所なのか、君の体験談なども聞かせてくれたまえ。

㊷卒業と就職を祝う

思いがけぬお手紙をいただき、ほんとうになつかしい思いです。

ことしはめでたくご卒業のうえ、就職先も一流の貿易商社に決定されているとのこと、心からお祝い申し上げます。

あなたが社会人となられるとは……。そんなに月日がたっているのかと、家内ともども喜んだり、驚いたりしています。

あなたはスポーツが得意であったと記憶していますが、どうぞ

フェアプレーの精神と鍛えあげたからN、存分に活躍される
よう期待しています。取り敢えず、お祝いまで。

㊸知人の令嬢の就職を祝う

日ごろはついついごぶさたがちにて失礼申し上げております
が、娘の手紙によりますと、ご一同さまにはお変りもなくお健
やかにお暮らしとのこと、何よりとお喜び申し上げます。

また、このたびご令嬢芳子様には、優秀なご成績にて政治
大学をご卒業。多くの競争者のなかから選ばれ、安泰保険公
司にめでたくご就職の由、かさねがさねのお喜び、ご本人は
もとより、ご一同様もさぞかしご満足のことと心からお祝い
申し上げます。

お美しく愛らしい、いかにも現代的な芳子様にぴったりの
職場と、わが家の楽しく明るいニュースとなっております。

まことに心ばかりの品ではございますが、お祝いの品昨日
当地よりお送り申し上げました。芳子様によろしくお取りなし
下さいませ。

㊹友人の栄転を祝う

昨夜、韓君が訪ねてきて、貴兄の栄転を知らせてくれた。新
設水道公司の課長として赴任するとのこと、ほんとうにおめ
でとう。

卒業後5年で課長とは、だいぶ差をつけられた感じだ。大
学の優等生は、社会人としても優等生の道を歩いているわけ
だ。およばずながら、僕もがんばるよ。

たくさんの部下をうまく指導しなければならないし、新しい

公司はとかく各地からいろいろな人が集まってくるので、お互いになじむまでたいへんだろう。

　特に技術部門は自分の意見を主張したがる人間がそろっているからね。しかし、貴兄の仕事ぶりなら、みんな一目おかずにはいられないだろう。

　僕にも一つだけアドバイスさせてほしい。説得しようとするまえに、相手の言い分に耳を傾けることがそれだ。もし、ラインとして成功したいなら、それが最上の方法ではないだろうか。今後の活躍を期待している。

㊽友の結婚を祝う

　啓子様、おめでとうございます。とうとうおきまりになったのね。こんなうれしいことはございません。心からお喜び申し上げます。

　先月の末、あんなになんべんもお尋ねしましたのに、そんなこと嘘よとおしゃって、すっかり私を煙にまいてしまって……。でも私、あの時から感づいていましたの。

　ほんとうに宜しうございましたわね。皆さん、どんなに御喜びでございましょう。あなたの美しい花嫁姿、そして初々しい奥様ぶりが、目の前にちらついてまいります。お式は来月上旬の御事、何かとお忙しくいらっしゃいましょうね。私にできることがありましたら、いつでもお手伝いに参りますから、遠慮なさらずお申し越し下さいませ。

　お便りをいただいたあと、さっそく三越へとんでいって、いつか二人で欲しがったあの可愛い置時計を、ほんの心ばかりのお祝いのしるしにお届けいたさせました。あなたの幸せ

に満ちたお部屋に置いていただけましたら、私どんなに嬉しいでしょう。いずれお目にかかってお喜びを沢山申し上げますが、取り敢えず御祝詞まで。御両親様はじめ皆様によろしく。

かしこ

㊻新規開店を祝う

ソフトウェア開発センターご開店、心からお祝い申し上げます。

「開店のごあいさつ」を感激の思いで拝読いたしました。

学校卒業以来八年、責任あるひとり息子としてのご家庭を知り、かつ、その間のご努力ご奮闘ぶりをまのあたりに知るだけに、ご両親のお喜び、貴兄のご感慨、さぞかしとわがことのようにうれしくてなりません。

ほんとうにおめでとうございます。

地図で見るとなかなか地の利を得たいい場所ですね。あのあたりなら繁盛疑いなしでしょう。それに、貴兄のこれまでの実績もあり、すでに顧客もついていることと思います。

開店祝いの当日は、何はおいても知友を誘い、にぎやかに出かける所存です。ご健闘を祈ります。

㊼友人の開店を祝う

喫茶店開店のお知らせに接し、やったなと思わず叫んだ。君からこの計画を打ち明けられたのが数年まえだった。あのとき、僕はあやぶんだものだったが、とうとう君は実現させてしまったんだね。粘り強い実行力に、あらためて敬服したしだい。

何はともあれ、おめでとう。そして平凡だが、心からがんば

れと声援を送る。

店名の「凱旋門」、君らしいセンスと愛着が感じられる。なんだか僕まで心踊る気持ちだ。

いよいよ君は一国一城のあるじだ。それだけにすべての責任が君の肩にかかっている。着実に、そしてより着実に、今後の発展を期してくれたまえ。

最後に君の努力に拍手を送り、いっそうの飛躍を祈っている。では。

4.慰問信

㊽知人の病気を見舞う

拝啓　承れば貴下には先日来御病臥の由、存ぜぬこととは申しながら、失礼いたしまして、申しわけございません。その後の御経過は如何でしょうか、お伺い申し上げます。日頃御壮健のおからだゆえ、ほどなく御回復のこととは存じますがここ数日陽気も不順のこととて、御養生専一になさいまして、一日も早く御全快のほど心から祈り上げます。

いずれ近日中お伺い申させていただきたく所存ですが、取り敢えず書中にてお見舞い申し上げます。

草　々

㊾盗難にあった友人へ

お店が盗難に会われたことを田川様に伺い、たいへん驚いております。

ご被害が少なくなかったとか、まことに申し上げようもなくお気の毒に存じます。

これまでなみなみならぬど努力で築きあげられ、やっと軌道に乗り始めたところと伺っておりましたので、さぞかしお力落としのことと存じますが、どうぞお元気をお出しになって下さい。

さっそくお見舞いに駆けつけたく存じますが、主人がただいま出張中ですので、取り敢えずお見舞いまで。

㊿受験に失敗した友へ

全く意外だった。何かの間違いではないかと思ったくらいです。さぞ御無念のことでしょう。心からお察しいたします。

君が旅に出かけられたお気持らは、僕にもわかりすぎるほどわかります。しかし、「時に利あらず」ということともあり、「勇将は一敗のために弓を捨てず」という格言もあります。いたずらに意気消沈することなく、心機一転、いっそうの勇猛心を奮い起こし、難関突破にむかい、全力をそそがれるよう、心から切望してやみません。

試験が一生に一度のものであれば、落胆されるのももっともなことですが、年々歳々行なわれているものだし、七たび鉄門にいどんで的を当てた勇士もあるのです。たった一度の失敗ぐらい、ものの数ではないでしょう。君の今までが、あまり順調すぎたのですよ。むしろこれを一つの試練として、たくましい勇気を奮い起こし、来るべき年を期して大いに頑張って下さい。

そのうち、ぜひ一度お出かけ下さい。郊外ののんびりした空気の中で、思いきり大きな声でどなれば、君の憂うつも一ぺんに晴れるでしょう。

⑤火災見舞い

　このたびは思いもかけぬ出火のため、類焼、ご災難にお会いになりましたとのこと、まことにお気の毒に存じます。皆様にはお怪我はございませんでしたでしょうか。今はただそのことのみを案じております。深夜、そのうえ風下のこととて、火のまわりが早かったと伺っております。数々の貴重なものを烏有に帰してしまわれ、さぞかしお力落しのことと存じますが、今後は貴下の御気持ち一つが復興への中心でございます。何とぞ御気を丈夫に、奮起一番を切に念じ上げます。

　何かと御不自由の御事と存じます。私どもにできますことがありましたら、何なりと仰せ付け下さい。微力ではございますが、少しでもお力になりたいと存じております。近ければ早速お見舞いに飛んであがるべきところ、何分遠隔のこととて、取り敢えず失礼ながら書中をもって御見舞いまで申し上げます。

　取り急ぎまずは右まで、皆さまによろしく。

㊷水害見舞い

　このたびの大型台風では、御地の被害がひどかったとの報道に接し、そちらの様子が案じられてなりません。方々で浸水や崖崩れなどもあったと聞き、家族一同、皆様の安否を気づかっております。なにかとお忙しいこととは存じますが、ぜひそちらのご様子を知りたく、おりかえしご一報くださいますればありがたく存じます。当方にできることがありましたら、どうぞご遠慮なく、お申しつけ下さい。

　右取り急ぎお見舞いとお伺いまで。

(53)台風を見舞う

このたび第○号台風の通過に当たり、刻々伝えられるテレビのニュースに一喜一憂いたしておりました。御地を中心に被害が大きかったことを知り、驚いております。御宅は如何でございましたでしょうか。中心からずっと離れた当地でさえこの台風の余波をこうむっております。拙宅なども板塀が倒れ、せっかく育ったトマトなども全滅の状態でした。今朝がたようやく風も衰えましたが、昨夜は一睡もせず不安な一夜を送りました。

新聞にもテレビのニュースなどにも、貴家の町名は出て来ませんが、それだけにあれやこれや気をもんでいます。取り敢えず安否お伺いまで。

(54)工場事故の見舞い

前略　貴社太平洋工場にて火災事故がありました由、ただ驚き、取り敢えずお見舞い申し上げる次第です。

承りますところでは、工場は全焼とのことで、まことに無念なことでございますが、負傷者が一名もない模様とのことで、これがせめても不幸中の幸いと存じます。

つきましては、及ばずながら、当社といたしましても、ご再建復興へできる限りのご援助をさせていただきたく存じます。どうかなんなりとご遠慮なくお申しつけ下さい。

追ってお見舞いに参上いたしますが、まずは取り敢えず書中をもって失礼申し上げます。

草　々

(55)商売不振に悩む友へ

このごろ商売が順調にいっていない様子、さぞかしご心痛のことと思います。人生に起伏がありますように、商売にも浮き沈みや波風があります。けっしていちずに落胆なさらないで下さい。苦難を乗り切っての繁栄こそ、何にもまさる喜びなのですから。

もう一度冷静にお考えになって下さい。いちばん大きな原因は何なのか。それを確認することです。そこから新しい道が開けてくるはずです。案外、人は自分自身にいちばん原因があることに気づかないことが多いものです。原因を見つめ、再起しようという気概さえあれば、人生に行きづまりはありません。どうか、勇気をお出しになって、奮起して下さい。「この世に不可能なものはない。」あなたがそういう気概の持ち主であることを、私は信じております。ご多幸をお祈りいたします。

(56)事業に失敗した人へ

賢明なあなたが、健全な計画と周到な準備ののちに始められたお店だったのに、とうとう閉店しておしまいになったとのこと、自分のことのように残念に思っております。結局あなたのご計画はあまりにも先端的だったのでしょう。率直に申しますと、あなたのお考えは十年先を歩いていたのです。流行の進むテンポはついにあなたの考えに追い付けなかったのです。あなたの不明ではありません。どうぞ落胆などなさらないで下さい。必ず再起のチャンスが参ります。そのためにも焦らずにじっと力をたくわえておいて下さい。

そしてあなたにご忠告したいのは、気分転換のために、し

ばらく柴山さんの職場にいらっしてみてはどうかということ
です。柴山さんならあなたのお気持ちを十分理解できるはず
です。一考してみて下さい。再起のときには、もちろん喜ん
でできるだけのお力添えをいたします。

⑤交通事故に会った人へ

お手紙を拝見して驚き入りました。虫の知らせでしょうか、
昨夜輪禍のいやな夢を見て、はからずも今日の知らせ。人事
とも思われず、交通事故の恐ろしさをいまさらながら身にしみ
て感じております。おけがが軽くて済んだのは不幸中の幸い
でした。お仕事のことなどいろいろと気にかかることもおおり
でしょうが、今はご養生専一にされて、一日も早くご全快を祈
りあげます。さっそくお見舞いにあがりたいのですが、今週い
っぱいはどうしても暇ができませんので、取り敢えず書面をも
ってお見舞いまで。

二伸　お役に立つことがありましたら、なんなりとお言いつ
け下さい。

㊳母を失った人へ

母上ご逝去のお知らせただ今受け取り、ぼう然としておりま
す。

なんとお慰めしたらよいのか、ことばもありません。あな
たのご悲嘆、皆様のお嘆きいかばかりと、心を締めつけられ
る思いでおります。

出張に先だち、お見舞いにあがったおりには、快方にむか
っておられるとあなたもお喜びのご様子で、母上もお元気と

お見うけしたのですが……。人の命のはかなさというものを、今しみじみと考えております。

人一倍お母さん思いのあなた、お嘆きのあまりあなたまで健康を損なわれるようなことになっては、お父上はじめ皆様がどんなにお困りになるでしょう。あまり思いつめないように願います。

「涙をふいて立ち上がれ」ということばがあります。そのほうがかえってなき母上のご遺志にかなうのではないでしょうか。

○○日ごろには帰れると思います。そうしたらまずまっ先にお宅に伺って、ご霊前におまいりいたし、お父上にお悔みを申し上げようと思います。

同封のもの、なにとぞご仏前にお供え下さい。くれぐれも御自愛を祈ります。

⑤父を失った人へ

承わりますれば、御尊父様には久しく御病気のところ、手厚き御看護の甲斐もなくついに御永眠あそばされましたとの御事、夢かとばかり驚き入りました。平素から御壮健であられましたので、日ならずして御回復のことと存じておりましたのに、あまりのことにてただ人生の無常を痛感いたすのみでございます。ご一同様のお力落しはいかばかりかと、深くお察し申し上げます。

謹んで御冥福をお祈り申し上げ、御生前の御交誼に心から感謝を捧げさせていただきます。まことにささやかではございますが、寸志を同封いたしました。御霊前にお供え下されば

仕合せに存じます。

⑥恩師の死に遺族へ

藤野先生には御療養の甲斐もなく、御長逝あそばされました由を承わり、夢かとばかり驚きました。いつまでもお頼りにいたしておりましたのに、あのお元気な、おやさしい先生にもう御指導いただくことができなくなったことは、杖を奪われたようでございます。御一家皆々様の御悲嘆いかばかりかと、お察し申し上げます。

私たち多くのものが、今日社会に出て、一人歩きできますのも、ひとえに先生の御生前の熱心なる御指導のたまものでございます。

先生ありがとうございました。心からの御礼と哀悼の情を捧げます。

⑥友人の死を悼み両親へ

晴一君ご急逝の報に接し、ただぼう然と立ちつくしています。

あんなにも元気はつらつとしていた彼。あんなにも明るく健康だった彼。あんなにも親思い、友情に厚かった彼と、思い浮かぶのはありし日の晴一君の美点ばかりです。まして今日までご愛情をかたむけ、ご養育に励まれたご両親のご悲嘆いかばかりと、思うだに胸が痛みます。

しかし、あの優しい晴一君のことゆえ、ご両親がいついつまでもお嘆きになるのは、心外に思うことと考えます。若くしてなくなられた晴一君の命を、きょうよりご両親様の心の中

に生かすとおぼしめされ、そのぶん、よりお健やかに余生をお送り下さいまして、ご供養のほどお願いいたします。

つつししで晴一君のご冥福を祈ります。

⑧地震のニュースを見て

急啓　ただいまラジオの臨時ニュースによれば、御地は近年まれな激震に見舞われ、被害も多大とのこと、驚きのほかはございません。ご一同様のご安否もいかがなものでしょうか、案じております。ついては、ご安否の程ぜひご一報くださるよう、お願い申し上げます。

右、お見舞いかたがた、お伺いまで。

草　々

5.感謝信

⑧就職を祝われて

拝復　小生対外貿易公司入社に際しましては、早速御祝詞を賜わりまして、厚く御礼申し上げます。この上は皆様の御期待にお応え致すべく精励致す覚悟ございます。と申しましても、何分にも学業終了のみの実力の伴わない身ですから、今後とも御指導、御鞭撻賜わりますよう御願い申し上げます。

まずは書面をもちまして御礼まで。

敬　具

⑧結婚お祝いの品をいただいて

拝啓　涼風の立ちこめる好時節となり、ご一同様にはご清楽のこととお喜び申し上げます。このたびは、小生の結婚に

つきまして、ご祝詞を賜わりました上に結構な品をご恵与いただきましてありがとうございます。

　心から厚く御礼申し上げます。

　頂戴いたしましたオーブントースター、朝に夕に重宝させていただいております。妻からもよろしく申し上げていただきたいとのことでございます。いずれ、妻を同道の上、改めてごあいさつにお伺いいたしたく、まずは御礼のみ申し上げました。

敬具

⑩身元保証人になっていただいた方へ

　気候不順のおりから、皆様にはお変わりなくお過ごしでいらっしゃいますか。

　先日はまことにぶしつけなお願いを申し上げましたが、早速お聞き入れくださいましてありがとうございました。

　お蔭さまで無事入学手続もすませ、明日から授業が始まることになりました。この上は力いっぱい勉強させていただき、保証人になってくださいましたご厚情に報いるつもりでございます。

　今後ともよろしくお導きのほどお願い上げます。

⑪大学院進学に際し恩師へ

　拝啓　春暖の候、先生にはますますご健勝のこととお喜び申し上げます。

　さて、小生入学以来いろいろとお世話になりましたこと、ここに厚く御礼申し上げます。おかげさまにて、無事に四年間

学部留学の生活を終え、上東大学工学研究科建築工学専攻博士課程に入学がかないましたこと、ひとえに先生のお導きのたまものと、心から感謝しております。このうえは、日ごろのご教訓を心に刻み、強く、明るく、朗らかに進む所存でございます。ついては、今後とも倍旧のご指導、ご激励を賜りますよう、心からお願い申し上げます。なお、別便にて台湾の名産ウーロン茶を少々お送りいたしますので、ご笑納いただければ幸いと存じます。

　先生には、ますますご自愛のうえご発展の程、お祈り申し上げます。

　まずは、御礼かたがたご報告まで。

敬　具

㊷父の入院を見舞われて

　拝啓　このたびはご丁重なお手紙、ありがとうございました。いつもお世話になっておりますこと、感謝至極に存じます。

　さて、父の交通事故につきましてはお心こもるお見舞いをいただき誠にありがたく厚く御礼申し上げます。

　一昼夜昏睡状態が続きましたので、一時は私どもも何も手がつかず、ただ無事を祈るのみでありましたが、お蔭さまで昨夕より意識も回復し、レントゲンの結果、どこも異状なしとのことで、家族一同胸をなでおろしております。

　医師も二、三週間も入院すれば大丈夫と言っておられます。当人も顔色もよくなり、食欲も出てまいりましたから、どうぞご安心くださいますようお願いいたします。

まずは、父に代って、御礼かたがたご報告申し上げます。

敬　具

⑱ご注意を深謝

拝復　春陽麗らかな折柄ますますご多祥の段大慶に存じ奉ります。毎々何かとご交誼を蒙り深謝しております。

さて、このたびは息子の進学につき、息子自身の意思を尊重すべきこと、全くご指摘の通りでございます。ご注意に従い、息子にもその旨をお伝えしましたので、ご休心くださるよう、お願い申し上げます。

取り敢えずお礼かたがたごあいさつまで。

敬　具

⑲訪問中の好意を謝す

拝啓　暮春の候、貴社いよいよご隆盛の段、慶賀の至りに存じます。

さて、今般貴国出張訪問に際しては、一方ならぬご厚情にあずかり、まことにありがたく、厚く御礼申し上げます。おかげさまにて滞りなく任務を果たし、昨夕九時過ぎに無事日本に帰りましたので、他事ながら、ご休心のほどお願い申し上げます。貴台の格別なご尽力により予期以上の成果を収めましたこと、心から感謝いたしておるしだいでございます。今後ともよろしくご厚宜のほど、ひとえにお願い申し上げます。

まずは、取り敢えず御礼かたがたごあいさつ申し上げます。

敬　具

⑦工場見学をありがとう

拝啓　晩秋のみぎり、ますますご清栄のこととお喜び申し上げます。

　さて、先日はご多用中にもかかわりませず、弊社の技術視察団一行をご案内いただき、まことにありがとうございました。おかげさまにて多大の成果を収め、とくに貴国の光ファバーの技術に関し認識を深めえましたことは、今後の活動に役立つものと存じ、深く感謝いたしております。今後ともなにとぞよろしくご教導のほど、伏してお願い申し上げます。末筆ながら、ご案内いただきました大川課長さまにもよろしくお伝えのほど、併わせお願い申し上げます。

　右、取り敢えず書中をもって御礼申し上げます。

敬　具

⑦本の寄贈を受けてのお礼

拝啓　大寒の候、貴会ますますご隆盛の趣、大慶至極に存じます。

　さて、このたびは、まことにけっこうな御本ご寄贈にあずかり、まさに拝受いたしました。御芳志のほどありがたく、厚く御礼申し上げます。なお、今後ともよろしくご高配のほど、ひとえにお願い申し上げます。

　右、略儀ながら、書中をもって御礼申し上げます。

敬　具

⑦研修参加についての謝礼状

拝啓　毎々格別のお引立てにあずかり、誠にありがたく厚く

御礼申し上げます。

　さて、先般当社社員陳夏生等十五名が研修にお伺いいたしましたおりには、ご多忙にもかかわらず、ご親切なるご高配を辱ういたし、所期の目的は十分に達成することができましたばかりでなく、幾多の資料をも得ました由、当人たちより報告してまいりました。御温情のほど深く感謝いたしております。

　十五人ともそれぞれの職場において、貴社におきます研修にて体得いたしましたことを活用いたすことと思いますが、今後とも、何分よろしくご指導のほどお願い申し上げます。

敬　具

⑦資料送付についての謝礼

　拝復　このたびは、弊校の勝手なお願いをお聞き届けくださいまして、早速、貴重なご資料のご送付を賜わり、誠にありがたく御礼申し上げます。おかげをもちまして、たいへん参考になりました。

　今後とも、なおご指導を仰ぐことが多々あることと存じますが、なにとぞよろしくご支援賜わりますよう、あわせて御願い申し上げます。

敬　具

⑦入学の推薦をいただいて

　拝啓　早春の候、ますますご壮健のことと存じ上げます。
　このたび、ご多忙の中をお邪魔いたしまして勝手なお願いを申し上げましたところ、ご快諾くださいまして、誠にありがと

うございます。

　先日早速、いただきました紹介状を手紙に同封いたし先様へお送りいたしました。おかげさまで大変にご親切なお取り扱いを受けました上、極力ご尽力くださいますとのご返事を今日落掌いたし、感激いたしております。結果につきましては一週間後に私あてにお知らせくださるとのことでした。

　すべてこれひとえに先生のご人徳とお力添えのおかげと深く感謝いたしております。合格決定となりましたあかつきには、最善の努力を払うつもりでございますので、何卒、今後ともよろしくお願い申し上げます。

　いずれ先様からご返事があり次第、早速にご連絡させていただきますが、取り敢えず、ご報告かたがたお礼まで申し上げます。

敬　具

⑮下宿を紹介されて

　拝啓　早春のみぎり、いよいよご活躍のこと、心からお喜び申し上げます。

　さて、このたび、長女林谷音の下宿の儀について種々ご奔走いただき、ありがとうございました。ただいま谷音からの手紙によりますと、環境のよい素人下宿が見付ったとのこと、感謝この上もございません。そのうえ希望どおり三食付きで、家族同様にしていただけること、厚く御礼申し上げます。家内も、そういうご家庭なら、異国に居るものの、心配はない、と大喜びでございます。ほんとうにありがとうございました。なお、今後とも何かにつけお世話になると存じますので、よろし

くお導きの程、お願い申し上げます。

右、取り敢えず御礼かたがたお願いまで。

敬　具

㉖借用図書のお礼

拝啓　晩秋のみぎり、ますますご健勝のことと拝察いたします。日ごろはいろいろお世話になっておりますこと、厚く御礼申し上げます。

さて、先日ご蔵書についてご無理を申し上げましたところ、快くご承諾くだされ、まことにありがとうございました。おかげさまにて調査も進み、報告書も完成いたしましたこと。厚くお礼申し上げます。

ついては、お約束どおり、別便書留をもってご返却いたしましたので、ご受納くださるよう、お願い申し上げます。貴重なご資料を快くお貸しくだされましたこと、重ねて厚く御礼申し上げるとともに、今後ともよろしくご教示の程、伏してお願い申し上げます。なお、別便にて台湾の名産少々お送りいたしますので、ご笑納くださるよう、併せてお願い申し上げます。

向寒の折から、ご自愛専一の程、心からお祈り申し上げます。

まずは、書中略儀ながら、御礼かたがたご連絡申し上げます。

敬　具

⑰宿泊者に対する礼状

謹啓　このたびは遠路ご来館を賜わり、弊館をご利用いただきまして、誠にありがとうございました。

ご滞在中は何かと不行き届きな点も多かったことと案じ、一同恐縮いたしております。ついては、お気付きの点等ございますれば、何なりとご教示いただきたく、サービスの改善に鋭意努力いたしたいと存じます。なにとぞ今後ともいっそうご愛顧のうえ、再度ご来館のほど、一同心からお待ち申し上げます。

まずは、御礼のごあいさつかたがたお願い申し上げます。

敬　白

⑱弔問の礼状

このたび父の死去に際しまして手厚い弔慰を賜わり、御情のほど身にしみてありがたく、お礼のことばもございません。突然の発病にて看護する暇もなくそのまま永別しましたもので、一時はぼう然自失いたしました。

しかしながら残された幼い弟や妹たちのことを思うにつけ、去っていった父の心中のほどが思いやられ、このうえはいたずらに悲しむよりは、家業に精励し、一日も早く弟たちをりっぱに成人させることが、私に残された務めと考え、心を励ましておりますから、どうぞご安心下さい。今後とも何かとお世話になることと存じますが、よろしくお願い申し上げます。

取り敢えずお礼かたがたごあいさつまで。

⑲母の全快を伝える

このたびは母の病気につき、何かとご心配を賜わり、ありがとうございました。おかげさまでようやく全快、三、四日まえからぼつぼつ身の回りのことなど、自分でできるようになりました。なにしろじっとしているのが何より辛いというのが母の持ち前の気性ですので、周囲の者が願うほど養生専一にしてくれないので困りますが、とにかくつとめて静かに暮らさせようと思っております。

皆様には、お見舞いをいただいたり、お訪ね下さったり、ほんとうにお世話になりました。母も心から感謝いたしております。本人に代りまして、心からお礼を申し上げます。本来、参上してごあいさついたすべきところ、取り敢えず書面をもってお礼申し上げます。

皆様によろしくお伝え願います。

6.通知信

⑳知人の住所を知らせる

拝復　12月6日付のお手紙、拝受いたしました。

さて、佐藤勝彦氏の新住所についてのお問い合わせにつき、ここにご返信申し上げます。同氏は、先日仙台支局のほうへご栄転になり、手元のごあいさつ状によれば、新しいご住所、次のとおりとなっております。

〒980　仙台市小松島町北2—47

多少ともお役に立てば、幸いと存じます。

右、取り敢えずご返事まで。

敬　具

⑧転居の通知

日一日と春めいてまいりました。皆様にはますますご健勝のことと存じ上げます。さて私ども、このたび左記のところに転居いたしました。

新居は都心をはるかにはずれ、皆様にご足労願うのもはばかられるほどですが、空気のおいしさが何よりかと存じます。お近くにお越しの節は、ぜひお立ち寄り下さい。バスは中山公園前で78番にのって、終点にて下車。事前にお電話お下されば、バス停までお迎えに参ります。

旧 住所　台北市延吉街 72ー1 號 2 樓
転居先　台北市撫遠街 261 巷 18 號 2 樓

⑧電話番号変更を通知する

拝啓　初冬のみぎり、いよいよご清栄のこととお喜び申し上げます。平素はご交誼にあずかり御礼申し上げます。

さて、12 月 15 日より拙宅の電話番号が次のように変更いたしますので、ご通知申し上げます。

敬　具

記

旧番号　台北　9211094
新番号　台北　7685969

⑧移転のあいさつ状

拝啓　晩秋の候ますます御清栄の 趣 大慶に存じます。平素はひとかたならぬご愛顧を賜わり、誠にありがたく御礼申し上げます。

さて、このたび当社は新社屋が落成し、左記の場所に移転することと相成りました。これも、ひとえに皆様のご愛顧ご援助によりますものと感謝にたえません。このうえは、一段とサービスの向上に励み、よりいっそう皆様にご満足いただけますよう心掛ける覚悟でございます。なにとぞ倍旧のご愛顧を賜りますよう、お願い申し上げます。

敬　具

　　　記

一、移転月日　1989 年 12 月 21 日
一、移転先　台北市温州街 52 巷 19 號 6 樓
一、電話番号　3920925

⑧⑭雑誌創刊号を贈る

松本先生

　先般はご多忙中にもかかわらず玉稿をたまわり巻頭を飾らせていただいたことをありがたく厚くお礼申し上げます。おかげさまで別送申し上げましたような創刊号が出来あがりました。わたくしどももまだまだ未熟でございますので、なにとぞ御叱正をたまわりますよう切にお願い申し上げます。

　なお、第二号は 4 月中に刊行いたしたいと思っております。

　まずは取り敢えずお礼かたがたお願いまで。

草　々

⑧⑤知人の死を告げる

　今日は悲しいお知らせをしなければなりません。私たちの大切な友人である王孫大君が一昨日の夜、なくなりました。

母からの電話で大急ぎで病院に駆けつけたときには、もう冷たくなっていました。

あのにこにこした顔が、蒼白くやせこけて、別人のようでした。前々から胃弱で苦しんでいるとは聞いてはいましたが、こんなことになろうとは思ってもみなかっただけに、痛恨の極みです。

葬儀は〇日(水)午後3時から万国殯儀館で行なわれます。山田君や林君にも連絡しました。

なお、お供物の儀はいっさいお断りとのこと、お含みおきください。

⑧⑥父の死亡通知

老父こと、二三日前めまいがして心細いなど冗談を申しておりました処、今朝7時、出社の用意中不意に昏倒いたし、医者の駆けつけるのも間に合わず、そのまま昇天いたしました。病名は脳溢血でございました。

生前の御芳情に対し、取り急ぎ御通知申し上げます。

⑧⑦安着の通知

謹啓　陽春の候、ますますご健勝のことと存じます。

さて私、先生とお別れして、途中何事もなく、予定より一時間ぐらい遅れて本日午後7時頃、桃園空港に安着いたしましたから御安心下さい。留学中はひとかたならぬお世話になり、お礼の申し上げようもありません。

いま家について、さっそくこの便りをしたためているところです。取り急ぎお知らせまで。

⑧結婚を知らせる

初夏の候、ますますお健やかにお過しのこととお喜び申し上げます。

さて、私は4月28日に恩師楊先生ご夫妻の媒酌で、結婚いたしました。夫は李明と申し、台北遠東デパートに勤務しております。同じ夜間学校の日本語科の同窓生でございます。台北市近郊外の労働者団地内にささやかな新居をかまえました。台湾にお出での節にはぜひお立ち寄りくださいませ。

なにぶんにも未熟な私どものことでございます。今後とも末永くご指導たまわりますようお願い申し上げます。

かしこ

⑧送金してもらって

拝啓　いつもお世話になっています。

今月2日ご送金くださいました。拙文「台湾の日本語教育について」の原稿料は本日たしかに落手いたしました。取り敢えず右お礼かたがたご通知まで。

敬具

⑩入学通知

大林先生

その後はご無音に打ち過ぎ申し訳ありません。おかげさまで台湾政治大学大学院へ首尾よく合格いたしました。ひとえに先生の御薫陶のたまものと感謝している次第です。

近ければ早速かけつけてお礼のことばを申し上げたいのですが、ずっとこれからも台北に居て勉強を続けるつもりですので、取り敢えず手紙でお礼申し上げます。

どうか先生もおすこやかにお暮し下さいますようはるかにお祈り申し上げます。まずは取り敢えずお礼かたがたお知らせで。

鄧国安

⑨地震を知らせる

田雲様　今朝のテレビのニュースや新聞でご存じと思いますが、花蓮当地では昨夜（13日）かなり強い地震が二、三回ありました。今も少し揺れております。

被害はかなり大きいようです。繁華街では死者が二、三十人出たと聞きました。通信や交通がとだえたところもあるようです。以前、あなたが住んでいらっしゃった台東区、あそこでは水道管が破裂して、大水が出たとかいまさらのように地震の恐ろしさを知らされました。

幸いわが家ではけが人も出ず、二階の物干しざおが落ちてきた程度です。でも家族をなくされたかたがたの悲しみを思うと胸が痛みます。今は交通機関も混乱しておりますが、落ち着きましたら、一度いらっしゃってください。

取り敢えず、お知らせまで。

郭永景

⑨退院の通知

入院中は御多忙中のところ、度々お見舞い下され、誠に

感謝に堪えません。おかげさまで、さしもの難病も退散いたし、昨日ようやく退院いたしました。重病後のこと故、仰せのとおり短気を慎しみ、じっくり静養いたす覚悟であります。メーデーの頃には知本温泉に出かけてみるつもりです。御地に近い所ですので、お目にかかる機会があることと、今から楽しみにしております。家の者も、さいわい看護疲れも出ず、元気でおり、すべて天の恵みと感謝しております。

拝眉の日を楽しみに、お言葉のようにせいぜい静養しますから、御安堵のほどを。

(93) 出産の通知

先日は御親切にもわざわざお訪ね頂きましてありがとう存じました。

妻こと、おかげさまにて今朝9時40分、男子を安産いたしました。大へん元気で前日まで何かと立ち働いておりましたが、夕刻から少し徴候がございましたので急いで入院させました。初産のこと故、皆で案じてかりましたが、思ったより軽くて、目方も2500グラム、発育も順調とのこと、一同大よろこびでおります。いずれ又、名をつけましたら改めてお知らせ申し上げます。取り敢えず安産の御通知まで。

草々不一

(94) 友人に入院を知らせる

お元気ですか。突然のことで驚かれるかも知れませんが、私ただいま中山病院に入院しております。さる金曜日の夜、駅前通りを愛用の自転車で走っていたところ、横合いから

いきなりドカンとやられました。相手も自転車で、少し酔っぱらっていたのです。不幸中の幸いで、命に別条はなかったものの、腰をしたたか打ち、少し頭をぶつけました。生まれて始めて救急車に乗せられて、ここにかつぎこまれた次第です。

精密検査の結果があと三日すればはっきり出ますので、そのころには詳しいお話もできるでしょう。頭の痛みは翌日にはとれましたが、後遺症が心配なので、こうして安静にしています。腰骨はどうかするとびくびく痛みます。

そんな状態で、君と約束していた講演はちょっと無理のようです。楽しみにしていたのに残念ですが、不慮の事故のことゆえ、ご勘弁願います。

人間どこでどんな目に合うとも限らないから、君も交通事故には気をつけて下さい。なお相手の酔っぱらいは全治四か月の重傷と聞きました。おやじさんがおわびに来ましたが、あやまられても、怒ってみてもしかたがありません。取り急ぎ約束のおわびかたがた入院の現況のみお知らせいたします。

7.邀請信

⑱還暦の祝いに招く

朝夕はめっきり寒くなって参りました。皆様にはますます御元気の由、お喜び申し上げます。

さて、さっそくでございますが、今月10日は父が還暦を迎える誕辰でございますので、左記のように、ささやかな寿宴を催し、日頃お世話になっている方々をお招きいたしまして、平素の御厚情にお報いいたしたいと存じます。なんのおもて

なしもできませんが、何卒まげて御来臨下さいますようお願い
申し上げます。
　　　　　記
　　日時
　　　　　　　　　（略）
　　場所

⑯同窓会に恩師を招く

拝啓　晩秋の候、先生にはお変りもなくお過ごしでしょう
かお伺い申し上げます。私どもその後心ならずも無音に打ち
過ぎましたこと、まことに申しわけございません。
　さて、私ども七十五年度卒業生一同、毎年秋に同窓会を催
し今日に及んでおりますが、今回は特に先生をお招きのうえ、
次のように開くことと相成りました。
　　日時　11月20日（土）午後5時から
　　場所　国賓大飯店　　　（三階）
　ついては、ご多用中恐縮に存じますが、万障お繰り合わ
せのうえご光臨の栄をたまわりたく、よろしくお願い申し上げ
ます。なお、毎回の出席者は十五名内外にて、今回もほぼ同
数の予定でございます。
　右、取り敢えずご案内申し上げます。

　　　　　　　　　　　　　　　　　　　　　敬　具

1989年11月4日
　　　　　　　　　　　　　幹事代表　　　袁建華

⑰送別会の案内状

山田先生ご夫妻がこのたびこちらでの契約期限満了により、

近いうちにご帰国されることになり、ほんとにおなごり惜しいのですけれども、お別れしなくてはならなくなりました。

　そこで、同窓生が集まって、山田先生ご夫妻を送る会を左記のとおり聞くことにいたしました。

　親しいものばかりですので、中華料理の円卓を囲むという形にしたいと思います。皆様ぜひとも万障お繰り合わせのうえお集まり下さい。

　　　日時　〇月〇日（木曜日）午後7時
　　　場所　来来飯店
　　　会費　伍佰元

　なお、準備の都合がありますので、ごめんどうでも同封のはがきに出欠をご記入のうえ、折り返しご返事を願います。

　　　　　　　　　　　　　　世話人　　劉大同

⑱父の還暦祝いに招く

郭景泰先生

　突然お手紙差し上げる失礼をお許し下さいませ。黄雨延の二女、琳々と申します。幼いころ、二、三度お目にかかりましたが、ご記憶はございませんでしょうか。

　さて、日ごろは父が何かとお世話になっておりますこと、お礼申し上げます。

　郭先生のことは、昔から父の自慢話の中に必ず登場いたします。バックを守っては高雄に並ぶ者のないテニスの名手でいらっしゃったとか。私どもには日焼けしたお顔や、豪快な笑い声が、もうすっかりおなじみなのでございます。父はこの3月に、高等学校の勤務を退き、悠々自適の生活を送っておりま

す。日曜日などにはラケットを持ち出しまして、「少し運動しなくちゃいかん」と私たち子どもに挑戦してきて、張り切っているこのごろでございます。

その父がことし還暦を迎えます。年齢にはふさわしからぬ若さを自認しているようで、私どもはできることならテニスコートでも贈りたいところなのですが、とてもそんなことできるわけはございません。せめて、自慢話を聞いて拍手をたくさん送る会を開こうと計画しています。つきましては、郭先生にはご多忙とは存じますが、もしご都合がよろしければ、今月18日午後、私どもの宅までお越しいただきたいと存じます。

こちらは私どもの家族三人のほかに、高雄にとついでおります姉夫婦が参加するだけで、ごくささやかな会でございます。

なにとぞご出席いただけますよう、よろしくお願いいたします。

それでは、残暑なお厳しいおりから、くれぐれもご自愛のほど祈りあげます。

⑳美術展覧会への誘い

薫風さわやかな季節となりましたが、皆様にはお変りございませんか。

さて、今日は少々面はゆいご案内とお願いがございますの。といいますのは、このまえちょっと申し上げたと思いますが、同じ工場の同僚と始めた美術のグループ「美術絵の会」が、今月20日で満一年になります。そこで先生のおすすめもあり、皆様大張り切りで第一回展覧会を左記の通り催すこと

になりました。

　　期日　4月15—20日
　　場所　国軍文芸中心　　　　画廊
　　時間　午前9時から午後4時まで

　私も三点ほど出品いたしますが、当日ぜひぜひご来場いただいてご覧のうえ、ご批評いただきたいのでございます。

　ご趣味豊かでお目の肥えていらっしゃるあなたに、まだ駆け出しの一年坊主がご批判を仰ぐとはおこがましいかぎりでございますが、実は久々にお目にかかり、その後のお話など承るのも楽しみの一つでございます。お知り合いのかたがたもお誘い合わせのうえ、にぎやかにお越しくださいませ。

⑩忘年会に誘う

　年の瀬も押し詰まり、何かとお忙しいことと存じます。

　さて、さまざまな思いの一年を回顧し、新年への祝福もこめて、例年どおり、忘年会を行ないますのでご通知します。

　場所は拙宅で、28日の午後5時から。李豪君、陳琪軍君たち八、九人は集まる予定です。ご夫人同伴も大いに歓迎します。紹興酒、日本酒、洋酒ともに用意してあるので、ご安心のほどを。

　林一光君は先週日本から帰国したばかりなので、みやげ話も聞けるだろうし、黎明君夫婦は来年4月には日本留学に出発する予定ですので、ゆっくり話ができるのは今度の忘年会ぐらいだろうと言っています。

　そんなわけで、大いに飲み、話し合おうという忘年会です。ぜひ出席して下さい。

では会う日を楽しみにしています。末筆ながら、奥様によろしくお伝え下さい。

⑩知人を晩さん会に

秋風が肌に快い季節となりましたが、あなた様にはますますご健勝のことと存じ上げます。

さて、さる12日、アメリカへ電気工学研究のため留学しておりました長男国治が、無事帰国いたしました。留守中はいろいろとご心配いただき、まことにありがとうございました。

つきましては、なんのおもてなしもできませんが、国治の帰国を祝って心ばかりの晩さん会を開きたく、きたる18日、午後6時ごろ、拙宅へお越し願えませんでしょうか。

相客は皆様ご存じのかたがたばかりですので、どうぞお気楽にお越し下さい。

⑩結婚式の招待状 (1)

謹啓　新秋の候ますますご健勝のこととお喜び申し上げます。

私ども、このたび陳明軒様ご夫婦のご媒酌により結婚いたすこととなり、きたる10月1日（金）、左記のとおりにおいて結婚式をあげることになりました。今後ともよろしくご指導のほどお願い申し上げます。つきましてはご多用ちゅう恐縮ではございますが、ぜひご列席の栄を賜わりますよう、つつしんでお願い申し上げます。

敬　具

1989年9月吉日

記

日時　10月1日(金) 午後3時～5時

場所　海覇王大飯店　龍鳳の間

(103)結婚式の招待状 (2)

謹啓　新緑の候ますますご清栄のこととお喜び申し上げます。

さて、このたび大平一雄様ご夫妻のご媒酌で、林振宇長男抗生と李愚氓次女李蕊と婚約が整い、きたる○月○日（土）新霞ホテルにおいて結婚式をあげることになりました。

つきましては挙式に引き続き、披露かたがた心ばかりの粗餐を差し上げたいと存じます。ご多用ちゅう恐縮でございますが、当日午後3時までにご来駕賜わりますようご案内申し上げます。

敬　具

1989年4月吉日

林　振宇

李　愚氓

(104)結婚披露に招かれて

拝復

このたびはご令息のご結婚式にさいし、ご丁重なるお招きにあずかりまして、まことにありがたく、身にあまる光栄と存じます。当日は必ず参上いたし、ご盛儀をお祝い申し上げ、新郎、新婦おふたかたとご一門の幾久しきご繁栄を心から念

じ上げたいと存じております。

　右、ご招待のお礼かたがた取り急ぎご返事申し上げます。

敬　具

⑩旅行招待

　菊花薫る新秋を迎え、先生方々ますますご清祥の御事と慶賀に存じます。

　当校外国語学部に日本語科が開設されてから、おかげさまをもって十有余年になりましたので、その創立を記念いたしますとともに、日頃の先生方のご苦労に感謝申し上げ、なお今後ともご協力にあずかりたく、屏東、懇丁へ五泊六日の旅行にご招待申し上げることに相成りました。

　左記お含みの上ご参加くださいますようひとえにお願い申し上げます。

　　日時　11月30日午前7時までに、専門家楼前にお集まり
　　　　　いただき、借切りバスでご案内申し上げます。
　　（同封のハガキにてご都合ご一報願い上げます。）

⑩株主総会の案内状

　拝啓　春暖の候、各位にはますますご清祥のことと拝察し、お喜び申し上げます。

　さて、今年の春季総会を下記により開催いたします。今回は全役員の改選のこともあり、また、にぎやかに開催したく存じますので、ご夫婦ともどもお揃いで御出席くださいますよう、お願い申し上げます。

　なお、準備の都合もありますので、来る15日までに必着す

るよう同封のハガキにてお返事をいただきたく存じます。

敬 具

記

日時　1989年4月20日午後2時より

場所　環亞大飯店

⑩建国花市大会へ

拝啓　春暖のみぎり、皆様ますますご清適のことと存じ、心からお喜び申し上げます。

さて、牡丹の季節が近づいてまいりました。本市では毎年牡丹観賞大会を開催し、今年では第六回に当ります。古く唐の時代から、洛陽は牡丹の花が有名で、二千年以上の歴史をもっています。

つきましては、今年も次のように、催すことと相成りました。奮ってこ参加下さいますよう、心からお待ち申しております。

日時　4月15日から25日まで

場所　台湾省台北市花卉協会

このたびは、事務局一同特別の趣向を凝らし、いろいろのイベントも用意しましたので、必ずやご満足いただけるものと期待しております。何とぞ御家族ご同伴にて、にぎにぎしくご参加のほど願い上げます。

なお、ご参加、ご希望の方は4月10日までにご連絡願います。

まずは、ご案内まで。

追伸：詳細な案内は、ご連絡くだされば、ただちに差し上

げます。

敬　具

⑩昆劇観賞会のご招待

　拝啓　街路樹の葉も日ごとに黄ばむ季節となりました。お変わりもなくお過ごしでしょうか。

　さて、かねてお話し申し上げておりました、全国地方劇フェスティバルの週、このたび、台北で開催されますので、ご連絡申し上げます。もとより地方劇のこととて、中国語の勉強にはなりませんけれども、各地の風情、習慣がよくあらわれますゆえ、ご高覧に供したいと存じます。なかでも、昆劇をお勧めいたします。ついては、今週の土曜日の午後6時に名作「十五貫」が文化中心で公演されることになりますが、色彩あふれる江南の情緒に、しばし浮世を忘れさせるものがあると存じ、古典のお好きな木村さんにはぜひともご覧になっていただきたく存じますので、当日の入場券を一枚同封いたします。どうぞお受け取りくださるよう、お願い申し上げます。

　右、取り敢えず観劇のご案内まで。

敬　具

8.介紹信、推薦信

⑩名刺の紹介状 (1)

　拝啓　先日ちょっと話の出ました友人、李吉仁君をご紹介申し上げます。同君とは十年余にわたるつきあいにて、人物については太鼓判を押します。どうぞご引見、お力添えのほど願い上げます。

敬　具

⑩名刺の紹介状 (2)

李華芸様をご紹介します。同嬢は私立輔仁大学芸術学院の学生。ご面接賜わり、話を聞いてやってくだされば幸いです。

⑪名刺の紹介状 (3)

同郷の友人李暁天君をご紹介申し上げます。
よろしくご指導の程お願い申し上げます。

南光株式会社

取締役　　陳鴻宏　㊞

浜田吾夫様

⑫郷里の青年を紹介

先日ご来校いただきました節は、あいにく不在にて失礼申し上げました。すでにお聞きおよびのことと存じますが、御著『新しい農村のスタート』はまじめな農村青年の間に予想外の反響を呼び、静かなブームを巻き起こしておりますが、この紹介状を持参いたします青年も愛読者のひとりで、私とは郷里を同じくする者で、田英俊と申します。田君の父君とは竹馬の友でして、なかなかの人格者です。英俊君のまじめ一方の気性は父親譲りかと思われます。このたびは農村の実情の一面に、疑問と悩みを持ち、先生のご高見を承りたいと、はるばる上京して参ったようなしだいです。ご引見のうえ何かとお力添えご教示賜われば幸いと存じます。

⑬大学の同輩を紹介

拝啓　平素は格別のご愛顧をこうむり、ありがたく厚くお礼申し上げます。

早速ながら、友人劉守夫氏をご紹介申し上げます。同氏は輔仁芸術学院の講師でございますが、同大学ではこのたび貴市に市民講座開講のご計画があり、劉氏が市民の要求調査に出張されるとのことです。

そこで、貴市の事情に明るい方に種々お伺いしたい旨の依頼を受けましたので、貴社をご紹介申し上げたしだいです。

劉氏は小生の大学の同輩で、責任感厚く、誠意を持って事に当たる人物です。ご繁多とは存じますが、なにとぞ引見くださいますようお願い申し上げます。

まずは右ご依頼まで。

敬　具

⑭良書をすすめる

雲峰君、君はフランス文学の愛好者だったね。僕は君の知っているとおりロシア文学のファンだよ。プーシキン、トルストイ、ドストエフスキーなどと。かれらの名前をみただけで、僕の胸はときめいてくるよ。君のいうバルザックもスタンダールも偉大だ。でも僕にとってロシア文学が心のかてなのだ。文学の背後にあるロシアの暗い帝制時代や荒涼とした大自然が、あるいは僕を引きつけるのかも知れない。その伝統をひいている現在のソビエト文学の有名な作家であるソルジェニツインの名を君も知っているだろう。彼の最近作である『ガン病棟』、これは素晴らしい作品だよ。現在の世界文学においても最も

ヒューマンな傑作だと思う。君に一読をすすめる。君の好きな
フランス文学の傑作もぜひ読んでみたい。暇な時に教えてくれ
たまえ。ではご一報を待つ。

9. 請託信、詢問信

⑮講演を依頼する

謹啓　早春の候、先生には愈々御清祥の段賀し申し上げま
す。

　さて、私どもの会では、毎月一回名教授の方々から時事問
題に関する講演を拝聴し、今日に至っております。しかると
ころ、来る4月分についてはアフリカ問題をお願いしたいとい
うことで、小生がその幹事役を引き受けることと相成りまし
た。ついては、ご多忙中ご迷惑と存じますが、ぜひとも一夕
をお割きいただきたく、ここにお願い申し上げます。日取りの
儀は、毎月第二土曜日を原則としておりますが、第一または第
三の土曜日にても差し支えございません。時間は午後6時半ご
ろから二時間、場所は当学校学生会館の会議室、参加者は毎回
百名ほどでございます。

　なお、幸いご内諾の意向お漏しいただけます節は、改めて
参上のうえ、詳細お打ち合わせいただきたいと存じます。

　右、取り敢えずご依頼申し上げます。

敬　具

⑯身元保証人を頼む

　その後はまことに御無沙汰しております。皆々様には如何わ
たらせますか、お伺い申し上げます。下って当方は、幸い別

条なく過ごしておりますので、他事ながら御休心下さいませ。

さて、かねて申し上げておりましたとおり、長男春生このたび御国の政法大学法律学部へ入学することにきまりましたが、御国の法律によりますと御地に一戸を構えている方の身元保証を要するとのことでございます。

つきましては、はなはだ御迷惑と存じますが、貴方様にその保証をお引き受けお願いできませんでしょうか。申すまでもなく入学後、決して御迷惑をお掛け申すようなことはいたさぬことをかたく誓いまして、お聞き届けのほどひとえにお願い申し上げます。

右、取り敢えずお願いまで。

⑩身元保証人を依頼

中村様、ごきげんいかがですか。

私の卒業後の進路につきましては、ひとかたならぬご心配にあずかりましたが、おかげさまで本日、西部大学から合格の通知がありました。つきましては、御国の法律としては入国手続をとるには御地に身元保証人一名が必要とのことで、恐れ入りますが、中村さんにぜひお力になっていただきたく存じます。御国にはほかにお願いするかたもありませんので、なにとぞお聞き入れくださいますよう。詳しい手続等については入国管理所にお問い合わせ下さいますよう、併せてお願い申し上げます。

ご多忙中誠に恐縮ですが、くれぐれもよろしくお願いいたします。

⑱依頼状

冠省

突然、書状をもって不躾なお願いを申し上げます。小生、国際人文大学新聞編集部の者ですが、実は、是非、先生に原稿の執筆をお願いいたしたく、ペンをとりました。

ほかでもありません。先生が関係しておられる「反核同盟」に関し、「反核同盟と戦後四十年」というテーマで

(一) 「反核同盟」が現在どのような方向に進んでいるのか。

(二) また「戦後四十年」という現時点において、発足当時の同盟の理念はどのような発展を示しているのか、等についてお書き願えれば、「反核大衆運動の伝統」のもとに苦闘を続けている私たち国際人文大学の大学生にとって、いろいろ有益な示唆をいただけるものと確信し、失礼を顧みず、敢えてお願い致す次第です。

もしお書きいただけるようでしたら、

締切りは9月10日、

枚数は二十枚（四百字詰め）、

掲載予定は9月20日号となります。

なお、稿料につきましては、甚だ少額で申しわけございませんが、一枚千円でお許しいただきたく存じます。

以上、要件のみで失礼しますが、よろしく何分の御高配を、重ねてお願い申し上げます。返信用葉書を同封しましたので、折り返し諾否を御一報いただければ幸いです。

草々

⑩ 住所を問いあわせる

前略　取り急ぎおたずねします。佐藤勝彦氏の移転先と電話番号をご存じですか。

引っ越しされたとはうかがったのですが、住所をお聞きするのを忘れてしまいました。仕事の関係で至急連絡したいことができたのですが、新しい住所がわからず困っております。

お手数かけて恐縮ですが、よろしくお願いいたします。

草々

⑪ 頂き物の不着を問いあわせる

日に日に冷気がますころとなりましたが、皆様にはお変わりなくお過ごしの由、お喜び申し上げます。

さて、先日は結構なものをお送りくださいましたとか、いつもお心にかけていただきまして、恐縮に存じております。

お手紙をいただきましてから家内一同楽しみに待っていたのですが、今日で一カ月以上になりますのにまだ届いておりません。あまりに遅すぎると思い、郵便局へ問いあわせましたところ、末着とのことでした。途中で紛失したのではないかと心配しております。お手数をおかけしてまことに申し訳ありませんが、念のため、そちらのほうでもお調べくださいませんでしょうか。取り急ぎお問いあわせいたしました。

⑫ 忘れ物を問いあわせる

前略　昨日は楽しい一時を過ごさせていただき、ありがとうございました。

さて、お恥ずかしい話ですが、手袋を置き忘れてこなかっ

たでしょうか。黒のかわ製で、ちょっとくたびれた感じです。多分、ソファの下におとしてしまったような気がします。

お手数ですが、お調べのほどお願いします。

もし見つかりましたら、早速、おうかがいいたしますので、お留め置きくださいませ。相変わらずの忘れん坊でご迷惑をおかけしてしまい申しわけありません。

かしこ

⑫訪問の都合を問いあわせる (1)

お元気ですか。いつぞや凧あげ大会のお誘いをいただきながら、仕事の都合で台北を離れられずに失礼してしまいごめんなさい。

ようやく仕事も一段落しましたので、来週、高雄へ旅行に出るつもりです。一週間の予定です。その帰りに（8月21日土曜日）おじゃまさせていただきたいと思いますが、ご都合はいかがですか。夕方そちらに到着し、一晩とめていただき、翌朝はやく、万寿山をあなたと一緒に登る、というような勝手な計画をたてております。急な話ですが、どうぞよいご返事を、と心待ちにしています。

⑬訪問の都合を問いあわせる (2)

拝啓　朝夕は多少ともしのぎやすくなってまいりましたが、その後お変わりなくお過ごしでしょうか、お伺い申し上げます。

さて、ここにお手紙を差し上げるのは、ほかでもございません、論文作成のことにて多少面倒が起き、困り果てているか

らでございます。ついては、近くご訪問のうえいろいろお知恵など拝借いたしたいと存じますが、ご都合いかがでしょうか。ご多用中恐縮に存じますが、夜分にでも、二時間ほどおさきいただければ幸いと存じます。つまらぬことでご迷惑をお掛けするのは、まことに心苦しく存じますが、事情ご賢察の程、伏してお願い申し上げます。折り返しお電話ででも、ご都合ご連絡くださるよう、併せてお願い申し上げます。

時節柄、ご自愛の専一、お祈り申し上げます。

まずは取り急ぎお願いまで。

敬　具

⑩出発の日時の問い合わせ

前略　そちら様には近くご外遊の由聞き及び、慶賀の至りに存じます。ついては、ご出発はいつごろのご予定でおいででしょうか、お伺い申し上げます。実は、ぜひ空港までお見送りいたしたいと存じますので、まことに面倒ながら、ご決定次第ご一報を煩わせたく、ここにお願い申し上げます。

右、取り敢えずお伺いまで。

草　々

⑫工場見学の依頼

拝啓　春寒のみぎり、貴社ますますご盛栄のこととお喜び申し上げます。弊社儀、毎々格外のご厚情を賜わり、厚く御礼申し上げます。

さて、弊社においては、例年のとおり４月前半を新入社員の研修期間と相定めましたが、その一環として、技術面で先

端を行っている貴社の宝山工場を見学させていただきたいと存じます。日時は一応4月5日（水）または6日（木）の午後を予定いたしておりますが、ご都合いかがでございましょうか。なお、人数は、引卒者以下五十名でございますが、ご承引いただけますれば、詳細な日時ご指示賜わりたく、あわせてお願いいたします。

　右、貴社工場見学に関しお願い申し上げます。

敬　具

⑳航空券の予約を

　当社の輸出部、海外事業局長であります陳貴進が12月4日東京に到着し、東京に数日滞在したのち、イタリアへ向うことになっております。

　つきましては、貴社にて12月8日もしくはそれ以後の東京発ローマ行き最終便のエコノミー・クラス航空券一枚をリザーブするようお願いいたします。運賃ならびに手数料の請求書は当社宛てにお送りいただければ、貴社の発券に間に合うよう、直ちにお支払い申し上げます。

　右、取り急ぎお願いまで。

㉑乗船券を予約

　当公司経理武大為は来月九州に赴くこととなりましたので、片道一等乗船券を一枚買いたいと思っております。

　来月始め出帆予定の「大安丸」もしくは「朝日丸」の客室を予約いたしたく、よろしくお願いいたします。

⑫書籍の発注

貴社ますますご隆盛のほど賀し申し上げます。

さて、先般ご発売の『日本文学史』を購読いたしたく、町の本屋を捜しましたところ、なかなかの好評にて、いずれも売り切れの由。貴社より直接購入できたらと存じますので、下記の所へ、お手配いただきたく、また送料の見当がつきませんので、至急計算書もお送り下さい。折り返し送金申し上げますが、本の発送はその後でも結構です。もちろん、すぐお送り願えれば幸いです。

なお、貴社の振替用紙があればいっしょにお送り下さい。

記

宛先　中華民國台北市開封街一段19號3樓

劉世仁

⑫帰国の荷物の託送依頼

拝啓　初夏の候、貴所ますますご繁栄のこと、何よりと存じます。

さて、このたび、日本での四年間の留学生活を終えて帰国することになりました。ついては、その荷物の運送を貴社にお願いいたしたいと存じ、ここにご連絡いたします。日取りは来る6月1日（木）を予定しておりますが、一応書籍その他ご覧のうえお見積りをいただきたく、よろしくお願い申し上げます。

まずは、取り急ぎお願いまで。

敬　具

⑳宿泊予定人数の追加

急啓 先日貴館への宿泊（5月10日から20日まで）を申し込みました台湾物産株式会社でございます。このたび都合により、一名追加、計五名と相成りましたので、ここにもう一室追加お願い申し上げます。何とぞよろしくお取り計らい下さるよう、お願い申し上げます。

まずは、取り急ぎ追加ご連絡まで。

草　々

㉛乗船券予約の取消し

前略 時下いよいよご清祥のことと存じ上げます。

さて、一昨日来月始めの九州行きの乗船券を予約いたしましたが、急な都合により予約の取り消しをいたしたいと思いますので、至急お知らせいたします。

せっかくご予約させていただきましたところを、あしからずお願い申し上げます。

右、取り急ぎお願いまで。

草　々

㉜送付あて先の訂正

急啓 去る11月9日付をもって、貴店お取り扱いの『光華雑誌』（海外版）を購読していた史中全でございます。このたび、東京大学を卒業して、京大人文研究所に進学することに決まり、京都へ移ることと相成りました。ついては送付あて先は新しい住所に変更していただきたく、ここにお願い申し上げます。

送付先：〒601　京都市上京区嵯峨野町七一四六

右、取り急ぎご連絡まで。

草　々

⑬史跡の案内を依頼する

拝啓　炎夏のみぎり、いかがお過ごしでしょうか。久しくごぶさたいたしたこと、お詫び申し上げます。

さて、私ども留学生有志相寄り、三年ほど前から文学探訪の会を催しております。いつも、毎年二回休みを利用して、特定の地方を訪れ、その土地の文学史跡を歴訪する形をとっております。このたびは、御地にある小林一茶のゆかりの地を訪れ、猛暑の三日間を過ごすことと相成りました。ついては、貴校のどなたか小林一茶に詳しい先生にご案内いただければ、幸いと存じますが、いかがなものでしょうか。日取りは8月上旬の三日間の予定ですが、そちら様のご都合により変更しても差し支えございません。幸いご内諾いただけます場合には、ご案内の方のご芳名とご都合のよろしい日時など、折り返しご通知くださるよう、お願い申し上けます。

皆様もご多忙の折から、まことにご迷惑なお願いとは存じますが、なにとぞご配慮のほど、よろしくお願い申し上げます。

まずは、取り敢えずご案内ご依頼まで。

敬　具

10.謝絶信、道歉信

⑭芝居の招待を断わる

先日は芝居の切符をご同封、ご招待をいただき、厚くお礼を

申し上げます。私も芝居は好きなほうで、できることならぜひ見に参りたいのですが、実は当日午後6時より友人の出版記念会に出席しなければなりません。このほうは、私が発起人のひとりに名を連ねている関係上、どうしても出席しないわけにはまいりませんので、せっかくのご招待でございますが、今回は失礼させていただきます。時間さえ重ならなければ、ぜひ見に参りたいところですが、このような事情ですので、あしからずお許し願います。

なお、切符はここにご返送申し上げます。

⑮不参のお詫び

謹啓　皆様ご清祥のことと存じます。

さて、過日、せっかく会合にご通知いただき、出席のご返事まで出しておきながら、当日欠席いたしましたことを深くお詫び申し上げます。

久しぶりで、お目にかかって、旧交を暖め、つもる話などもいたしたいと、楽しみにしておりましたところ、当日の朝、母が急病で、入院することになりました。幸い、母の病気はたいしたことはなく、急性の盲腸炎で、一週間もすれば、全快するとのことで、安心はしましたが、そのため心ならずも欠席してしまい、まことに残念に思っております。またの機会を待ってお目にかかりたいと存じています。

敬　白

⑯書物の借用を断わる

拝復　『郭沫若全集』借用したいとのご希望がありました

が、私は本来、全集や大系のようなそろいものは、門外へ出さないという方針を守ってきました。ほかならぬあなた様よりのご依頼ですので、一晩考えましたが、やはりお断わりすることにしました。あしからずご了承下さい。ほかの本でしたら、喜んでお役に立てたいと思いますので遠慮なくお申し付下さい。

謹　答

⑩ 就職のあっせんを断わる

敬一さん、お手紙拝見いたしました。

ご希望のこと、さっそく研究所の主任と話しました。でも、ほんとうに残念なのですけれども、ご期待に添えませんの。

というのは、私たちの研究所では、もう7月に入所試験も済まし、二、三日うちに合格者への通知を発送するばかりになっているんです。そして、コネ入所というのは絶対にさせないというのが本研究所の方針なのだそうです。

ご自分の研究を生かして、語学研究所にはいりたいと熱望していらっしゃるあなたのお気持ちもよくわかりますし、ご性格の良さも小さい時から知っていますので、できましたら、ご希望をかなえられないものかと、実はうちの主任も内々で人事部長さんを打診してみたのですが、やっぱり所の方針は曲げられないとのことでした。もう少し早めにご連絡をいただければよかったと、ほんとうに惜しい気がいたします。あなたのことですから、堂々とりっぱなご成績で入所試験にパスなさったでしょうに。どうぞ、お気を落さずに、一刻も早くほかの語学関係のところに当たってみて下さい。あなたの才能をフルに

活用できる場所がきっとあると信じ、ご成功を祈っています。
　お世話できなかったこと、どうか、あしからずお許しくださ
いませ。

⑩お歳暮の品を断わる

　いよいよ今年も押し詰まりました。
　日ごろは主人がなにかとお世話に相成り、厚く御礼申し上げ
ます。
　さて、今日郵便局よりお届けのお歳暮のお品、たいへん申
しわけのないことでございますが、発送元たるそちら様へその
ままご返送しさせていただきました。
　あなた様も、うすうすはご存じのことと思いますが、主人の
勤めている会社では、創立の当初から、いっさいの贈答品は受
けず贈らずというきびしい社訓がございます。
　留守をあずかります私も、主人よりそのことを堅く申しつけ
られており、社訓を守り、お断りを申し上げている次第でご
ざいます。
　せっかくのご好意、ほんとうに申しわけなくは存じますが、
お歳暮のお品はこれよりご返送させていただき、非礼のほどあ
しからずお許し願います。
　まずは取り急ぎお礼かたがたお詫び申し上げます。

⑩身元保証人を断わる

　ご令息はこのたび、めでたく筑波大学の入学試験ご合格の
由、ご本人を始め、皆様のお喜びもさこそと拝察いたします。
　ついては、小生に身元保証人をとのご依頼ですが、小生には

産もなければ地位もなく、社会的信用もございませんので、ここはほかにもっと有力な方にご依頼されるほうが、ご令息の将来のためにもよろしいかと存じます。お役にたてればまことに光栄でございますが、このたびだけはご辞退させていただきたく、なにとぞあしからずご了承ください。

　右、取り敢えずご返事まで。

⑭宿泊の依頼を断わる

　前略　ご書状拝見、お元気の趣、安心いたしました。

　さて、近く当地へご来遊の由、久しぶりに皆様にお会いできるのを楽しみにお待ち申しております。

　ところで、お宿をとのご依頼でございますが、あいにく拙宅は改築の最中、ただいまは敷地内にバラックの仮り住まいを建てて、家族一同そこへ身を寄せ合って寝ているようなありさまで、お客様をお泊め申すゆとりはなく、十分のおもてなしもできかねますゆえ、まことに不本意ながら、お心に添いがたく、前記の事情ご賢察くださいまして、あしからずご承引のほど願い上げます。

　なお、当地では民宿ブームで、当家に代わるよきお宿をお世話申しあげたき存念ですので、ご来遊の節はぜひともお立ち寄りくだされたく、右取り敢えずお詫びまで申し述べます。

草々

⑭書籍の破損をわびる

　心苦しいおたよりを差し上げなければなりません。

　実はお借りした『吾輩は猫である』という本を背表紙のと

ころから二つに破ってしまったのです。学校に持っていったとき、階梯の所で、ころんでしまって、手をついたはずみにビリッと、やってしまったのです。ほんとうにすみません。

　出版元に問い合わせたのですけれども、絶版になって、残部もないとのことです。一応セロテープではり合わせましたけれども、とても不格好です。あなたが本を大切になさる方ですから、なおさら気がひけてなりません。といって代りが見つかりませんし、あまり長くなってもいけないから、このままお返しします。

　この書状、心苦しきままにしたためました。重ねておわび申し上げ、これにて筆を置かせていただきます。

㉑締切りを過ぎてわびる

　謹啓　陽春の候、貴社ますますのご発展をお喜び申し上げます。

　さて、ご依頼いただきました『中日文化交流 小史』、締切を今月末に控えまして、まだ、出来ておりません。病気のため、一週間寝こんでしまいましたので、心ならずも延引いたしましたしだいでございます。なにとぞ、あと二日ご猶予いただきたく、右、伏してお願いいたします。これにお懲りにならずご寛容くださいますようお願いいたします。

　なお、必ずご満足のゆくものに書き上げることもあわせてお約束します。

敬　白

⑯本の返却の遅延をわびる

先日は大切なご本を拝借させていただき、ありがとうございました。お蔭様でゼミナーのレポートは自信作とすることができ、先生にもおほめのことばをいただいたほどです。それで気が抜けてしまったのか、ご本をお返しするのが約束の日より遅れてしまっていることに、たった今、気がつきました。いつも手元に置いておきたい本なのよ、とおっしゃるのを無理にお借りしておきながらのこの失態……なんとおわびしていいのか言葉もありません。さぞかしご立腹のことと思います。

すぐにでもお返しにうかがわなければいけませんが、すでに真夜中です。明日はアルバイトで夜遅くなってしまいますので、明朝9時に郵便局にかけつけ、この手紙とともに速達でお送りいたします。いろいろ勝手ばかりいってごめんなさい。

どうぞお許し下さい。

11. 其他信例

⑭研究に没頭している友へ

物理の研究、進展のぐあいはいかが。成果を期待している。といっても門外漢の僕には、さっぱりわからないのだが。研究の話はよそう。僕が心配するのは、君の健康のことだ。一つのことにとりつかれると文字どおり寝食を忘れた状態になってしまう君だ。研究室に閉じ込もりっきりになっているのではないかね。それは君の長所でもあるが、欠点でもある。なんといっても健康と精神衛生によくない。たまには外に出て、青空を見あげたまえ。たまには酒に酔いしれて、学問を忘れたまえ。ある物理学者はふろで画期的な理論を思いついたというで

はないか。ふとしたことで目の先がパット開けるから、気分の転換も必要だよ。

⑱過度の飲酒を忠告

　拝啓　向暑のみぎり、ますますご発展の趣、まことに喜ばしく存じます。日ごろは何かと御世話になっておりますこと、厚く御礼申し上げます。

　さて、拝察いたしますと、そちら様には毎晩のように自棄ぎみにてご飲酒の趣、いささか案じております。顧みれば、酒は百薬の長で、万般の悩みを消し去ること、まことにそのとおりにて、疑いもないことかと存じます。しかしながら、その度を過ごせばかえって内臓を侵し、寿命を縮めるに至ること、これまた申すまでもないことかと存じます。ついては、何事も適度にご摂生なさることこそ肝要かと存じ、ここにお手紙を差し上げることにいたしました。何とぞしかるべくご戒心のうえ、ご自愛専一の程、ひとえにお祈り申し上げます。

　右、取り敢えずご参考までに申し上げます。

敬　具

⑲退院後は十分に養生を

　拝復　このたびはご丁寧なごあいさつ、ありがたく拝見いたしました。久しくごぶさたいたしましたこと、深くお詫び申し上げます。

　さて、長い間のご闘病が功を奏し、ここにめでたくご退院とのこと、心からお祝い申し上げます。ご家族の皆様も、さぞお喜びのことと拝察いたします。

しかるところ、早速ご勤務に就かれるとのご意思いかがと存じ、ここにお手紙を差し上げることにいたしました。病院というところは全く別天地になっておりますこと、既に十分ご承知かと存じます。それに反して浮世の風は冷たく、特に昨今の状況では不規則な勤務を余儀なくされることも不可避かと存じます。ついては、しばらくは閑静を旨とされ、徐々に実社会に復帰されることこそ肝要かと存じます。何とぞ、功を焦らず十分ご自愛のうえ、後日の大成を期されるよう、心から切望いたします。

　右、書中失礼ながら、一応愚見を申し上げ、ご一考を煩わしたいと存じます。

敬　具

⑭学位の取得を勧める

　拝復　このたびはご丁寧なお手紙、正に拝受いたしました。いよいよご発展のこと、心からお喜び申し上げます。

　さて、承ったところによりますと、大学を卒業してさらに大学院へ、学位を取られるためにご進学を意図されるとの趣、まことにご殊勝のことと存じます。ついては、台湾で外国人留学生の取得可能の専攻は一応ご選択の対象になるかと存じます。実は大学での四年はほんの入門にすぎません。さらに研究を深めようとするには、大学院に進むべきではないかと存じます。何とぞ広い視野にお立ちの上、納得の行く選択こそ肝要かと存じます。以上、まことに抽象的にて、余りご参考にならないかと心配いたしますが、取り敢えず愚見を述べ、もってお答えといたします。なお、ご参考になるかと思い、台

湾の各大学の留学生募集案内書を別便にてお送りいたしますので、よろしくお受け取り下さい。

　向寒の折から、ご自愛専一の程、切にお祈り申し上げます。

　まずは、取り敢えずご返信まで。

敬　具

⑭にせ代理店に気をつけろ

　拝啓　当飛天中華株式会社（社長平郷正太郎）は、台湾民衆物産聯合商社製品の日本における唯一の販売代理店でございます。最近大衆株式会社社長田中九鬼と称する者、あたかも総代理店であるかのように活動しておりますが、右はまったく事実無根のことであり、同氏の活動は当社と一切関係のないことであり、同氏に手渡された契約保証金等につき、当社は責任を負いかねるしだいでございます。

　右、つつしんでお知らせ申し上げます。

敬　具

⑭製品の品質について

　拝啓　初夏の候、貴社いよいよご隆祥の段、大慶至極に存じます。弊店儀、毎々格別のご厚情にあずかり、ありがたく厚く御礼申し上げます。

　さて、今日は貴社製品の品質について気付いた点を述べ、ご参考に供したいと存じます。と申しますのは、貴社製ブラウスの儀でございますが、特殊加工を施してあるため収縮しないとのご宣伝を信じ、弊店においても取り扱わせていただいております。しかるところ、お客さまがたより、縮んで困

るとの苦情を持ち込まれ、その弁解に窮しております。貴社製ブラウスのすべてがこのような欠陥を持つわけではないと存じますが、実物を見せられては、何とも返答のいたしかたがございません。この種の苦情は貴社製品の信用にもかかわると存じますので、ご一考を煩わしたいと存じます。別便をもって実物をお送りいたしますので、ご検討いただくようお願いいたします。

　右、失礼ながら意中を率直に申し上げ、今後のご改良をお願いいたします。

敬　白

⑩模造品ご注意

　拝啓　いよいよご清栄のことお喜び申し上げます。弊社製品「パンダマーク自転車」については、毎々格別のご支援を賜わり、まことにありがたく、厚く御礼申し上げます。

　さて、すでにご高承のことかと存じますが、弊社製品「パンダマーク自転車」は弊社が独自の立場で開発いたし、ご愛用いただいているものでございます。最近、類似社名の類似品が出回っておりますが、右は弊社と何ら関係がございません。ついては、お買い上げに際しては商標をよくお確かめくださるよう、とくにお願い申し上げます。

　右、あらためてご案内申し上げます。

敬　具

⑪依頼原稿の催促

　拝啓　田上先生にはその後ますますご清栄のことと存じま

す。
　さて、かねて準備を進めてまいりました『中日陶芸』も、予定どおりの進捗をみております。関係資料、写真、原稿などもほとんど集まりました。
　つきましては、先生にご依頼中の序文をぜひちょうだいいたしたいと存じますが、もうご執筆くださいましたでしょうか。催促がましくて非常に恐縮でございますが、なるべく早くお送りくださいますようお願い申し上げます。
　まずは右お願いまで。
　なお、先生の原稿の締切りは先月31日になっておりますので、念のため。

敬　具

㊟書物返却の催促

　この間はわざわざお訪ねくださったのに、ろくなおもてなしもできなくて、ごめんなさいね。でも久しぶりにお目にかかれて、ほんとうに嬉しかったわ。心ゆくまでおしゃべりできて、気分がせいせいしました。
　その節お貸ししたレース編みの本、もうごらんになりまして？せかせるようで申しわけありませんが、姉があの本を見たいと言っておりますので、そんなに一日二日を急ぐわけでもないんですけれども、もし用済みになりましたら、お返し願います。
　親しさに甘えて催促がましいことを申してすみませんが、できれば、どなたかにおことづけくださるなり、また小包みでお送りくださるなりしていただけませんでしょうか。

右、よろしくお願いいたします。

またお暇のおりはお出かけ下さい。

末筆ながら、ご両親さま始め皆々さまによろしくお伝えくださいませ。

⑲注文品未着の抗議

冠省　さっそくですが、7月20日郵送されましたダイレクト・メールによって茶碗セット一そろい（カタログ17番）を注文した者でございます。十日以内に配送とのことでしたが、二カ月も近くなった今も、まだ届きません。

この間も一度ははがきで問い合わせましたが、ナシのつぶて。また一度は電話で連絡し、そのおりは確かに注文を受けているので、すみやかに善処するとのご返事でしたが、品物は相変らず到着しないありさまです。

貴店のご多忙さはわかりますが、それにしてもあまり誠意のなさに、なかばあきれ、なかば立腹しているようなしだいです。

貴店としては長年にわたって築き上げた老舗としての信用があるはず、私としてもそこを信頼して注文する気になったのですが。今回のルーズさは一体どういうわけなのでしょうか。このままでは、注文品が届きましても、すなおに受け取りかねる気持ちです。たとえ一品だけの購入でも、客は客、その客に不愉快な思いをさせては、のれんに傷がつきましょう。

この書状とどきしだい、茶碗セットをお届け下さるのはもちろん、それなりに貴店の誠意ある処置を期待します。

この書状投函の日より、一週間だけお待ちします。それま

でに注文品の配送がなければ、今回のことは解約いたしますので、お送りした代金は、すみやかにお返しください。

　以上、抗議とともに注文品の配送、重ねて催促するしだいです。

草々

㉞書物の返却を催促する

　卒論、順調に進んでいます。そのうち、ご高論を聞かせて下さるのを楽しみにしています。

　ところでお貸しした『西洋のロマン』、まだ返却してもらっていませんが、確か一ヵ月で返すという約束ではありませんでしたか。あれは小生の愛蔵書中の愛蔵書で、今度、原稿をまとめるうえでも、どうしても必要な書物です。君のような律義な人間が約束を破るには、それなりの事情があるのでしょうが、一刻も早く返却して下さい。

㉟史跡案内を引き受ける

　拝復　このたびは、7月12日付のお手紙、懐かしく拝見いたしました。こちらこそ久しくごぶさたいたしましたこと、まことに申し訳ございません。

　さて、皆様様にて文学探訪の会をお待ちの趣、慶賀の至りに存じます。ついては、お申し越しの件、幸い同僚の一人に小林一茶に詳しい者がおり、ご趣旨を取り次ぎましたところ、喜んでお引き受けしたいとのことでございます。日取りについては8月1日か2日から三日間あたりが好都合と申しておりますので、お含みおき下さるよう、お願い申し上げます。なお、申

— 121 —

し遅れましたが、ご案内させていただくのは、国語科の若手教員で、台湾大学考古学出身の池田一夫さんでございます。詳細については、何とぞ当人ともお気軽にご相談下さるよう、お願い申し上げます。当日は小生もお供させていただきたいと存じますので、よろしくお願い申し上げます。

今年は近年にない暑さとか、ご一同様の無事をお祈り申し上げます。

まずは、取り急ぎご返事まで。

敬　具

⑤来訪都合問い合わせに

拝啓　9月20日付お手紙、正に拝読いたしました。

当方、相変わらず学校の仕事に追われておりますが、大過なく過ごしておりますので、ご休心くださるよう、お願い申し上げます。

さて、何かご相談事などおありとのこと、お役に立てば幸いと存じます。ついては、当方の都合もありますので、来る9月24月（日）、または10月1日（祭）などの休日にてはいかがでしょうか。平日はとかく会議その他にて夜分も遅くなることが多く、お約束もいたしかねますが、休日の場合は差し支えないかと存じます。何どぞお気軽においで下さるよう、お待ちいたしますが、あらかじめお電話いただければ幸いと存じます。

右、取り敢えずご返信まで。

敬　具

⑮ 出発日時について返信

拝復　10月28日付のご丁寧なお手紙、正に拝受いたしました。

実は、このたび業界事情視察のため、二カ月にわたり西ドイツに出張いたしますことになりました。いずれごあいさつをと存じながら、失礼しております。

さて、お問い合わせの出発日時のこと、来る11月4日午後1時、ボン行の中華航空078便でございます。当日は昼12時ごろには出発ロビーのほうに参る予定でおりますので、ここにご返事申し上げます。なお、お互いに諸事多忙の身とて、余りお気遣いなどなさらぬよう、お願い申し上げます。

右、取り敢えずご返信まで。

敬　具

⑯ アルバイトの友を励ます

陳進君、変りはないか？

毎日元気で、例のアルバイトの方も精出していることと思うが、君から一度も手紙が来ないので、ちょっと気にかかってもいるところだ。在学中は僕にも経験のあることなので、君の苦労ぶりがしのばれるよ。へんな目で見られたり、不愉快な扱い方をされたり、全く泣き出したくなるようなことも、一度や二度じゃないからね。

しかし今となってみれば、僕にはそのころの苦労が、むしろなつかしい思い出ともなっているんだよ。自分のはたらきで得た学資だ、そういった誇りも持っていたしね。学校では教えてもらえない、実社会の複雑な仕組や、人間生活の生きた面にも、

直接ぶつかって観察する機会がえられたものね、教室で講義をきいただけの知識なんて、社会に出てみると実にたよりないものだ。人間は経験を通してのみ、少しずつ賢くなるものだと思うようになった。アルバイトで苦労しながら学んだ人生経験が、現在の僕にどれほど役立っているか、想像以上だよ。

卒業まであとわずかだが、からだに気をつけて頑張ってくれたまえ。君の健闘を心から祈っている。暇があったら、一度遊びに来てくれたまえ。

12.日文普通書信信例參考譯文

①賀年卡 (1)

謹賀新禧！

1989年1月1日

台北市開封街一段19號　林震庭

②賀年卡 (2)

新年好！

1989年元旦

台北市中山北路二段25號3F　陳平華

③賀年卡 (3)

謹賀新禧！

敬祝闔府團圓迎新春！

1989年初春

台北市敦化北路39號　李小潔

④賀年卡　(4)

新年好！

去年—年承蒙多方照顧，非常感謝！

今年仍請多加關照！

1989年元旦

新莊市新泰路133巷14-4號5F　熊英杰

⑤賀年卡　(5)

恭賀新禧！

自1月1日起，本處地名改變了，更改後的地名如下，請多關照。

舊地址：台北市東園街35巷48號

新地址：台北市西園路二段320號

1989年元旦

田平雄

⑥賀年卡　(6)

新年快樂！

這次我們遷到了新居。此處是新興住宅區，還保留着不少龍華的風貌。如有時間，敬請光臨！

1989年元旦

台北市中央南路二段5號3F　季　風

⑦賀年卡　(7)

恭賀新禧！

我倆在田德壽夫婦的媒妁之言結爲夫妻，於去年10月4日在

金陵飯店舉行了婚禮，新居地址如下。我們還都非常幼稚無知，今後仍恭請多加指導！

1989年1月1日

台北市和平東路三段391巷32號3F　柯義志

葛　娟

⑧賀年卡　(8)

新年好！

來到高雄後第三個新年，歲末新添了長女寧寧，成了三口之家。

1989年元旦

高雄市三民區重慶街348號2F　張永進

陳丹丹

⑨賀年卡　(9)

恭賀新禧！

熱情洋溢的賀年卡收悉，非常感謝！

⑩賀年卡　(10)

新年快樂！

傾接惠贈的賀年卡，非常感謝。遲覆爲歉，今年仍請多加提攜！

1989年初春

趙　慶

⑪賀年卡　(11)

恭賀新春！

傾悉惠賜的賀年卡，內容熱情洋溢，不勝感激！

去年承蒙多方關照，謹致衷心的謝意！今年仍請倍加指導。最後，敬祝先生鴻圖大展。

⑫賀年卡　⑿

（過了正月初七以後）

拜覆者　此次承蒙惠賜賀年卡，非常感謝，敬賀先生新年快樂！

我們去年年底回老家高雄一趟，好久沒回去了，和父母親及家人一起過舊曆年。家人都很健康，平安無事，敬請釋懷。另外，我的工作單位──長江貿易公司，亦託先生鴻福，萬事如意，特致謝意。今年仍請多加指導。最後，祝先生闔家幸福、愉快！

以上謹致彙報並敬禮！

敬上

⑬賀年卡　⒀

恭賀新禧！

惠賜的賀年卡收悉了，謝謝！家父丁常豐此次作為海星貿易公司的海外調查員，目前正在羅馬出差。惠函已經轉到那兒去了。

另外，家父預定於今年 9 月間回國。

1989年初春

楊　濤

⑭服喪期間謝絕過年禮儀

因本人正在服喪，故今年的新年禮節恕免了。

台北縣三重市仁愛街82巷7號3F　林仲仙

⑮正在服喪恕不賀年

　本人正在為亡夫大雄服喪，恕不致以歲末年初的問候。故人生前曾多蒙關照，特此致謝！

1986年12月3日

司馬琴

⑯慰問服喪者

　拜覆者　服喪期間的通知今收悉，謝謝！

　這個新年一定過得十分寂寞吧，我們非常了解你的心情。務請多加保重，並盼早日戰勝悲傷。

　就此簡單地致以慰問！

敬上

⑰盛夏問候　(1)

　謹請夏安！

1986年盛夏

新莊市忠孝街29巷4-3號　鄭淮清

⑱盛夏問候　(2)

　謹祝夏安！

　今年夏天比往年熱，各位起居安康嗎？謹此問候！

⑲盛夏問候 (3)

（回信）

謹請夏安。

盛夏問候收悉了，謝謝！我們全家平安無事，敬請放心！

暑熱正當盛期，務必多加保重。

⑳秋暑問候 (1)

晚夏酷暑，謹致問候！

1989年8月14日

新莊市中正路514巷33弄19號　錢山魁

㉑秋暑問候 (2)

秋暑炎熱，謹致問候！

秋暑也是徒有其名了，其熱並不勝於盛夏。各位身體都好嗎

？謹致問候！

1989年8月20日

周　潮

㉒秋暑問候 (3)

在秋老虎張牙舞爪之際，喜悉熱情洋溢的慰問，不勝感謝！

欣聞各位平安健康，我也就放心了。我們最近找機會去黃山一次

，痛痛快快地享受了一番，那兒可真涼快啊！但為此也更覺這秋

老虎難熬了。不過，再熱也就那麼幾天了，務請多加保重！

1989年8月26日

高建軍

㉓隆冬問候 (1)

時值隆冬嚴寒，謹致問候！

　　　　　　　　　1989年嚴冬
　　　中和市莊敬路49巷20弄14號　薛晉延

㉔隆冬問候 (2)

隆冬嚴寒，謹致問候！

目前正是隆冬嚴寒，各位可安好？謹此請安！

㉕隆冬問候 (3)

時值隆冬嚴寒，謹致問候！

惠賜的隆冬問候函收悉，謝謝！託您的福，我們均平安度日，敬請放心！

㉖春寒問候 (1)

時值春寒襲人之際，謹致問候！

　　　　　　　　1989年2月23日
　　　新莊市三泰路58號　羅維乾

㉗春寒問候 (2)

時值春寒料峭之際，謹致問候！

春寒襲人，各位起居可安適？特此請安！

　　　　　　　　　1989年晚冬
　　　台北市光復南路417巷90號　江一帆

— 130 —

㉘梅雨季節問候　(1)

時值黃梅季節，謹致問候！

自3月間從貴校畢業後，回到了台灣大學，現在外語系工作。今後仍敬請加倍指導、激勵！

1989年6月17日

蔡成功

㉙梅雨季節問候　(2)

時值黃梅雨季，謹致問候！

此次本地新增了電報電話分局，爲此敝公司的電話號碼有了如下變更，敬請改記一下，繼續加以利用！

敬上

附：

光華貿易振興公司　　新電話號碼

永和市局766835號

㉚給恩師寄送茶葉

天氣越來越熱了，欣聞老師日子過得悠哉無慮，眞是可喜可賀。我們也很平安，敬請放心。

我們每時每刻都在感謝老師對我們的幫助，但却一直疏於修書問候，實在是十分抱歉。託老師的福，我的研究課題進行得很順利，其結果在今年的學術會議上發表後，得到了大家的一致好評。

作爲中元節的一點心意，今天給您寄上一盒我們家鄉的茶葉——烏龍茶，敬請笑納。

最後，目前正值暑季，祈請多加保重！

㉛收到禮物後的回信

拜覆者　今年不同往年，暑熱難熬。欣聞各位都非常健康，我感到十分高興。還不時地有消息傳到我耳中，祝你的工作亦很順利，衷心祝賀你們成功。

你給我寄來的中元節禮物，已於今天收到，謝謝你的一片好意。聽說這是你家鄉的茶，我和老伴兩人便急急忙忙地沏上一壺，邊聊你的事，邊喝。眞不愧是烏龍茶家鄉的名產，味道好極了。這茶對我這個怕熱的人來說，是再好不過的開胃物了。眞是太感謝了！

另外，我給你寄了個包裹，寄了我最近寫的一本書，請你一閱。

敬上

㉜祝賀病癒出院

敬覆者　現在您正在療養之中吧。欣聞此次痊癒出院，特表示衷心的祝賀。

您平時身體十分健壯，所以當我聽到您入院的消息時，吃了一驚。但能如此迅速地出院，這也靠平常鍛鍊有道，令人折服，到底與我們不一樣。

聽說下個月就可以重返工作崗位了，眞是太令人高興了。不過也不用我多說，您剛剛大病初癒，千萬不要勉強，敬請多加保重！

先以此信，對您的康復表示祝賀。

敬上

㉝賀長壽

敬覆者　盛夏酷暑，祝您更加健康，幸福！

據說此次您祝賀古稀之壽，實屬可喜可賀之至。

正由於先生您多年不懈的努力和指導，教育學研究領域才能有今天這麼隆盛的局面。而今仍活躍在第一線上的先生的言行，不啻爲我們之楷模。

願祝您今後延年益壽，慶祝喜壽、米壽、白壽，對我們後輩之人給予更多的指導。

另外，祝壽之宴，承蒙盛邀，我一定出席叨陪，並要鄭重地獻上賀詞。

先簡單地寫上幾句，以示祝賀。

敬具

㉞祝賀痊癒出院

欣聞你康復出院，眞是太可喜可賀了。

上個月我去探望你時，看到你還十分衰弱，再加上聽護理人員說手術後恢復得不太理想，當時我內心感到非常不安。

剛才收到令堂的惠箋，說你已完全恢復健康，這下我可就放心了。你家裡的人也一定都很高興吧。不過，病後的恢復也是級重要的，希望你隨性順氣，不要犯急，目則還是以靜養爲主。我打算過兩天登門賀喜，現在先以此信略表賀意。

㉟祝賀作品中選

小鄭，首先祝賀大作被選入書法展覽會展出。

去年是太遺憾了，我也在想，今年一定是沒問題的。果然不出所料。我們的心情自然不用說了，你一定也很高興，你家裡的人也都高興得連嘴都合不攏了吧。

這樣一來，你就是邁進書法界了，前途無限啊！願你更加發

奮努力。過兩天我將到展覽館去，親自欣賞你的精心傑作。

謹此先致祝賀。

㊱賀新婚

謹啓者　時值金菊飄香的大好季節，得知各位身體康健，甚為為欣慰。

欣聞你家小姐春枝姑娘這次喜結良緣，並將舉行新婚典禮，作父母的和家裡人一定非常高興吧。我們也為之感到喜悅，謹致恭賀之意，同時祈祝她們倆白頭偕老。

我想贈送些禮物以示祝賀，另外寄了個小包裹，裡面僅是一點心意，敬請笑納。

謹此先向春枝姑娘祝賀，祝她幸福！

敬上

㊲祝大學畢業

拜啓者　此次聽說你家英雄以優異的成績唸完了大學，從千葉大學畢業了，在此向你表示祝賀。在他入學時，大家就對他寄予很大期望，他果然深孚衆望，取得了卓越的好成績，作為他的父母，心裡的高興是可想而知的了。

我們深信，他踏上社會後，會在工作崗位上把在學校裡鑽研所獲得的成果發揮出來。貴公子一定會大展鴻圖。

謹此匆匆，聊以致賀。

敬上

㊳祝賀丈夫的朋友田中家喜添千金

在梅花含苞待放的時節，欣聞您夫人平安地產下一位千金，

我們都感到十分高興。

田中以前就一直說，想要一個女兒，這下可稱心如意了。伸雄一定會因為有了個可愛的小妹妹而變得更像哥哥了。

目前雖說已經立春，但仍非常寒冷，願祈您夫人要十分注意保保重身子。

另外，再寄上一些禮物，是我們的一點心意，敬請笑納。

㊟賀朋友家添丁

好久沒給你寫信了，非常抱歉。今天收到了你的來信，得知你添了位公子。你們結婚的事，好像就發生在昨天一樣，但想來你做父親亦是理所當然的了。我自不必說了，陳躍進、增田也都早當上爸爸了。

收到信後，我很快將此喜訊告訴了其他朋友，大家都很高興。那孩子一定很像你，精神很好吧。第一個孩子撫養起來很費事，比想像的要困難得多。總之，你的責任越來越重了。讓我們大家一起互相幫助吧。

聽說你夫人身體也安康，那就太好了。請多加保重！

再見！

㊵祝賀即將留學

恭喜你即赴英國牛津大學留學。

聽說牛津大學是英國國內的一流大學，國內國際人才云集。能去牛津大學留學，對研究者來講，實乃是最高的榮譽。

由此可知你在平時的努力程度了。

要做成一件大事，必須要有健康的身體。特別是在國外，要想與具有卓越才能的人們並駕齊驅研究，就一定要有超乎常人的

體力。

你是一位埋頭鑽研的學者型人物，這點希望你格外留神，務必注意身體。並願祝您在牛津大學裡，在專業上更加精益求精。衷心地盼望你在歸來時，成爲一個在世界上享有盛名的學者。

另外還給你寄去了一些東西，請在那邊使用吧。

㊶祝朋友考上大學

吉仁兄：

恭喜你考上大學！

我早就抱有期望，認爲你是一定能夠考取的。果然，現在考取了千葉大學。眞是太好了。千葉大學教育系爲日本教育界培養大量人材，你今後是前途無量，這太好了。你大概已經知道了吧，我已在川江貿易公司就業了。二三天前剛剛參加了爲新職員舉辦的學習班，結識了不少和我同樣是高中畢業的人。我們大家意氣相投，覺得踏上社會後，應腳踏實地一步一步的向前邁進。

我感到作爲一個剛踏上社會的青年，應該努力地學習需要的知識，盡快地成長起來。希望你作爲一個大學生，努力鑽研學問。

讓我們共同努力，爭取在下次會面時，能相互交流些有益的經驗吧。一定要給我講講大學到底是什麼樣子的，以及你的體會。

㊷祝賀畢業及就業

沒想到會收到你的來信，眞令人感到親切。

你今年畢業，並且已決定要進入一流的貿易公司就業，我向你表示衷心的祝賀。

我和老伴接到此信後，旣高興又驚訝。你都要踏上工作崗位了，歲月的流逝可眞快啊……。我記得你是很擅長體育運動的，

望你能以光明正大的精神和久經鍛鍊的身體，充分地施展自己的才能。

匆匆草此，聊表賀意。

㊸賀朋友之女就業

好長時間沒有致信問候了，非常抱歉。據我女兒來信說，你全家身體都很健康，我感到十分高興。

另外，你的千金芳子這次以優秀的成績從政治大學畢業，並且在眾多的競爭者中被選到安泰保險公司上班，實在是太可喜了。她本人自然不用說了，你們全家人一定也都非常高興吧。

這一工作對漂亮、可愛的現代姑娘——芳子來講，是最合適不過的了。這已成了我們家一大令人興奮的新聞了。

昨天從郵局寄了點東西給芳子，這是一點小意思。請交給芳子吧。

㊹祝朋友晉升

昨晚小韓上我這兒來，告訴我說你將高升，到新開張的自來水公司去當科長，真是恭喜了。

畢業5年後，你就擔任科長了，我感到自己與你相比，差距太大了。你在大學裡是優等生，到了社會上也依然走在優等生的道路上。雖然比不上你，但我不甘落後。

您一定要好好的指導眾多的部屬。同時，新成立的公司，人員都是從各個地方滙集起來，要相互熟悉認識，你還得花費一番功夫呢。

特別是在專門技術部門，不乏固執己見的人。不過，憑你領導有方，不會有人不折服的吧。

請允許我也給你一點意見吧。你想要說服別人，就必須先傾聽對方的意見。要想成爲一個成功的管理人員，這也許是最好的方法了吧。祝你獲得更豐碩的成果！

㊺賀朋友新婚

啓子：

恭喜你了。此事眞令人感到興奮啊！我打從心裏向你表示祝賀。

上個月底，我問了你好幾次，可是你卻瞎說，說什麼沒那一回事，是謠傳……。不過，從那時起，我就已經有點意識到了。

實在是太好了。大家不知該有多高興呢。我彷彿已經看到了你那美妙無比的新娘容姿，以及那含羞帶澀的新婦容貌。結婚儀式就在下個月的上旬，現在正是最忙的時候吧。如有什麼需要我做的，請不必客氣，儘管吩咐，我將隨時前來幫忙。

收到你的芳箋後，我立即趕到了三越百貨公司買了個形狀可愛的小鬧鐘。就是有一次咱倆都看中的那一種。僅表一點賀意。如能放在你那洋溢着幸福氣氛的新房裡，那我該多麼高興啊。總之，過幾天我會去看你，當面向你表示祝賀的，先以此信致賀。

請代我向你父母及全家問好！

敬上

㊻祝賀開張營業

衷心祝賀"電腦作業開發中心"開張營業。

我懷着萬分激動的心情讀了"開張致詞"。

我知道你從學校畢業後經過了8年，了解你的家庭，知道你是個負有繼承家業大任的獨生子，並且又目睹耳聞了你在那一階

段努力奮鬥的情形。所以，我深知你父母的喜悅和你的感慨。我把它當成自己的事情一樣，爲之感到興奮不已。

　　恭喜你了！

　　我在地圖上看了一下，你那家店的地點眞可謂得天獨厚了。在那一地區開店，必將是生意興隆的了。再加上你往日的實際成果，已經有不少顧客了吧。

　　在正式營業的那天，我一定放下手上所有的事，邀上三五位好友前來熱熱鬧鬧地慶賀一番。祝你奮發圖強！

㊼賀友人開張營業

　　茲接到咖啡廳開張的消息，不禁爲你歡呼高興。我最初從你那兒聽到這一計畫，已是幾年前的事了吧，當時我還非常擔心呢。但你終於把它付諸實現了。對你那百折不撓的實現精神，我深深的表示敬佩。

　　不管如何，首先向你賀喜，並且打從心底裡向你表示支援：“加油啊！”儘管這是微不足道的。

　　從店名“凱旋門”，也可以看到你的修養和對新店的眷愛。我爲之感到歡欣雀躍。

　　這樣一來，你就成了“一國一城”之首領了。也正因爲如此，所有的重任也就全落在了你一個人的肩上，望你腳踏實地，一步一步地走下去。

　　最後，爲你的努力而歡呼，並預祝今後有更大的進步。

㊽慰問生病的朋友

　　敬啓者　據悉你自前些日子來不幸染疾在床，沒能及早去探望你，非常抱歉，儘管我在這之前一點都不知道。那以後的情況

可有好轉？特致問候。你平日裡身體十分健壯，所以恢復起來也
一定很快吧。不過，這幾天天氣亦不怎麼正常，願你專心療養，
早日健康。

過兩天我一定去探望你，先匆匆草書此信，以示問候。

㊾慰問朋友失竊

我從田川那兒得知你商店不幸失竊的消息後，實在是嚇了一
跳。

我感到非常難過，聽說損失的金額還不少呢。真不知道說什
麼才好。

聽說這些都是你費了不少心思，長期努力才獲得的，而且好
不容易才開始步上正軌。遭到此變，想你一定非常灰心吧。但請
你一定要振作起來。

我本想立即趕去向你表示慰問，但由於我丈夫目前正出差在
外之故，故先草此書，以表問候。

㊿慰問考試落第之友

實在太出乎人意料之外，我認為這不會是弄錯了吧！你一定
很悔恨吧，我完全能了解你現在的心情。

你想外出旅行的心情，我太明白了。不過，有句老話說："
時不利"，也有句"強將不為一敗而棄弓"的格言。我深切地希
望你不要過於消沈，要幡然猛起，振奮起精神，全力以赴去衝破
難關。

如果考試在人的一生中只有一次，那是應該為之氣餒喪志的
。但那是歲歲年年都在進行的，有不少勇士都是幾番起落之後才

衝破那鐵門的。你現在剛嚐到一次失敗，根本不值得一提。你以前走過的路途，似乎過於一帆風順了。你應視此為磨練自己的好機會，鼓起剛毅的勇氣，以期待明年的考試中大顯身手。

過幾天到寒舍來一次吧！在郊區那悠閒自得的曠野裡，盡情在開懷狂叫的話，你那憂鬱的心情頓時將煙消雲散的。

51 慰問 遭受祝融之災

此次突然遭受到一場火災，本人表示不勝同情。你全家都平安無恙吧，我現在最放不下心的就是這一點了。聽說火是在深更半夜起來的，火勢來得很猛，加上你們又在下風，不少貴重物品全化為灰燼了，你一定很沮喪吧。不過，你的決心是今後復興的關鍵。我衷心地希望你打起精神，振作起來，這是最重要的了。

現在一定是很不方便的吧。有什麼事，只要我們能做的，請儘管吩咐。雖然我們的力量很微薄，但是我非常願意幫助你，哪怕是一點兒也好。如在附近的話，早就應該趕去慰問了，可是相隔這麼遙遠，只能十分失禮地用書信來向你們表示慰問了。

匆匆草此，請向各位轉達問候。

52 慰問遭受水災

聽到報導說，此次強力颱風給貴方造成很大的災害，令我十分擔心你們那兒的情況。據說有不少地方都進了水，還發生了山崩等，你們家中一家老小都平安嗎？現在是忙得不可開交之際，但我非常想知道你們的情況，接到此信後，一定要回封信，談談你們的情況。如有什麼需要我們幫忙的，請儘管提出來，不必客氣。

以上匆匆，謹致問候。

53慰問遭受颱風之災

此次第×號颱風來襲，看着不時播放的電視新聞，不免爲之忽喜忽憂。當得知以你們那兒爲中心，災情相當嚴重時，不禁爲之十分吃驚。你家怎麼樣呢？我們這兒離颱風中心較遠，但仍受颱風邊緣的影響，家裡的牆壁都倒了，好不容易栽培的一些番茄全給毀了？今天早晨起，風勢才有些減弱，昨天晚上幾乎一夜沒合眼，擔心的要命。

報紙上和電視新聞中都沒提到你們那條街的街名。但正因爲如此，我才益發感到不放心，在胡思亂想。僅先書寫此信，詢問一下情況。

54慰問工廠發生事故

前略爲歉。聽說貴公司太平洋工廠發生了火災，太令人吃驚了。先匆匆草書此信以示慰問。

據說那家工廠全部化爲灰燼了，實在是太令人心疼了。不過聽說沒有一個人受傷，這倒是不幸之中的大幸了。

雖然我們的力量也很有限，但願竭本公司之全力，援助貴公司，爲貴公司的重建、復興而效力。有什麼事請儘管吩咐，不必客氣。

我們將即刻前去表示慰問，先匆草此信，以示歉意。

55慰問因生意遭挫折而煩惱的朋友

獲悉你最近生意不太順利，想你心裡一定非常難受吧。正如人生會有起伏一樣，做生意也會時有沉浮，會遇風浪，所以請你千萬別灰心失望。歷經苦難後爭取得來的繁榮，才是最令人高興的。

你要冷靜地考慮一下，此次受挫的最大原因何在，找到原因

後，今後的道路應該自然開通了。其實，最大的原因在於自己，這一點，人們往往會忽視，覺察不到。只要找到了原因，又有振作起來再做一番的氣概，那麼人生中還會有什麼行不通的路呢！你一定要拿出勇氣來，奮起再做。我相信你是有這種氣魄的。在這個世界上，沒有什麼辦不到的事情。祝你幸福！

56慰問破產的朋友

對於你的破產，就像我自己的事一樣，我感到萬分遺憾。你聰明、能幹，在經過周密的計畫和充分的準備後開張的店，最後却倒閉了……。原因也許是你的計畫太尖端、率直。老實說，你的設想要比當今的潮流先進 10 年。社會上潮流發展的節奏，無法趕上你想法的緣故。這不是你沒有先見之明。請千萬別為此而一蹶不振。東山再起的機會一定會來臨的，你不須太急躁、養精蓄銳，迎接那一天的到來。

另外，我想給你的忠告是，到柴山的工廠去，換換環境，別老呆在那兒。我想柴山是完全能理解你的心情的，請你考慮一下。等你東山再起之時，我會非常高興地鼎力相助。

57慰問遭遇交通事故的朋友

看到你的來信後，把我嚇呆了。也許是某種預感吧，昨天晚上我做了個非常可怕的車禍之夢。誰能料想到今天竟收到這封信。我覺得如同我自己受傷一樣，再次感到車禍實在是太可怕了。幸虧傷得不重，這是不幸之中的大幸吧。你還有許多如工作等什麼放不下心的事情吧。不過，目前是療養第一，願祝你早日恢復健康。我本想立即趕去探望，但因本周行程排得滿滿的，一點時間都騰不出來，只好先給你寫封信，以示慰問。

又啓：如有什麼需要我幫忙的，請儘管吩咐。

58 慰唁喪母者

剛剛收到來信，驚悉您母親不幸逝世，我頓時楞住了。

真不知道如何安慰您才好，我感到心裏難過，您一定是非常悲痛的，您家人也一定悲傷萬分吧。

在我快出差之前，到府上去探望她老人家時，您很高興地告訴我說近來好多了。我看到您母親的氣色也很好，但誰知……。我現在深深地感到，人的生命真是大虛幻無常了。

您比別人更加敬愛母親，因此悲痛就更甚於別人。但若悲哀過度而傷了身體的話，您父親和家人就更難過了，希望您不要太想不開。

有句話叫作"擦乾淚水站起來"，只有這樣才是真正地繼承了已故令堂的遺志，您說對嗎？

我大概在××日回來，回來後我會即刻趕到府上，到令堂的靈前去吊唁，並向令尊表示慰問。

隨信附上的東西，請供在靈前。望多加保重。

59 慰唁喪父者

驚悉令尊大人在久病之後，儘管經過精心的治療，但終回天乏術，與世長辭了。我們簡直不敢相信。他平時身體很好，我們都以為不久就會恢復健康的。此事實在太突然了，令人感到人生的虛幻無常。您一家都因之而沮喪吧，務請節哀順變。

謹此祈禱冥福，並對生前的友誼表示深切的謝意。隨信附上奠金，聊表寸心，請祭奠於靈前。

60 唁恩師去世，致其家屬

驚悉藤野先生因病醫治無效，不幸仙逝。我們實在感到難以相信。我們還想長久地獲得他的指導呢……。一想到我們再也得不到精力旺盛、慈祥恩師的教導時，不禁感到猶如被奪走了依賴的柱子一般。貴府各位一定都感到悲痛萬分吧，務請節哀。

我們這些人，今天能夠在社會上獨當一面的工作，這全靠恩師生前的熱心指導。

老師，謝謝您了！謹此致以衷心的謝忱和哀悼！

61 吊朋友之死，致其雙親

驚聞晴一突然去世，我們都呆住了。他是那樣地神采煥發，那樣地明朗健康，那樣地孝敬父母，那樣地篤於友情……。晴一的優點——清晰地浮現在我們的腦海中，作為平時對他傾盡深情，精心養育他至今的父母親，其悲哀就更甚了。一想到此。我們益發感到心痛萬分。

但是，父母親若為那善良的晴一之去世而悲哀不止，我們倒反而覺得遺憾了。我們想，英年早逝的晴一生命應自今日起活在父母親的心中。請你們更應健康地度過自己的晚年，把晴一的那份也一起算上。敬請保重。

謹祈禱晴一冥福。

62 慰問遭受地震

急啓者 剛才從電台廣播的緊急新聞中獲悉，你們那兒遭遇了數年不見的大地震，災情很嚴重。聽了以後，大驚失色。不知你們全家人是否都安好，感到非常耽心。為此，請在接到此信後，立即回函告訴我們一下你們的情況。

以上，謹致問候並請求。

草草不一

63 感謝他人對自己就業的祝賀

敬覆者　在我進入外貿公司就業之時，承蒙你很快地寄來了賀信，在此表示深切的謝意。今後我決心努力工作，以期不辜負各位對我的厚望。不過再怎麼說，我也只是個剛從學校畢業，只會紙上談兵的人，今後仍敬請多加指導，多賜鞭策。

謹此答謝。

敬上

64 感謝饋贈結婚禮品

敬啓者　天高氣爽，涼風徐徐，恭賀各位起居安康、幸福。此次我們結婚時，承蒙道賀，還惠賜非常高級的禮品，實在不勝感激。

在此表示衷心的謝意。

惠贈的烤麵包機，我們早晚都在使用着。我妻子也要我替她向您問好。過些日子，我要和她專程到府上道謝，現在先匆匆草此書，以此致謝。

敬上

65 感謝做身份保證人

近來天氣很不佳，各位起居是否安康，謹致問候。

前些日子儘管我冒冒失失地提出了很不禮貌的要求，但承蒙不棄，應允了下來。眞是太感謝了。

託您的福，我已經順利地辦完了入學手續，明天起就要開始

上課了。今後，我一定會竭盡全力發奮學習，以期報答您做我的身份保證人的深情厚誼。

今後仍請多加指導。

65 考上研究所，感謝老師

敬啓者　春暖花開之際，敬賀老師身體健康。

自從我進入這所學校以後，各方面都受到了老師您的照顧，在此表示深深的謝意。託您的福，我順利地結束了 4 年大學留學生活，這次又考上了東大學工學研究所建築學專業的博士研究生。這些全是老師您指導的結果，再次表示衷心的感謝。從今以後，我一定要把老師的教導銘刻在心，堅強、明朗、愉快地向前邁進。爲此，我從心底希望老師今後仍加倍地給予鼓勵和指導。另外，寄上一些台灣名茶——烏龍茶，敬請笑納。

最後，請老師保重身體，祝鴻圖大展。

以上，匆匆致以滙報和謝意。

敬上

67 感謝慰問父親住院

敬啓者　謝謝您給我們寄來了熱情洋溢的信。平素一直承蒙照顧，不知如何感激是好。

這次家父遭遇交通事故後，得到您溫暖的問候，實在是感激萬分。

家父昏迷了一夜，我們當時都嚇得不知所措，只是一味地祈禱。託您的福，從昨天傍晚起，他已經恢復意識，X光透視檢查的結果，沒有什麼異常。我們全家聽了以後，懸著的心一下子放鬆下來。

醫生也說了，只要在醫院裡住上二三個星期就可以了。家父

本人的臉色也好多了，食慾也不錯，所以請各位放心吧。

以上，謹代家父向各位滙報近況並致謝！

敬上

68 感謝忠告

拜覆者　春光明媚的季節到了，恭賀各位健康、幸福。每次都承蒙盛情厚誼，深表感謝！

此次，在我兒子升學（大學）問題上，完全像您所指出的那樣，應該尊重孩子本人的意見。根據您的忠告，我將此意思也轉告了兒子，請您放心吧。

以上匆匆，謹作回覆並致謝。

敬上

69 感謝訪問期間給予的照顧

敬啓者　暮春之際，恭賀貴公司更加興隆昌盛。

此次到貴國出差訪問之際，承蒙貴公司多方照顧，非常感激，謹致謝意。託你們的福，我們得以順利地完成了任務，於昨晚9時許平安地回到了日本，敬請放心。由於貴公司的殷勤幫助，此次訪問獲得了超出意料之外的收穫。對此，再次表示衷心的感謝。今後仍請多加強交流往來。

以上，謹致謝意並通知。

敬上

70 感謝工廠接待參觀

敬啓者　時值晚秋之際，敬賀閣下益發幸福、康健。

上個月承蒙在百忙之中，抽出時間來陪同敝公司技術考察

團，非常感謝。託您的福，我們一行獲得了很大的成果，特別是加深了對貴國光纖通信技術的認識。這些，今後必將給我們的研究帶來極大的幫助。在此，再次表示衷心的感謝。同時，今後仍敬請多加指導。

最後，請向陪同我們參觀的大川科長先生轉達我們的問候。

以上匆匆，謹致謝意。

敬上

71感謝贈書

敬啓者　嚴寒隆冬，恭賀貴會越來越繁榮興旺。

此次惠贈的貴重書籍，我們都收到了。衷心地感謝你們的一片好意。今後仍請多加照顧。

以上草草，謹致謝意。

敬上

72參加進修後的感謝信

敬啓者　每次承蒙照顧幫助，非常感謝。

上次本公司的陳夏生等 15 名進修人員在貴公司進修期間，承蒙你們在百忙之中抽出時間加以熱情指導，使他們不但達到了預期的目的，而且還獲得了不少資料。這些人員都向我們報告了。對你們的深情厚誼，特表示感謝。

這 15 個人都將在各自的崗位上，充分運用在貴公司進修期間所獲得的經驗。今後仍請多加指導。

敬上

73感謝寄贈資料

敬覆者　此次承蒙你們聽取敝校過分的要求，立即寄贈了珍貴的資料，實在太感謝了。託你們的福，對我們來說，這些資料的參考價值實在太大了。

今後還有許多事要仰仗指教，請多加幫助為盼！

敬上

74感謝推薦入學

敬啓者　值此早春之際，恭賀先生越來越健康幸福。

此次在百忙之中多有打擾，並提出了過分的要求。然而承蒙您很快應允，不勝感謝。

前兩天，我把您寫的介紹信附在信裡一起寄了出去。託您的福，他們處理得非常認眞。今天收到了回信，信上說一定盡力滿足我的要求。為此，我萬分感謝。信中還說，再過一個星期左右把最後的結果通知我。

我知道這多虧德高望重的先生的幫助。再次表示深切的謝意。如能被錄取，我一定盡最大的努力去鑽研。今後還請多加幫助。

一等他們通知我後，我會立即向您滙報的，今先匆匆致以謝意並滙報。

敬上

75感謝介紹宿舍

敬啓者　早春之際，祝您工作順利，進步。

此次為了我大女兒林谷音的住宿之事，承蒙您多方奔走，非常感謝。剛剛接到谷音的來信，說是找到了一個環境優雅的非專

業的宿舍，感激得很。而且還滿足了她的希望，一日提供三餐，把她當作自己家裡人一樣。這實在太好了。我太太也高興得不得了，說在那樣的人家寄宿，雖是在他鄉異國，亦沒有什麼不放心的了。眞是太感謝您了。今後有事還會麻煩您，敬請多加指導。

以上謹致謝意並拜託。

敬上

76感謝借給圖書

敬啓者　時値晚秋，恭賀您更加康健、幸福。平日裡一直承蒙您照顧，特此深表謝意。

前兩天，我很冒失地提出要借您心愛的藏書。承蒙您不棄，很高興地應諾了，眞是太感謝了。託您的福，資料調查進展得很順利，報告也寫完了。

按上次約定的，我用掛號把書寄還給您，請查收。您很爽快地把自己珍藏的資料借給了我，對此，我再次表示感謝。今後仍敬請多加指敎。另外，還順便寄上了一點台灣土產，請笑納。

天氣將逐漸轉冷，請多加保重。

以上草草一書，謹致謝意並通知。

敬上

77致投宿的旅客

謹啓者　此次各位不遠千里，光臨本地，在敝店下榻，特表示感謝！

各位在敝店下榻期間，我們一定有許多照料不周的地方。對此，我們全體工作人員表示深切的歉意。您如果有什麼意見，請儘管告訴我們，我們將努力改進，以期進一步提高服務品質。今

後仍請多加惠顧。我們恭候着您的再次光臨。

以上，謹致謝意並拜託。

敬上

78感謝別人的吊唁

此次家父去世之際，承蒙誠摯悼唁，使我們感到友誼的可貴，真不知用什麼語言來感謝才好。家父突然發病，還沒來得及看護，他便猝然長辭，使我們一時茫然不知所措。

但一想到他所拋下的年幼弟妹，這時我悟到了家父臨終時的心情，因而覺得不能一味悲傷，而應勤奮持家，早日把弟弟妹妹培養成人，這就是家父留給我的任務。一想到這些，心裡就激發了幹勁，請您放心吧。今後還有不少地方會麻煩您的，到時請多加關照。

謹此匆匆致謝並致禮！

79感謝在母親患病期間所給予的關心

此次家母患病，煩您費心張羅，不勝感謝。託您的福，家母的病終於痊癒了，三四天前起，她就躺不住了，摸摸索索地料理一些自己日常的事。她這個人天生就是個閒不住的人，不論周圍的人怎樣勸阻，她就是不肯靜養，真是讓人為難。不過，我們一定會儘量讓她靜靜地休養一陣子。

家母這次生病，給大家添了不少麻煩，又是探望，又是詢問。家母也表示衷心的感謝。在此，我們代表她本人，謹向各位致以深深的謝意。原應該親自登門道謝，謹先以素箋致意。

另外，煩請向其他各位轉達問候。

80 通知朋友的新住址

拜覆者　12月6日大禮收悉。

關於你所要打聽的佐藤勝彥的新住址，現作如下答覆。他於日前榮任仙台分社社長，我手邊保存有他當時調動工作通知上所寫的地址是：

郵政編號980，仙台市小松島町北2－47。

如多少能對你有所幫助的話，則萬幸。

以上，專此布覆。

敬上

81 遷居通知

春天的腳步越來越近了。想各位必定是康泰有加吧！最近我們搬了家，地址如下。

新居離市中心非常遠，以致我們都不敢勞各位跑一趟。但這兒空氣新鮮，這是最可貴的了。如各位出差辦事來到這兒附近，請一定屈駕光臨。在中山公園前坐78路公共汽車，到終點站下車。如事先來個電話，我們一定去車站迎接。

舊地址：台北市延吉街72－1號2F

新地址：台北市撫遠街261巷18號2F

82 通知變更電話號碼

敬啓者　初冬之際，恭賀您越來越健康幸福。平素一直承蒙抬愛，特此表示感謝！

從12月15日起，敝舍電話號碼有所變動，具體如下，特此通知。

敬上

附：

舊號碼：台北　9211094

新號碼：台北　7685969

83遷移通知

敬啓者　時值晚秋，想各位愈發健康幸福吧。我們感到由衷的高興。平日裡一直承蒙格外照顧，實在是萬分感激。

此次，敝公司由於新樓落成了，故將遷至以下場所。實際上，這也是大家平時惠顧的結果，值此機會向各位致以深深的謝意。並決心要更加努力提高服務品質，儘可能地滿足各位的要求。敬請各位加倍地給予惠顧。

專此

布禮！

敬啓

附：

一、遷移日期：1986年12月21日

二、遷移地址：台北市溫州街52巷19號6F

三、電話號碼：3920925

84贈送雜誌創刊號

松本先生：

日前承蒙您在百忙之中惠賜大作，使本刊平添了不少光彩，在此表示深深的謝意。託您的福，本刊創刊號才得以如期發行。我們都還是初出茅廬之輩，今後還望多加指敎。

另外，第2期預定在4月中旬發行。

謹此致謝，匆草爲歉！

謹上

85 通知朋友去世

今天有一不幸的消息不得不告知，我們的諍友王孫大於前天晚上去世了。

我接到母親的電話後，匆匆忙忙地趕到醫院，可是已經晚了。

他那經常笑容滿面的臉，變得削瘦蒼白，看上去已經判若兩人了。很早就聽說他的胃不好，經常鬧胃病，但誰知竟會發生這樣的事，真令人感到悲痛萬分。

葬禮定於×日下午3時在萬國殯儀館進行。我已通知山田和老林了。

另外還要通知您，香典供物將一律謝絕。

86 通知父親去世

家父前兩天還在開玩笑，說是有點頭暈目眩，覺得不中用了呢。誰知在今天早晨7時，正準備去上班時，突然昏倒。等到醫生趕來時，已經來不及了。即此長逝，得的是腦溢血。

您是家父生前摯友，特此匆匆報聞。

87 通知平安抵達

敬啓者 時值陽春，諒先生更加健康，壯健。

我自與先生分手之後，一路順風，於今天晚上7時許平安抵達桃園機場，比預定的時間晚了1個多小時。敬請放心。在日留學期間，承蒙您多方照顧，我真不知怎樣感謝才好。

現在剛到家，行李還沒打開，就急急忙忙先給您寫這封信。謹此匆匆稟報。

敬上

88通知結婚

初夏之際，欣聞各位起居越發安康，我感到非常高興。

在恩師楊先生夫婦媒妁之下，我已於 4 月 28 日結婚了。丈夫叫李明。在台北市遠東百貨公司工作。我們是同一所夜校日語系的同學。新居是在台北近郊的勞工住宅區，房子不太寬敞。如有機會來台，請一定光臨。

我們各方面都還不成熟，今後仍請多多地加以指導。

敬啓

89通知收到稿費

敬啓者　平素多承照應。

本月 3 日所惠寄的拙文〔台灣的日語教育〕的稿費，已於今天收到。

謹此通知並致謝！

敬上

90通知考取大學研究所

大林先生：

好長一段時間沒有修函問候，非常抱歉。託您的福，我很順利地考取了台灣政治大學研究所。這全靠先生您平素對我的栽培，在此特表示感謝。

如果您就住在附近的話，我早就跑到府上去向您道謝了。但我還打算利用時間在台北再學習一段時間，所以先草書此箋，略表謝意。

— 156 —

敬祈先生生活起居康健。

謹此稟報並致謝！

鄧國安

91 通知遭地震

田雲：

　　大概你已從今天早上的電視新聞和報紙上知道了吧，我們花蓮地區昨天（13日）晚上遭到了二三次相當強烈的地震，到現在還有些搖晃呢！

　　看來災情不小，聽說一些熱鬧的地方死了二三十人呢，有些地方通信聯絡和交通都中斷了。你以前曾住過的台東地區，聽說那裡地下水管破裂，大水泛濫。事到如今，我們才真正領受了地震的恐怖。

　　幸好我們家裏並沒有人受傷，只是二樓的曬衣服竿子掉了下來。不過，一想到有人在這次地震中失去了親人，就感到十分悲痛。目前交通仍非常混亂，稍微平靜後，請你光臨吧。

　　謹此通知。

郭永景

92 通知出院

　　在本人住院期間，承蒙您多次前來探望，使我不勝感激。託您的福，無論什麼病魔也會被降伏，我已於昨天出院了。正如您所說的，由於害了這場大病，我要謹防急躁，好好地靜養，還打算在五一勞動節期間到知本溫泉去一趟。那兒離府上不遠，又有機會見到您了，我從現在起就盼望着那一天早日到來。家裡人也沒為護理我所累，精神很好，我亦為此感到滿足，此乃老天爺的恩惠。

　　我一定遵囑，安心靜養，敬請放心。盼着早日能見到您。

93 通知生了孩子

前些天承蒙您專程來探望，非常感謝。

我內人已於今天上午 9 點 40 分平安生下一男孩。她身體很好，一直到臨分娩的前一天還站着工作，到傍晚時分，感到有些異樣，才急急忙忙住進醫院。由於是第一胎，大家都不免有些擔心。但分娩時很順利，孩子的體重也有 2500 克，發育亦十分正常，大家都高興極了。過兩天再給他取名字。那時會另行稟告的，今天先通知平安分娩。

草草不一

94 通知朋友自己住院了

你好！這一封突如其來的信，可能會使你感到納悶吧。我現在正住在中山醫院。星期五晚上，當我騎着我那輛心愛的自行車穿過站前大道時，冷不防被從旁邊穿出來的人撞倒了。此人也騎着一輛自行車，有點醉醺醺的。真是不幸中的大幸，還好沒有什麼生命危險，只是撞傷了腰，撞破了頭，我還是有生以來第一次被抬上救護車，送到了這兒。

詳細的檢查結果要等三天以後才能出來，所以具體的情況要到那時才能告訴你。頭在第二天就不疼了，但最怕的是有後遺症。因此才在這兒如此靜臥。腰骨現在還是一動就痛。

我現在處於這種狀態。故上次答應你的演講，看來要成問題了。大家好像都很感興趣，實在太遺憾了。這真是天有不測風雲，請多加見諒。

人是不知會何時何地，遭到到什麼橫禍，你也要多加小心，提防交通事故。另外，聽說對方那個醉鬼傷得不輕，必須 4 個月才能痊癒。他父親也來向我賠禮道歉過了。但賠禮也好，生氣也

罷，事情既然發生了，說什麼都無濟於事了。

以上，謹此匆匆通知住院的情況並致歉。

95邀請參加祝壽

早晚已開始有明顯的涼意了。諒各位都愈發健康有加，可賀可慶。

恕免客套。本月 10日是家父的花甲大壽，我們準備舉行個小小的壽宴（時間、地點見後），邀請平日一直對我們加以照顧的各位，報答大家的深情厚意。什麼也沒有準備，只是請您務必屈駕光臨。

附：

時間：（略）

地點：（略）

96邀請老師參加同學會

敬啓者 時值晚秋，想先生起居健康如常，特致問候。自畢業後，由於各種原因，竟久未修函問候，實在是抱歉得很。

我們是 75 屆畢業每年秋天都舉行一次同學會，一直持續至今。本次想特別邀請先生您也參加，具體時間、地點安排如下：

時間：11 月 20 日（星期六）下午 5 時起

地點：國賓大飯店

百忙之中多有叼擾，敬請撥冗蒞臨爲盼。

另外，出席者每次約 15 名，本次亦基本如此。

以上匆匆，專此邀請。

　　　　　　此致

敬禮！

1986年11月4日

同學會幹事　袁建華

97邀請參加歡送宴會

山田先生伉儷由於合同期滿，已定於近期內回國。我們都感到非常依依不捨，但此亦是非分別不可了。

為此，我等同學決定聚在一起，舉行一個歡送山田先生夫婦的歡送會，具體時間、方法等如下。

因為我等都是好友，故想採取大家圍坐在中式圓桌四周的形式。請各位務必排除萬難，前來參加。

日期：×月×日（星期四）下午7點

地點：來來飯店

費用：伍佰元

另外，由於準備方面的原因，煩請各位等把隨信寄去的明信片，在註明出席或缺席之後，再寄還給我。

發起人　劉大同

98邀請參加祝壽

郭景泰先生：

首先請原諒我冒昧地給您寫此信。我是黃雨延的二女兒，名叫琳琳，小時候曾見到過您二三次，可能您已經不記得了吧。

我要向您表示感謝，感謝您平時一直對家父照顧有加。

郭先生的名字很早以前就出現在家父的得意、自豪的往事回憶中。說您是高雄地區獨一無二的網球名將，對我們來講，您那讓太陽曬得黝黑的臉，那爽朗的笑聲，都是非常親切的。家父在今年3月從高中教師的崗位上退休了，現正過着悠閑自得的日子

。星期天，他還拿出網球拍子，向我們小輩挑戰，說是"人不運動不行"，顯得十分有精神。

家父今年已經年屆花甲了，他也承認自己精力旺盛，與年齡根本不相稱。我們做小輩的，真想送一個網球場給他，可是那又談何容易啊！於是，我們計劃舉行這祝壽會，讓他講講自己過去的輝煌經歷。我們聽了以後，儘可能多地給他鼓鼓掌。我們知道您郭先生是個大忙人，但如果可能的話，請您在本月18日下午光臨寒舍。

我們這裡參加的人，除了現在家裡的三個人以外，再加上出嫁到高雄的姐姐和姐夫。人數不多，規模亦不大。

請您務必來參加。

目前正值秋老虎時節，請多加保重。

99 邀請參觀美術展覽會

又是一個令人心曠神怡的季節，空氣中都帶着花香。想各位起居都平安吧。

今天我寫此信，爲有一令人汗顏的邀請和請求。這件事，以前好像也曾提起過。我們公司的幾個同事發起組織的美術小組——"舊友會"，到本月20日，整整滿一週年了。在老師的鼓勵下，我們十分起勁地舉辦了第一次展覽會，具體時間、地點如下：

日期：4月15日～20日

地點：國軍文藝中心畫廊

時間：上午9點～下午4點

我也展出了三件小作品，展覽那天，請各位務必光臨，並對小作提出批評指敎。

您的興趣廣泛，而且眼力非凡。我這個初出茅廬才一年的無名之輩，說什麼要聆聽您的評價，也未免太自大。其實，也有一

段很長的時間沒見到您了，想聽您談談近況，這也是非常令人嚮往的。把您的朋友也帶來吧，好好地熱鬧一番。

100 邀請參加忘年會

年關將近，想各位都十分繁忙吧。

根據往年的慣例，又要舉行忘年會了，回顧充滿各種記憶的過去的一年，祝福即將到來的新年。特此通知。

地點就在寒舍，28日下午5點開始。李豪、陳琪軍等八、九個人都準備參加。當然，更歡迎攜伴參加。紹興酒、日本酒、威士忌等都準備好了，請放心。

林一光上周剛從日本回國，一定可以聽到不少有關異國的趣聞；黎明兩夫婦明年4月份將去日本留學。所以大家都說，能湊在一塊兒暢談，恐怕也只有今年的忘年會了。

為此，我們的忘年會將是暢飲、暢談的聚會。請你一定要參加。

那麼，就盼望着大家碰面的那一天了。

最後，請代向尊夫人問好！

101 邀請朋友共進家庭晚餐

又到秋風送爽的季節了。你現在更加健康、健壯了吧。

去美國留學、鑽研電學的長子國治已於12日平安回國了。在留學期間，曾受到你的多方關心，特在此表示感謝。

為此，我們不準備公開招待，只想舉行個晚餐會，表示一點意思，慶賀國治學成歸來。能否煩你在18日下午6時左右光臨寒舍？

其他的客人都是你所熟悉的，大家都很隨意，務請賞光。

102 邀請參加婚禮 ⑴

謹啓者　金桂初馨，祝賀你更加健康幸福。

我們此次在陳明軒夫婦的介紹下，準備結婚了。茲定於 10月1日（星期五），在下列場所舉行婚禮。今後仍敬請多加關照。百忙之中，多有打擾，非常抱歉。請您當天務必光臨。

敬上

1986 年 9 月吉日

附：

時間：10月1日（星期五）下午3時～5時

地點：海霸王大飯店龍鳳廳

103 邀請參加婚禮 ⑵

謹啓者　早春之際，恭賀各位身體更加健康。

在大平一雄夫婦的媒妁下，林振宇之長子抗生與李愚氓之二女李蕊的婚事皆已準備齊全。茲定於×月×日（星期六），在新霞飯店舉行結婚典禮。

婚禮儀式結束後，為表謝意，略備小酌，兼作結婚喜宴。百忙之中，多有打擾。敬請於當日下午3時屈尊賞光為盼！

林振宇　敬上

李愚氓

1986 年 4 月吉日

104 接到參加婚禮的邀請

敬覆者

此次，值貴公子舉行結婚儀式時，承蒙鄭重地邀請我們，這對我們來講，是一種莫大的光榮。屆時我們一定參加，祝賀這一

盛大儀式，並衷心地爲新郎新娘及貴府的永久繁榮而祝福。

以上匆匆，謹致謝意並回意。

敬上

105 邀請參加旅遊

迎接菊花怒放的新秋了，恭賀各位先生更加健康幸福。

本校外語學院日文系自設立以來，託各位先生鼎力相助，至今已十年有餘。爲紀念日語系的創立，並對各位先生平素的勞苦表示感謝，同時爲了今後仍敬請多加關注，我們特邀請各位去屏東、墾丁作六日遊。

以上專此布達，敬請各位光臨。

時間：11月30日上午7點， 在野聲樓前集合，屆時將有遊覽車去接各位。

（另外，請把參加與否寫在隨信寄上的明信片上，通知我們。）

106 邀請股東出席會議

敬啓者：春暖花開之際，恭賀各位股東更加健康幸福。

本年度的春季股東大會，將按以下日期召開。本次會議將對全部理事進行改選，爲此一定要開得熱熱鬧鬧。敬請各位股東伉儷雙雙出席會議。

另外，由於事前會務準備等原因，請在 15 日以前，在隨信附上的明信片上，標明出席與否後，寄給我們。

敬上

附：

時間：1987年4月20日下午2點正

地點：環亞大飯店

107 邀請參加建國花市大會

敬啓者　春光明媚時節，敬賀各位更加平安健康。

一年一度的牡丹季節即將來臨了。本市每年舉辦的牡丹觀賞大會，今年已經是第六屆了。早在唐朝時期起，洛陽的牡丹就名揚天下，至今已有 2000 餘年的歷史了。

今年牡丹觀賞大會的日程如下，請各位踴躍參觀。衷心恭候各位光臨。

日期：4 月 15 日～25 日。

地點：台灣省台北市花卉協會。

本屆大會秘書處設計安排了許多節目，保證各位一定滿意。敬請各位闔家結伴，熱熱鬧鬧地前來觀賞。

要參加者請於 4 月 10 日之前與我們取得聯繫。

以上，謹致邀請。

另外，如希望了解有關詳細情況，請告知一聲，本會將立即寄上流程表。　　　　　　　　　　　　　　　　　　敬上

108 邀請觀賞昆劇

敬啓者　馬路兩旁樹上的樹葉已日益泛黃，你起居安康嗎？謹此請安。

早先我曾對你說過的全國地方劇曲週，這次要在台北舉行了，特向你通報。其實，地方劇曲對學習中文來講，也許沒什麼幫助。但是，地方劇曲能夠反映了各地的風俗人情等，還是值得一看的。尤其我要向你推薦昆劇。這個星期六下午 6 點，在文化中心將公演昆劇名作"十五貫"。色彩繽紛的江南風情將使你暫時忘却浮塵喧嘩。因此，木村先生若喜歡傳統劇的話，那是非看不可的了。現將那天的入場券一張隨信附上，請查收。

以上匆匆，謹作邀請 觀賞昆劇之舉 。

敬上

109 利用名片進行介紹或推薦　(1)

敬啓者　謹此介紹前些日子所提起的朋友——李吉仁。他與我已有 10 多年的交情。關於他的爲人，我完全可以擔保。煩請接見，並賜惠助。

敬上

110 利用名片進行介紹或推薦　(2)

茲向你推薦李華藝。此人爲私立輔仁大學藝術系學生煩請接見，並與她談談 。

111 利用名片進行介紹或推薦　(3)

濱田吾夫先生：

茲推薦我的同鄉朋友——李曉天 。請多加指導 。

南光株式會社
董事長　陳鴻宏　印

112 介紹故鄉的青年

日前惠臨敝校時，不巧適逢本人不在，非常抱歉。也許你已經有所聽聞了吧，大作〔新農村的起步〕一書，在忠厚純樸的農村青年中激起了意外的迴響，正悄悄地形成一股熱潮。持本介紹信前來的，就是喜愛大作的青年之一。他是我同鄉，叫田英俊 。我與英俊的父親從小在一起長大。其父人品出衆，英俊那篤誠的秉性可能就是承其父親遺傳的吧。這次，他大老遠跑到我這兒來

，說是對農村實際情況的某些方面，還有不少疑問和苦悶，想求先生給予耳提面命。爲此，特此引薦並請賜教爲盼！

113 介紹大學時的同學

敬啓者　平素一直倍蒙惠顧，在此謹致謝忱。

請允許我開門見山地介紹一下我的朋友——劉守夫。他是輔仁藝術學院的講師。輔仁藝術學院此次計畫在貴市舉辦市民講座，劉守夫就是爲聽取市民的要求而來的。

爲此，他找到了我，說是要向比較熟悉貴市情況的人士請教，讓我幫他引見。於是我就推薦貴公司。

劉守夫是我大學時代的同學，責任感强，辦事很認眞。煩請百忙之中賜以一見。

以上，謹作拜託。

敬上

114 推薦好書

雲峰：

你是法國文學的愛好者吧。我嘛，正如你所知道的那樣，是個俄國文學迷。普希金啦。托爾斯泰啦，洛思脫也夫斯基等，只要一提起他們的名字，我的心就會興奮得噗嗵噗嗵直跳。你所說的巴爾查克、司湯達等固然偉大，但對我來說，最好的精神食糧仍是俄國文學。也許是那些隱藏在文學作品幕後的沙俄時代的黑暗、荒涼無際的大自然吸引了我吧。索忍尼辛——繼承了這一傳統的當代蘇聯文學的名作家，這一名字你大概也知道吧。他的近作［癌症病房］，那可是部絕好的作品，我認爲即使在當代世界文學中，也是部最高的人道主義傑作。建議你一看。當然，你所

喜歡的法國文學，我也想讀一讀，如有空的話，請多加指導。好吧，等你的回信。

115 請專家作報告

謹啓者　時值早春，恭賀閣下越來越健康幸福。

我們的會議每月一次，聆聽有名的敎授就時事問題作演講，一直至今。下個月（4月份）想請先生談一談非洲問題。這次由我擔任幹事。雖然知道先生十分繁忙，但仍想請先生給我們一個晚上，日期原則上爲每月第二週的星期六，不過也可以調換在第一週或第三週的星期六。時間自晚上6點半開始，2個小時。地點在本校學生會館會議室，參加人數每次約100名。

另外，如能有幸得到先生非正式允諾，我就前去拜訪先生，對一些具體問題作些商量。

以上匆匆，謹爲拜託。

敬上

116 請當身份保證人

久疏致信請安了，各位都好嗎？謹致問候。我近來一切都正常，敬請放心。

這是以前就拜託過的事了。我的大兒子春生這次考上了貴國政治大學法律系，但根據貴國的法律規定，一定要有一位在貴國有永久居住權人作身份保證人。

爲此，又要給您添麻煩了，能不能請您當一下保證人。當然，入學以後決不會給您帶來絲毫麻煩的，這點可以在此事先保證。敬請應允爲盼！

以上匆匆，謹作拜託。

117 請託做身份保證人

中村先生：您好！

在我畢業之後的去向問題上，承蒙您多方關心。託您的福，今天我收到了西部大學入學通知書？根據貴國的法律，在辦入境手續時，須要一位日本人作身份保證人。爲此，非常抱歉，我想請中村先生幫我個忙。除了先生以外，我在貴國沒有可以拜託的第二個人了，一定請應允爲盼！同時也請你向入境管理局打聽一下有關的具體手續。

百忙之中，多有打擾，敬請多加關照。

118 約稿

上略。

突然給你寫信，並冒昧地提出了要求。我是國際人文大學學報編輯部，今因爲想煩請先生爲本報撰稿而寫此信。

題目不是別的，與先生所參加的"反核同盟"有關，叫［反核同盟和戰後40年］，主要內容爲：

1. "反核同盟"現在的發展方向。

2. 從從"戰後40週年"這一現在的立場來看，"反戰同盟"成立時的同盟觀念有了哪些發展？等等。

如承蒙允諾，那麼在"反核群衆運動傳統"的旗幟下艱苦奮鬪着的國際人文大學的學生，無疑將能從中得到許多有益的啓示。爲此，不顧禮節而冒然致書拜託。

如能承蒙應允，截稿期爲9月10日。

字數爲400字稿紙200張左右。

預計刊登在9月20日出版的那一期上。

另外，關於稿費的問題，很抱歉，非常微薄，每張稿紙（400

為 1000 日元，還請多加見諒。

以上，非常對不起，全是拜託之事。隨信附上回信用的明信片，如能蒙回信告知允諾與否，將不勝榮幸！

匆匆

119 詢問住址

前略為歉。急急忙忙地向你打聽一件事。你知道在佐藤勝彥搬家後，新居的地址和電話號碼嗎？

聽說他已搬家了，但忘了向他要住址了。由於工作上的需要，想馬上與他取得聯繫，但不知道他的新住址，真是傷腦筋。

給你添麻煩了，請多加關照。

草草

120 查詢郵包

天氣日漸轉涼，欣聞各位身體都好，我們為此感到非常高興。

前些日子，承蒙您老惦記着我們，惠寄給我們上好的禮物，真是萬分感激。

自從接到信後，我們家裡的人都很高興地盼望着惠贈的禮品的到來。可是時至今日，一個多月過去了，還沒有收到。心想這未免太慢了，便到郵局去查詢了一下，結果說是還沒到。我感到很擔心，莫非是在中途寄丟了。又要給您添麻煩了，真是對不起。為了保險起見，請您也去查問一下。

以上匆匆，謹作聯繫。

草草

121 詢問遺忘物品

前略為歉。昨天度過了非常愉快的一刻，在此表示感謝。

說來慚愧，我是不是把手套丟在你們那兒了？黑色的皮手套，已經有點磨舊了。我覺得好像是掉在沙發下面了。

麻煩你找一下。如果找到了的話，我馬上去取，請替我保管一下。我仍然是一個健忘的人，又給你添麻煩了，眞抱歉。

　　此致

敬禮！

122 詢問拜訪的時間 (1)

您好！謝謝您上次特意邀請我參加風箏大會，但我因工作關係，離不開台北，非常抱歉。

最近好不容易將手邊的工作都告一段落了，所以想從下星期起，到高雄旅遊一下。打算去一個星期。我想回來的時候（8月20日，星期六），到您那兒去打擾一下。不知您可有空？預計晚上到達，在您那兒住一晚，第二天一早與您一起去登萬壽山。這是我擅自訂的計劃，您認爲如何？很抱歉，突然給您出這麼個難題。我衷心地等候着佳音。

123 詢問拜訪的時間 (2)

敬啓者　早晚帶點涼意，日子漸漸地過了些，那以後一切平安嗎？謹致問候。

今天給您寫信，主要是因爲我在撰寫論文過程中遇到了難題，難的我不知所措。所以想在近期內到府上去拜訪，請您幫我出出主意。不知您近來可有空暇？在百忙之中，非常抱歉。白天不行的話，晚上也可以，能抽出2個小時左右給我，就非常感謝了。爲我這些微不足道的小事而勞動大駕，實在是於心不忍，盼能體察我的困境。接到此信後，敬請能用電話等給我指定個時間。

時值季節交替之際，祈望多加保重。

以上匆匆，謹作拜託。

敬上

124 詢問出發的日期

前略爲歉。喜悉閣下近期之內國外旅行，實在是可賀之事。爲此想打聽一下您預定在哪天出發。屆時我一定趕到機場，前去爲您送行。務請在決定之後通告我一聲，麻煩您了。

以上匆匆，謹作詢問。

草草

125 請求接受參觀工廠

敬啓者 春寒料峭之際，敬祝貴公司日益興隆發達。敝公司歷來承蒙貴公司的友好提携，在此特表示深切的謝意。

敝公司每年 4 月上旬爲新職員的進修期間。其中一個項目就是到擁有尖端技術的貴公司的寶山工廠去參觀。時間基本上暫定爲 4 月 5 日（星期三）或者 6 日（星期四）下午，不知貴公司是否方便。另外，人數包括帶隊者在內，一共 50 名。如能承蒙允諾的話，還煩請將具體合適的時間通告我們。

以上謹作參觀貴公司工廠之請託。

敬上

126 預訂機票

敝公司出口部海外事業局長陳貴進定於 12 月 4 日抵達東京，在東京逗留數日後，將赴意大利。

爲此，請貴公司保留 12 月 8 日或 8 日以後的東京到羅馬的最

後一班飛機的經濟艙機票一張。機票及訂位手續費的帳單，請寄給敝公司。款項當及時付清，以便貴公可發機票。

以上匆匆，謹作拜託。

127 預訂船票

本公司經理武大爲將於下月去九州，故想預購一張頭等艙單程船票。

最好是訂預定於下個月初起航的"大安丸"或者"朝日丸"的客房。請多關照。

128 郵購書籍

敬賀貴社日益興隆發達！

我跑了好幾家書店，想買一本不久前貴社出版的〔日本文學史〕，但都沒買到。說是此書銷路很好，一下子就賣完了。爲此，想從貴社直接郵購一本。請寄到以下的地址。另外，由於不知道郵費需要多少，煩請立即把帳單寄給我。我收到帳單後，將馬上把書款匯去。至於書，在你們收到錢以後再寄亦無妨。當然，如能馬上寄給我的話，那是最好不過了。

另外，貴社如有專用滙款單的話，亦請一併寄來。

附：

地址：中華民國台北市開封街一段 19號 3F

劉世仁

129請求把行李運回國

敬啓者　初夏之際，預祝貴公司繁榮昌盛！

這次，本人結束了在日本 4年的留學生活，即將回國了。爲

此，回國的行李托運等想麻煩貴公司幫忙辦理。特此寫信聯繫。
日期預定在6月1日（星期四），主要是些書籍和其他一些東西
。請先來看看，並估計一下。

以上匆匆，謹致聯絡。

敬上

130 增加住宿人數

急啓者　上次向貴店預訂房間（5月10日到20日）的台灣
物產股份有限公司，此次因情況有變，人數需要增加一名，一共
六名。故煩請再增加一個房間。

敬請多加關照，大力協助爲盼！

以上匆匆，謹作增加人數的聯繫。

匆匆

131 取消預訂的船票

前略爲歉。敬祝貴公司越來越繁榮興旺！

前天預訂到九州去的船票，由於情況有變，請取消預訂，特
此通知。

好不容易麻煩你們訂下，又給退了，實在太抱歉了，請不要
見怪。

以上匆匆，謹作聯繫。

草草

132 改變寄送的地址

急啓者　我叫史中全，從去年11月9日起開始訂閱貴店代
理的［光華雜誌］（海外版）。由於這次本人自東京大學畢業，

考進京都大學人文研究所，所以要搬到京都去了。爲此，報紙寄送的地址有所變動，煩請改寄下列新址。

寄送地址：郵政編號601

京都市上京區嵯峨野町7～46

以上匆匆，謹作聯絡。

草草

133 請求安排參觀歷史遺址

敬啓者　烈日炎炎之夏季，各位起居是否安康？久疏問候，非常抱歉。

我們幾個留學生從3年前起就志同道合地聚在一起，一直在探訪歷史遺址。每年二次，利用假期到特定的地方去探訪那兒的文學史跡。這次，我們決定去探訪貴處與小林一茶有關的地方，度過艷陽高照的三天。如能得到貴校哪位對小林一茶熟悉的先生陪同。就萬分榮幸了。不知是否可以？日期基本上暫定在8月上旬，共三天。但這也可以根據你們那兒的實際情況而變動。如果能事先告訴我們可以應允的話，請把陪同我們的那位先生的大名和他認爲比較方便的時間，在回信的時候告訴我們。

目前正是各位繁忙時節，草修此書，多有打擾，非常抱歉。敬請多加關照。

謹此，專致拜託。

敬上

134 謝絕邀請看戲

前兩天收到了附有戲票的信，萬分感激。本人也是十分喜歡看戲的，只要有可能，我也是一定會去看。但是在那天下午

6點鐘，我必須出席一個朋友的出版紀念會。而且，我還是這個會議的發起人之一，因此，就不能不出席了。難得承蒙您特地邀請我，非常不好意思，這次就失禮了。只要時間不衝突，我是一定去看的，但很不巧，請海涵。

另外，戲票附上奉還。

135 對沒能參加會議的道歉

謹啓者　各位都健康、幸福吧。

前幾天承蒙特地寄通知來給我，邀我參加聚會，而且我也答應出席了。但在那天却臨時缺席，對此深表歉意。

我對這個會是很有興趣，大家都有好長時間沒見面了，聚在一起敍敍舊情，要說的話也一定不少。但誰知那天早上，家母突然發病，住進了醫院。幸虧家母的病情並不算太嚴重，是急性盲腸炎，過一段時間便可康復，故我也就放心了。但爲此，却迫不得已地放棄了那個聚會，本人也感到遺憾萬分。不過，以後總會有機會的，到那時再見吧。

敬啓

136 謝絕出借圖書

敬覆者　聽說你想借我的〔郭沫若全集〕。但我對全集，一套之類的整套圖書，歷來持不外借的方針。正因爲是你想借，所以我左思右想，考慮了一個晚上，最後還是堅持自己的方針，不外借。敬請見諒。如是別的書，我將非常高興地出借。請不必客氣，儘管提好了。

謹此答覆。

敬上

137 謝絕爲他人介紹工作

敬一：你好！

你的來信收到了。你信上所說的事，我立即就與我們的研究所主任談了。但很遺憾，沒有能滿足你的願望。

因爲我們研究所在7月份已經進行招聘考試了。再過二三天，就要向錄取者發送通知書了。並且，憑關係進研究所亦是我們研究所的方針所不允許的。

你希望能發揮自己的研究成果，進語學研究所工作。這一心情我是十分理解的。而且，我從小就知道你性格十分溫和，如果能夠的話，一定盡力幫你實現你的願望。其實，我們主任也曾私下向人事部部長詢問過有沒有可能性。但畢竟是研究所的規定，誰都不能違背。我也感到非常可惜。如能再早一點與我聯繫的話，亦不至於會這樣吧。憑你的能力，一定可以光明正大地以出色的成績通過招聘考試的。請千萬別因此而灰心喪志，盡快地到別的與語學方面有關的地方去問一問。我相信一定有你施展才能的地方的。祝你成功！

一點都沒能爲你出上力，非常慚愧。

138 謝絕新年送禮

今年快結束了。

平日我丈夫一直承蒙關照，在此特致謝忱。

今天收到了你從郵局給我們寄來的新年禮物，非常抱歉，我讓他們原封不動地退還給郵寄人了。

也許你也已經聽說了吧，我丈夫所在的公司，自創立之時就立下了一條明文規定：“不收受、也不贈送任何禮品”。

儘管我丈夫現在不在家，但他以前也曾多次吩咐過我，要遵

守公司的規定，謝絕饋贈。

禮物就此退回，謝謝你的一片美意。雖是十分失禮，亦請寬恕。

謹此匆匆致謝並道歉。

139 謝絕做身份保證人

欣聞您兒子此次考上了筑波大學，恭喜了。他本人以及你們全家一定為此高興萬分吧。

承你不棄，讓我做你兒子的身份保證人。但我既無財產又無地位，更何況是個在社會上沒有麼信用的人。所以為你兒子的將來，此保證人還是聘請其他更有力的名人較好。本人能夠幫上什麼忙的話，那一定是非常光榮的了。但此次還是請允許我辭退吧，敬請見諒！

以上匆匆致覆。

140 無法提供住宿

前略為歉。書信拜讀，知道你很好，我也就放心了。

聽說你不久將光臨本地。相隔許久，大家又能重新聚在一起，我感到非常高興，盼望你的到來。

然而，非常不巧，關於住宿問題，寒舍目前正在改建。現在一家人全蜷縮在臨時搭起的矮棚中度日，別說委屈客人在此棲息，就連像樣的款待都無法呈獻。事出無奈，無法如願。上述情由，敬請惠鑒，並賜寬恕。

另外，本地目前有一股民辦旅館的熱潮，我想給你找一個能代替我們提供住宿的人家。所以惠臨本地時，一定請賞光。以上謹致歉意。

141 爲損壞了借的書道歉

寫這樣的信，心裡非常痛苦，但又不得不寫。

其實，是我把你借給我的那本［我輩是貓］，從書脊處一破爲二，分成兩片了。我把書帶到學校去時，不慎在樓梯上摔跤，手往地上一撑，這書就嘶地一聲扯開了。眞是太對不起了。

我曾向出版這本書的出版社詢問過，回信說是已經絕版了，連庫存也沒有一本。現在暫且用透明膠水把它粘上了，但實在太難看了。你是非常愛惜書的，所以我就更不好意思了。但又找不到可以替換的，而且，再這麼拖下去也不好，所以就先這樣還給你。

我寫此信時心裡也非常難受，再次向你道歉。就此擱筆。

142 爲誤了稿約道歉

謹啓者　時值陽春3月，恭賀貴社日益興隆發達。

應貴社要求而寫的［中日文化交流小史］一稿，截止日期爲本月底，但我還沒有完稿。只因生了場病，躺了一個多星期，出於無奈把稿子給拖了下來。現草此書，想請求再寬限2天。惟請各位千萬別因此而感到擔憂，請多多寬容。

另外，我在此保證一定寫得讓各位滿意。

敬上

143 爲還書延期道歉

前幾天承蒙您把十分珍貴的書借給我，在此表示感謝。多虧了您的書，使我在課堂討論上發表的小論文寫得胸有成竹，爲此還得到了老師的褒獎呢。也許我是因此而得意忘形，把約定的還

書日期忘得一乾二淨。直到現在才察覺。您那時說，這是本自己一直想放在手邊的書。但我却硬把它借來了。儘管如此，却犯下了這個錯誤……，眞不知該怎麼賠罪才好呢。我想您一定在生我的氣了吧。

我想馬上就把書還給你，但現在已是深夜了，明天還要去打工，回來已經很晚了。因此，明天早上9點鐘，我一定趕到郵局去把書和此信一起用掛號郵件寄給您。寫了這麼些隨心所欲的話，太抱歉了。

請您原諒！

144 致埋頭於研究的朋友

物理研究的進展如何？期待着研究成果的早日問世。不過話雖如此，我這個門外漢對物理可是一竅不通的。研究的事暫且不提。我所擔心的是你的身體。你這個人我可是了解的，迷上什麼後，會完完全全地廢寢忘食的。你是不是又一頭鑽進研究室裡啦？這些，既是你的長處，同時也是你的短處。總而言之，這樣做，無論對身體、對精神都是有害的。你要常常走出研究室，到外面去仰望長空。偶爾也要開懷暢飲，一醉方休，把學問拋置腦後。不是有個物理學家是在洗澡的時候，豁然得到一個劃時代的物理定律的嘛。生活中常常會有因偶然的啓發而茅塞頓開的。不時地換換環境亦是十分必要的。

145 勸告飲酒要有節制

敬啓者　天氣逐漸轉冷，恭賀你鴻圖日益大展，平日一直承蒙照顧，特此致謝。

據我所知，你現在每晚都喝得酩酊大醉，有點自暴自棄。這

未免太令人擔憂了。雖說酒是百藥之長，可以借酒消除煩惱，這是不無道理的。但是，如飲酒過度，則反而會傷害內臟，甚至縮短壽命，這也是不言而喻的。爲此，我以爲凡事都應以適度爲當。特草修此書，敬請自我節制，並多加保重。

以上匆匆，僅供參考。

敬上

146 勸告出院後注意保養

敬覆者　你充滿熱情的來信收悉了，非常感謝。好久沒給你寫信了，眞抱歉。

經過長期與病魔搏鬪後，你終於取得了勝利，順利地出院了。我從心底裡向你表示祝賀。你們家裡人也都非常高興吧。

但是，你說你想儘快地去工作，這點本人就未敢苟同了。爲此，特草修此信。醫院和外面的社會完全是兩種天地，這你可能也十分清楚吧。而人世間的競爭十分冷酷。根據前一階段的情況來看，你也許很難保證有正常的工作時間。如若那樣，還不如再靜養一段時間爲好，以慢慢地適應這一社會。這是最重要的吧！總之，我衷心地希望你不要急於求成，應多加保重，以期來日鴻圖大展。

以上匆匆，非常失禮，草呈管見，煩請三思爲盼！

敬上

147 建議攻讀學位

敬覆者　你那熱情、眞摯的信收悉了。看到你不斷進步，我感到非常高興。

聽說你打算在大學畢業後考研究所，繼續攻讀學位，實在令

人欽佩。爲此，我想外國留學生在台灣可以取得學位的專攻，都將成爲你選擇的對象吧。其實，在大學的4年，只不過是入門之學。要眞正研究點東西的話，還是要進研究所。所以視野要廣些，在選擇專攻方向上，不能有絲毫勉強，我認爲這是最重要的。也許我談得太抽象，對你沒有什麼參考的價值。總之，上面是我的淺見，以作爲對你所提問題的答覆。另外，我還把台灣各大學的留學生招生簡章寄給你，請查收。這也許對你能有點幫助。

天氣將逐漸轉冷，希望你多加注意，保重身體。

以上，草草致覆。

敬上

148 提醒注意冒充代理商

敬啓者　本"飛天中華株式會社"（總經理平鄉正太郎），是台灣"民衆物産聯合公司"在日本唯一的代理商。最近，有號稱"大衆株式會社"總經理田中九鬼，儼然自已是總代理商似的到處活動。此事純屬虛構。田中九鬼的活動與本公司絲毫無關，若有交給田中九鬼契約保證金等的，本公司一概不負責任。以上謹致通告。

敬啓

149 提請注意產品質量

敬啓者　時值初夏，恭賀貴公司日益興隆昌盛。敝店歷來承蒙照顧，在此表示深切的謝意。

今草書此信，想就貴公司產品質量，談談我們注意到的問題，以供參考。爲什麼這麼說呢？因爲我們相信了貴公司的宣傳，

說貴公司生產的女襯衫是經過特殊加工處理，絕不縮水的，就進了一批貨。但誰知顧客買去以後，又紛紛找上門來，說是有縮水現象。對此，我們是無以對答的。當然，並不是說貴公司生產的襯衫全都有這種毛病。但當顧客把縮水的衣服拿到我們眼前時，我們也都啞口無言了。顧客的這種反映，事關貴公司產品的信譽，故煩請加以考慮。另外，將縮水後的實物寄上，請研究研究。

以上率直說出心中的話多有冒犯，惟望今後改進爲盼！

敬上

150 提請注意仿冒品

敬啓者　敬賀各位更加康健幸福。敝公司製造的"熊貓牌自行車"，一直承蒙各位大力支援，在此謹致謝意！

也許各位早已雅聞，敝公司生產的"熊貓牌自行車"，是敝公司獨立設計、獨立開發的新產品，一直承蒙各位愛用。最近，發現有名稱與敝公司頗相近的公司生產類似產品大量出現。這些與敝公司沒有絲毫關係。爲此，敬請各位在購買時，認清商標。

以上謹致通告。

敬上

151 催稿件

敬啓者　首先祝田中上先生身體健康。

早些時候開始着手準備的［中日陶瓷藝術］一書，進展順利。各有關資料、照片、稿件都按計劃匯集完畢。

所以拜託先生寫的序言是萬萬少不得的了。可能已經執筆了吧。冒昧催促，多有失禮，煩請儘快惠寄。

以上謹致拜託。

另外，順便提醒一下先生，截稿日期為上個月31日。

敬上

152 催促還書

上次承蒙專程光臨寒舍，沒能好好招待，非常對不起。不過，好長一段時間沒見面了，實在令人高興級了，並且談得十分盡興，心裡有說不出的痛快。

當時借給你的那本編織花邊的書，不知你看完了沒有，在這裡催你，真有點不好意思，只是我姐姐說她要看那本書。當然，並不一定就非得趕這一二天，如已經用完了的話，請歸還於我。

真對不起，正因為我們很親密熟悉，所以就催催你。最好是麻煩誰帶來給我，或是用包裹寄來。

以上拜託了。

最後，請代我向你父母親及家中各位問好！

153 抗議沒有收到訂購的物件

請恕免客套。我在7月20日按你們直接郵送來的廣告單，訂購了一套餐具（廣告目錄 第17號）。你們說是10天以內一定送到。可是，現在2個月都快過去了，連個影子都沒見到。

在這期間，我曾用明信片催問過，但却如石沈大海一般一去不回。此後，又打過電話。在電話中你們說訂單收到了，會迅速處理的。但是，貨物仍舊未到。

貴店十分繁忙，這我也是知道的。不過，無論怎麼說，你們也未免太缺乏誠意了吧。真令人既驚訝、又生氣。

貴店是為長期時間所發展起來的百年老店，一定是講信用的

。而我也正是相信了這一點後，才去訂貨的。那麼，本次事件該作何解釋呢？這樣，即使我訂的東西到了。我也無法很舒坦地接受的。哪怕我買得再少，顧客終究是顧客，你們如此惹顧客生氣，難道就不怕砸了招牌嗎？！

此信到達後，請你們即把餐具送來，這是毋庸贅言的了，另外，還期待貴店能對此事作出令人滿意的答覆。

自本函投出後，我給你們一個星期的期限。如過了期限，餐具仍不到的話，那麼我就取消這次訂貨，請你們立即把我滙去的錢給退回來。

以上是我的抗議，同時再次催促你們趕快把郵購的物件寄出。

154 催還書

我的畢業論文目前進行得很順利。過幾天很希望能聽到你的高論。

不過，上次借給你的那本［西洋的浪漫］一書，你怎麼還不歸還呢？當時你確實是講定1個月還的嘛。那本書是我喜歡的藏書中最最心愛的一本，這次寫論文時，也是不可缺少的，你是一個十分守信用的人，這次違約當然也一定是有其緣故的吧！請你儘快把書還給我。

155 同意陪同參觀歷史遺址

敬覆者　7月12日的來信收悉，真的太令人懷念了。我也是好久沒給你們寫信了，十分抱歉。

聽說你們自己組織了探訪歷史遺址的小組，那太好了。另外，你所說的那件事，正好，我們同事中，有一位對小林—茶頗有研究的人。我把你們的情況對他說了以後，他很高興地答應了下

來。至於時間問題，他說8月1日或2日起的三天比較方便。所以請你們看看是否以此為好？哦，對了，將陪同你們參觀的那位先生是我們這兒年輕的國語教師，叫池田一夫，台灣大學考古學系畢業。具體的情況，請與他本人談吧，不必客氣。你們來的那天，我也將一起陪你們，請多加關照。

今年天氣奇熱，不同往年，惟祈各位無恙！

以上匆匆致覆。

敬上

156 同意見面

敬啟者　9月20日的大函拜讀過了，謝謝！

本人與以前一樣，仍為學校事務所奔忙，平平庸庸，惟求無大過，請放心。

你說有事要找我商量，如能幫得上你的什麼忙，那將是太幸運了。當然，我也並不是每天都有空的，9月24日（星期天）或10月1日（公休）等假日如何？平時，不是要開會就是有其他的事，回到家裡經常是深更半夜，故無法邀請你來。所以還是假日比較保險。歡迎光臨，不必拘束。如能事先打個電話，通知一聲，那就更好了。

以上草草致覆。

敬上

157 關於出發時間的回信

敬覆者　10月28日的誠摯的來信收悉了。

其實，此行只是為視察本行業的情況而到西德出差兩個月。本想過幾天再向你打招呼，失禮了。

關於你所打聽的出發時間，在此謹致簡覆。時間是 11 月 4 日下午 1時，波恩 078班機。我準備在那天中午 12 點左右出發至大廳。

另外，大家都很忙，就不必太拘泥禮節。

以上草草致覆。

敬上

158鼓勵打工的朋友

陳進：你好嗎？

你大概每天都非常努力地打工吧，但怎麼連一封信都不給我呢。爲此，我感到有些不放心了。我在學生時代，亦有過類似的經驗。所以你的辛苦我是很清楚的。讓人家看不起，遭人家非禮待遇等令人落淚的事情，也有過不止一次呢。

不過，現在回想一番，那時的艱難經歷還真令人留戀呢。自己出力掙來的學費，這是我引以自豪的，並且還有機會對學校中所學不到的、現實社會中的複雜結構，人們生活中最有生氣的那部分等有機會直接地進行觀察。在教室裡、課堂上學到的東西，到社會上是根本不實用的。我終於明白一個人只有通過自己親身經歷的經驗才會逐漸地聰明起來。我當時根本沒想到，在打工時經歷艱苦辛勞後所學到的人生經驗，在我今天的生活中，竟起了如此的作用。

距離畢業，所剩的時間不多了，請多注意身體，加油努力。衷心祝你奮鬥到底。有空請上我這兒來玩。

三、日文貿易書信的特點及信例

1.日文貿易書信的特點

貿易書信不同於普通信件，有其獨自的特點。這些特點可簡單地歸納爲"三強"，即代表性強，業務性強和法律性強。

(1) 代表性強

雖然貿易信件也是由某一具體的人起草署名的，但這一具體的某個人却是代表了本公司、本單位的。無論信件中所涉及的事情是多麼微小，收信人都不會認爲這是特定發信人的個人意見。

(2) 業務性強

這類信件幾乎都是與貿易有關的，哪怕是一只及其平常的禮節性寒喧，也都是爲本公司業務服務的。

(3) 法律性強

與口頭磋商、交談、應允等不同，書信一旦寄出，就將長期留在對方手中。倘日後有什麼問題，它就成了一張具有法律作用的物證。在外貿訴訟案中，成交過程中相互往來的信件，也是有力的證據之一。

2.書寫日文貿易書信時的注意事項

鑒於貿易書信的上述特點，在書寫此類信件時，應注意以下點。

(1) 內容必須完整無漏

所有要寫的內容都一定要寫進去，做到無一遺漏。可以事先將要寫的內容分別排列在一張紙上，寫完以後再逐條進行對照。

(2) 內容必須準確無誤

貿易書信中都有時間、地點、人名、商品名、商品代號、數字等內容，不能有絲毫差錯。對那些容易搞錯的地方，如數字、價格等的小數點，更要多加檢查。

(3) 行文簡短扼要

一句句子不宜太長，語言要簡潔，不帶感情色彩。

(4) 字跡端正

字不得潦草，更不允許出現錯別字或漏字。特別是對方公司的名稱和收信人的姓名、職稱要保證絕對準確。

(5) 正確使用敬語

這一點很重要，否則不僅不禮貌，而且會令人懷疑此信的價值乃至影響公司的信譽。

(6) 寫清楚稱呼

稱呼對方時，應寫明公司、部門及職務和職稱，同樣在署名時也應對等地寫清楚。公司的名稱不可用簡稱，如「株式會社」不可縮寫成「（株）」。如遇到對方收信人有好幾位，需要連名時，必須以職務大小順序來寫，切勿顛倒。

(7) 嚴格按日文書信格式來寫

既用日文寫信，就要尊重對方的習慣，更何況是寫給對方看的呢。有些人寫信時沒能按日文書信的格式來寫，往往「拜啓」之後就單刀直入，進入業務內容，不寫什麼客套話，這使日本人很受不了。其實，我們只要把這些禮節性的寒喧當作格式來看，問題就容易解決了。

此外，幾乎所有的貿易書信都採用西式書寫法。

3. 日文貿易書信信例

⑩取引開始申入状 (1)

拝啓　貴社ますます御盛栄のこととお喜び申し上げます。

さて、誠に突然でございますが、弊社とお取引いただきたく、ここにお願い申し上げます。

弊社は1980年創立以来、当地で事務用品の製造販売を手広く営んでいるものでありますが、かねがね御国に新たな取引先を得たく希望しており、御国の中華民国駐在大使館に問合わせましたところ、このたび貴社の御推薦を得た次第でございます。

ぜひとも取引開始の御承諾をいただきたく、別便にて営業案内、製品見本及び価格表を御送付申し上げました。なにとぞ御一覧のうえ、下記の取引条件と合わせて御検討いただき、よろしく御配慮のほどをお願いいたします。

お手数ながら、取急ぎなにぶんの御意向をお知らせくださいますようお願い申し上げます。

敬具

記

取引条件

(イ) 売買価格……当分の間、値段表価格の二割引とする。
(ロ) 代金決済方法……現品到着の翌月5日払いとする。

別送書類

(1) 営業案内書　　一通
(2) 製品カタログ　二通
(3) 価格表　　　　一通

⑩取引開始申入状 (2)

拝啓　いよいよ御隆盛の趣大慶に存じます。

さて、誠に突然のことにて恐縮でございますが、弊社とのお取引をお願いいたしたく存じます。当社は日本の電気製品の主な輸出業者の一つであり、各メーカーの電気製品を取り扱っております。ついては、当社のレギュラー輸出製品リストを一部同封いたしますが、その中には必ずや貴社が御興味をもたれるものがあると確信しております。

各種の電気製品に対してお引合状をいただければ、米ドル建FOB日本港、包装費込みの見積書をお送りいたします。支払条件については、別途にてご相談させていただきたく存じます。

万一貴社が電気製品の輸入を取り扱っておられない場合、お手数ながら、本状をご関係先の電気輸入商社にご転送いただければ幸いに存じます。

以上、ごあいさつかたがたご連絡まで。

敬具

⑩貿易会社を紹介

ますますのご発展ご活躍のこと、慶賀の至りです。

お尋ねの貿易会社の件ですが、貴社の製品に適したものをと考え、左の会社をご推薦いたします。

「貿易タマソンマ」といい、本社は華中ビルの三階にあります。総合貿易商社で、販路は、アメリカ、カナダ、オースト

ラリア、ヨーロッパ、中近東と、かなり手広く持ち、相当の成績をあげているようです。

社長は私の親父の大学時代からの古い仲間で、なかなか気骨のある紳商です。人物は大鼓判です。

いずれ専門家たるあなたが、事業内容など詳しくご調査されることと思いますが、そのうえでよろしいとなれば、ご紹介の労は喜んでいたしたいと存じます。

まずは、取り敢えずご返事まで。

⑩特約店の申し込み

謹啓　酷暑の折から、貴社いよいよご隆盛の段、大慶の至りに存じます。

さて、今般『日本経済新聞』紙上のご広告により、貴社には新製品「フリージア」について販売特約店をお求めの趣、拝承いたしました。ついては、当台湾台北地域における特約店としてぜひ弊店にお申し付けいただきたく、ここに貴意を得たいと存じます。弊店は1950年以来当地において事務機類の販売を行なっておりますので、貴社のコピイグ・プレス「フリージア」の特約店として誠に好都合かと存じます。このたび幸いにもご契約いただけますれば、省下における貴社の強力な地盤として、全機能を発揮いたす所存でございます。なにとぞご審査のうえ、ご契約たまわりたく、ここに懇請いたします。

右、特約店のお申し込みまで申し上げます。

敬具

二伸　弊店の経営内容は別紙のとおりでございますが、資

金ならびに営業状態についてもしご不審の点がございますときは、台湾銀行台北分行にご照会くださるようお願い申し上げます。

同封書類　弊店営業案内壱式

⑮商品委託について
弊社製品の委託販売について

拝啓　早春の候、貴店いよいよご発展の趣、何よりのこととお喜び申し上げます。

さて、このたび弊社製のネクタイ類を委託の形式にてご販売いただきたいと存じ、ぜひお聞き届けのほどお願い申し上げます。委託値段は同封一覧表のとおりでございます。精算は現品発送より起算六カ月後、残品は当方にて引き取ることといたします。以上の条件は他店にお願いいたしておりますものと同一でございますので、なにとぞ、ご検討くださるようお願い申し上げます。

右、書中をもってご依頼申し上げます。

敬　具

⑯代理店の依頼について
代理店契約について

拝啓　新春を迎え、貴店いよいよご隆盛の段、大慶の至りに存じます。

さて、弊社独特の新製品「FS アルミサッシ」については、すでにお聞き及びのことと存じますが、新春を機に同品の販売拡大に関し貴店に総代理店をお引き受けいただければ、誠に光

栄と存じます。ついては、左記条件ならびに別送営業案内書をご検討のうえ、なにとぞご承引たまわりたく、なにぶんの御回報をお待ち申し上げます。

　右、代理店契約に関しお願い申し上げます。

敬　具

記

一、代理店の範囲　貴国内全域

一、お取引の条件

(1) お手数料は、月額売上高壱百万円まで壱割五分、500万円まで貳割、500万円超貳割五分のこと

(2) 荷造費ならびに運賃諸経費は弊社負担のこと

(3) 貴店の各販売先までの運賃は弊社負担のこと

(4) 決済は毎月20日までの発送集計によることとし、貴店手数料を差し引き、残額を30日手形にてお支払いのこと

(5) 特別宣伝広告については、そのつど別途に協定いたすこと

以　上

⑮取引開始承諾状

　拝復　ますます御繁栄の段お喜び申し上げます。

　さて、このたびは5月15日付営販第五八号をもって、当社との取引開始のお申し込みをいただき、ありがたく御礼申し上げます。喜んで取引させていただきます。

　なお、お申越しの条件につきましては異存ございませんが、確認のため別記いたしました。

いずれ日を改めまして御注文いたしますが、取り敢えず承諾の旨をお知らせいたします。今後ともよろしくお願い申し上げます。

敬　具

記

取引条件
　（イ）売買価格 …… 当分の間、値段表価格の二割引とする
　（ロ）代金決済方法 …… 現品到着の翌月5日払いとする

以　上

⑩価格表請求

拝復　貴遮発四七第三九四号、昨21日拝受いたしました。貴社いよいよのご発展の趣、慶賀の至りに存じます。

　さて、弊店の信用状態についてはすでに十分ご高承のことと存じますので、さっそくお取引を開始いたしたく存じます。ついては、価格表をお送り願いたく、また貴社の取引条件も詳細にお知らせくださいますよう、お願いいたします。

　まずは、価格表等のご送付お願いまで。

敬　具

⑩カタログ請求

　　　貴社カタログ請求に関する件

拝啓　時下ますますご清栄のこととお喜び申し上げます。

　さて、貴社発行の1987年度新建築材料カタログ、『海外建築』にご掲載の広告により、送料百円郵券同封にてご請求申

― 195 ―

し上げます。

右、カタログ送付お願いまで。

敬　具

⑱見本請求

婦人用ブラウス見本送付方ご依頼の件

拝啓　秋冷の候、貴社ますますご隆昌の段、慶賀の至りに存じます。弊店儀、毎度格別のご配慮にあずかり、厚く御礼申し上げます。

　さて、来年の春は標記商品の需要激増が見込まれますので、各メーカーの製品を検討のうえ、適当な品々を入手いたしたいと存じます。ついては、五、六種の見本ならびに価格表をお送りいただきたく、ここに取り急ぎお願いいたします。

　右、取り敢えずお願いまで。

敬　具

⑲信用調査について (1)

信用調査ご依頼の件

拝啓　炎夏の候、ますますご清栄のこととお喜び申し上げます。平素は格別のお引き立てにあずかり、ありがたく厚く御礼申し上げます。

　さて、弊社儀、このたび別紙会社より新規取引の申し込みを受けましたので、検討いたすことと相成りました。ついては、ぜひとも貴台のご協力を賜わりたく、同社の信用および営業の状態につき、お差し支えない限り、ご回報くださるようお願い申し上げます。なお、ご回報の内容はすべて極秘に取り扱い、このことに関して貴台にご迷惑をお掛けいたさない所存で

ございますので、ご了承のほどあわせてお願い申し上げます。

　右、ご多忙中お手数恐縮に存じますが、よろしくお願い申し上げます。

敬　具

同封別紙壱葉

（別紙）

住　所　千葉市小中台町84

商　号　百万株式会社

社　長　田上太平

⑩信用調査について (2)

　拝啓　ますます御隆盛の趣お喜び申し上げます。

　さて、このたび御国の株式会社松原から手形決済による注文を受けました。しかし、弊社ではこれまで、同社とは取引いたしたことがありませんため、信用状態がわかりません。つきましては、ご多用中誠にお手数でございますが、同社に関します、下記の事項につきお差し支えない限りの御報告をお願いいたしたく存じます。

　なお、本件につきましては固く秘密を守り、決してご迷惑をおかけいたしませんことをお約束申し上げます。また、御調査についての諸経費はすべて弊社にて負担させていただきます故、あわせてお申越しのほど、お願い申し上げます。

敬　具

記

調査先　海上市蜃楼町　松原株式会社

－197－

調査事項
① 財政状態
② 営業状態
③ 同社役員の経歴および信用状態

以　上

⑰信用調査回答文

　拝復　５月７日付、調査方お申越しの株式会社松原は、会長上杉謙信氏の在世中は、堅実な商社として、当地における代表商社の一つに数えられておりましたが、同氏が世を去り、現会長上杉博氏が就任いたしてからは、業績も振わず、加えて、同族系重役の内紛なども表面化し、いささか沈滞気味の模様とみうけられます。当社におきましても、前会長在世中は取引願っておりましたが、最近は、とかく支払いも停滞いたしますことから、やや取引を手控えている次第でございます。

　噂にあります会長一族の内紛が、いずれかに落着きました時には、また業績も拡大いたすものと推察いたしますが、それまでの間は現金売りを除きましては、よほどの警戒が必要かと存じます。

　まずは右、簡単ながら御回答申し上げます。なお、本報告の内容につきましては厳秘お取扱いのほどお願い申し上げます。

敬　具

⑱信用調査回答をよろしく依頼する

　拝啓　いよいよ御繁栄の趣大慶至極に存じ上げます。
さて、弊社ではかねてより台湾高雄支店開設を計画いた

し、その準備中でございます。それにつきまして、二、三の方面より貴店あてに弊店の信用状態等について照会があるものと予想されます。誠に突然で恐れ入りますが、その際には、なにぶんよろしくご回答くださいますよう、折り入ってお願い申し上げます。

　まずは、取り急ぎ右ご依頼まで。

敬　具

⑱買手の引合い

拝啓

　いよいよ御繁栄の趣御喜び申し上げます。

　さて、8月7日付貴信、拝見いたしました。貴社が台湾の非金属鉱産物の輸出に従事し、また当方と直接取引関係を結びたいと希望されているご意向をありがたく拝承いたしました。これはまさしく当方の念願でもあります。

　現在当方は、螢石に対して関心をもっております。ついては、貴方の商品の品質をよく了解いたしたく、製品カタログ、見本および螢石の品位に関するすべての資料を空送していただき、また併せて最低のCIFC 5〇〇港価格を最短納期でオファーして下さるようお願い申し上げます。

　もし、貴方のオファー価格がリーズナブルで、納期も適切でありましたなら、当方といたしましては大量の注文をしたいと考えておりますので、折り返しご返事くださいますよう、お願いいたします。

敬　具

⑩売手のサンプル発送とオファ

拝復

　貴社ますますご隆昌のこととお喜び申し上げます。毎々格別のお引立てに預かり厚く御礼申し上げます。

　さて、8月28日付、貴ご依頼により、ここに当方の螢石のカタログ一冊と見本四個航空便にて別送いたしました。どうか貴方の買付け商品の選定にご利用くださるようお願いいたします。

　私達双方の取り引きを具体的に取り進めるために、ここ特に下記ベスト・オファーいたしますが、当方の確認を条件といたします。

　　商品名　　第九七六五八一七 AB 号
　　規　格　　CaF_2 85〜70
　　数　量　　2000万トン
　　包　装　　バラ積あるいは25kgの麻袋詰め、売手オプション
　　価　格　　CIF○○港，M/T 当りUS $○○ $
　　納　期　　1987年6月から三カ月、六回、均等積み
　　支払条件：銀行確認、取消不能の一覧払い L/C、船積
　　　　　　　30日前開設。

　以上の条件を貴方が受諾して下さるようお願いします。貴方のトライアル・オーダーをお待ちしております。

　まずは取り敢えずご通知まで。

　　　　　　　　　　　　　　　　　　　敬　具

⑱引合いに対する回答——ファーム・オファー

拝復

残冬の候、貴社いよいよご清祥の段、大慶に存じます。平素は格別のご高配に預かり厚く御礼申し上げます。

さて、11月25日付貴信拝受いたしました。上記商品500 M/T のオファー要請のお申し出を承りましたので、ここに下記の通りご回答ならびにオファーをいたします。本オファーは台北時間3月10日までのご返事を有効とします。

記

「ピートパルプ（テンサイかす）1987年ブロック 500 M/T
CIFC 2○○港、M/T 当り NTD ＄3800元、3月上旬積」
以上、早めにご回答くださるようお願いします。

敬　具

⑲カウンター・オファー——買手が値下げを要求

拝啓

貴社いよいよ御隆昌の段、御喜び申し上げます。

さて、このたびレーザディスック 200台およびターミナル 100台のオファーをお願いいたしましたところ、早速ケーブル・オファーをいただきまして、誠にありがとうございました。

早速ユーザーと相談いたしましたが、現在レーザディスックに対する需要はますます旺盛で、ユーザーとしては十分買い気がございます。

しかしながら、貴方の価格は高すぎます。当方のユーザーの一つである○○会社は、もし貴方のレーザディスックのオファー価格が台あたり US＄ ○○○ドル以下であれば、かなりの数

量を買い付けてもよいと申しております。〇〇会社は、わが国で有数の大手メーカーの一つで、貴方がもし値下げして、ユーザーの希望にお答え下さいますれば、まさに成約の絶好のチャンスであります。

レーザディスックについては、最近西ドイツから大量の入荷があり、当方の買主もかなりのストックをもっております。しかし、最近需要が活溌であり、そのストックもまもなく底をつきますので、遠からずして貴方に注文が出せると存じます。

したがいまして、どうかターミナルについても最大限の値下げをして下さいますよう切望いたしております。

右、御依頼かたがた尊意を得たくお伺い申し上げる次第でございます。

敬　具

⑰売手が買手にファーム・ビッドを要請

拝復

9月18日付貴電拝受いたしました。脱脂大豆のファーム・オファーをするようにとのご要求がありましたことを確認いたしますとともに、当方の数少ないいくつかのロットは、すでに別の客先にオファー済みでありますことをお知らせいたします。しかしながら、貴方のビッドが当方として受け入れられるものであれば、一定の玉を確保することが可能であります。

最近脱脂大豆は大量の需要があり、しかもこの需要は日ましに増大し、値上がり必至でありますことはご承知のことと存じます。もし貴方が即刻ご回答くださるならば、まだ成約の

チャンスはあります。

　まずはお知らせまで。

敬　具

⑩新製品発売にあたって

ニューシャンプーの発売協力について

拝啓

　新緑の候、いよいよご繁栄、大賀の至りに存じます。平素は並み並みならぬご支援をいただき、誠にありがたく、厚く御礼申し上げます。

　さて、弊社においては、かねてより新しいシャンプの開発に鋭意研究を続けてまいりましたが、このたびようやく完成し、商品名「フェニックス55」として売り出すことになりましたのでご報告申し上げます。「フェニックス55」は品質優良、価格低廉の点でひそかに弊社の誇りとするところでございますので、必ず顧客に大歓迎を受けるものと固く信じております。ついては、平素ご支援をいただいております取引先の各位にまずご試用いただきたく、ここに説明書を附しお送り申し上げます。なお、6月1日より新聞広告とともにいっせい発売を企画しておりますので、なにとぞご試用のうえ、売りやすく利益確実な「フェニックス55」の販売方にご協力のほどせつにお願い申し上げます。

　右、略儀ながら、書中をもって発売ご披露かたがたご依頼まで申し上げます。

敬　具

⑰商品を紹介する

拝復

5月25日付貴信（貴発四八六第三七五号）まさに落手いた
しました。

さて、当社製品についてですが、当今ずいぶん好評を博し
ております品は回転イス「安楽」と組立式デスク「ブラッキー
45キャスター」の類で、殊に「安楽」は双輪キャスター付のた
め、ジュータン、畳を傷めず、スムーズに移動ができますの
で、貴国の和室等においてはうってつけのものと存じます。そ
のうえ、品質が優良で廉価かつ便利などの特色を有しており
ますので、近来は各方面から続々御用命に預っております。
多分貴需に添うことと存じますが、取り敢えず見本を贈呈いた
しました。よろしくお願い申し上げます。

右、取り敢えずご返信まで。

敬　具

⑱新製品を勧め

謹啓

新緑の候、貴店いよいよご繁栄のこととお喜び申し上げま
す。

さて、このたび電気メーカー新江の開発になる新しい製品
「電子レンジサンフラワー」、当方にて試売いたしましたとこ
ろ、意外の人気に驚き、さっそく大量発注いたしました。
ついては、貴地の購買層にも必ず受けることと存じ、取り敢
えずここにご案内いたします。該品の扱い店及び価格は同封
別紙のようになっておりますので、ぜひご検討のほどお勧めい

たします。

右、新製品のご案内まで。

敬　白

⑱新顧客からの注文

前略

　貴社の８月１日付オファー・シート及び重晶石のサンプル受領いたしました。ありがとうございました。当社はその品質、価格とも満足しており、喜んで指値で上記の品をご注文いたします。なお当社の通常払い条件は D/P 60 日払いでありますので、よろしくご同意くださいますようお願いします。

　右、ご注文まで。

草　々

　記
（略）

⑱新規取引の注文状

前略

　このたびは貴社製品の委託販売の件につき早速に御承諾を賜わり、誠にありがたく厚く御礼申し上げます。このうえは、鋭意販売に力をそそぎ、御高配に報いる所存でございます。

　つきましては、規約によります保証金五十万円也、本日富士銀行銀座支店振込みにて御送金いたしました。早速にも販売業務に着手いたしたく、保証金御査収のうえは、なにとぞ別紙注文書のとおり御送品くださいますよう御願い申し上げます。

なお、注文請書を同封いたしましたから、御署名御捺印のうえ、御返送ください。

草　々

記

同封書類

① 注文書　　一部

② 注文請書　一通

以　上

⑱試験的に注文する
貴社製組立書架試売用注文に関する件

拝啓

晩冬のみぎり、貴社いよいよご繁栄のこととお喜び申し上げます。

さて、貴社製造の組立書架非常に好評とのこと承り試売いたしたく、見本として各種参台ずつ計九台お送り下さるようお願いいたします。なお、売れ行きによっては追加注文いたしたく、値段の割引、送料の元払い等、万事ご便宜をお図りいただきたく、あわせてお願いいたします。

右、試売品ご注文まで。

敬　具

⑱見本による注文

拝啓

初冬のみぎり、貴社いよいよご隆盛の趣、慶賀の至りに存じます。

さて、去る10月20日付にてご送付にあずかりました貴社の柄見本とプライス・リストとも受領いたしました。大変ありがとうございました。それにより、左記のとおりご注文いたしますので、取り急ぎご出荷相成りたく、ここにお願いいたします。

右、ご注文まで。

敬　具

記

一、品名　見本B八号七四三六

一、数量　350ダース

一、**納期**　1989年2月

一、包装　一ダースごとに錫泊内張りカートン・ボックス入り、120カートン・ボックスごとに木箱詰。

保険：インボイス全額の10% UP をカバーする W・A 付保

支払条件：取消不能一覧払い L/C

⊗カタログによる注文

石油ストーブご注文の件

拝啓
時下いよいよご清栄の段、慶祝の至りに存じます。毎々格別のご高配をいただき、厚く御礼申し上げます。

さて、9月28日付をもってご送付の貴社製石油ストーブカタログ壱式、まさに入手いたしました。うち NB3型、NB4型はいずれも一般家庭に格好のものかと存じます。ついては、別紙注文書のとおり、それぞれ参百台ずつ、損傷貴店負担に

て至急ご送荷相願いたく、ここにご注文いたします。なお、右弐種とも急を要しますので、きたる11月10日までに必ず基隆港に到着するより、お手配のほどよろしくお願いいたします。

右、ご注文申し上げます。

敬　具

同封書類　　注文書壱通

⑱ 条件付き注文書

拝復

御社いよいよ御盛業の段大慶至極に存じます。

さて、4月1日付の貴信を受け取りました。当社は貴社がオファーされた各種サイズのナイロン製ジャケットに興味をもっております。いただいた書信に提示された条件を検討しました結果、ここに左記の品目をトライアル・オーダーすることに致します。ただし、必ず6月末までに高雄港着を保証して下さい。もし、期限が過ぎても到着しない場合は、この注文書をキャンセルし、貨物引取りを拒否する権利を保留させていただきます。この条件にご同意願えるかどうか、お知らせくださいますれば幸いと存じます。

敬　具

記

（略）

⑰ 追加注文

自転車追加御注文の件

前略

先般御送付いただきました標記商品、好評につき、たちまち売切れとなりました。つきましては、先般と同一条件にて、さらに5000台追加御注文いたします。

　代金は商品検収後、直ちに台湾銀行台北支店貴社当座勘定に振込みます。

　なお、当方のユーザーは10月末までに貨物の受渡しを希望しておりますので、極力納期通りの船積みを確保できますよう、お願い申し上げます。

　まずは右取り急ぎ追加御注文とお願いまで。

早　々

⑱ 注文取消状

拝啓

　貴社ますます御発展のほどお喜び申し上げます。

　さて、去る2月8日付弊信をもって御注文いたしました梅じるし冷蔵庫につきましては、かねて、御出荷方御督促申し上げておりましたところ、本日貴社より家電製品類単価値上がりによります、「新価格表」の御送付に接しました。新価格表によりますと、これまでのものに比し値上がり幅が予想外に大きく、この値段では弊社にての販売は誠に至難のことと存ぜられます。ここに至りましては、誠に不本意なる申し状ではございますが、今回のところは、前記の注文を取消しいたしたく存じます。

　右の事情御賢察のうえ、よろしくお取計らいくださいますようお願い申し上げる次第でございます。

敬　具

⑱受注の辞退

拝啓

晩秋のみぎり、貴社ますますご盛運のほど、大慶至極に存じます。弊社儀、長年格別のご恩惠を賜わり、厚く御礼申し上げます。

さて、11月5日付第七百八十六号注文書受け取りました、ありがとうございました。誠に残念ながら、貴方が示された価格条件では受注いたしかねる実情でございます。貴方のご愛顧に感謝いたします。しかしながら、やむなく貴方の御注文を辞退させていただきます。

まずは、書中お願い申し上げます。

敬　具

⑲注文品出荷督促状

拝啓

貴社愈々御隆盛の趣、お喜び申し上げます。

さて、去る5月30日付弊信をもってご注文申し上げましたラミー布500ピースは、すでにご契約の納入期日も20日経過いたしましたが、いまだ着荷をみません。その後は、いかが相成りましたでしょうかお伺い申し上げます。

すでにこれまでも、当方よりお問合わせ状一回、返信料付電報一回差上げてございますが、今日に至りますまで貴店より、なんらのご返電に接しません。誠に遺憾ながらこれでは貴意がいずこにございますものか疑わざるを得ない仕儀と相成りました。

ご承知のごとく、当該貨物の需要には季節性がございます

ので、この期をはずしては、当地ではなかなか売上げの発展は困難な次第につき、あと7日間だけは御回答のほどお待ち申し上げますが、それまでに御発送いただけませぬ節は、誠に不本意の次第ではございますが、本契約は解約させていただきたく、ここに御通知申し上げます。

　まずは取り急ぎ、件の如くお願いかたがたご通知のみ申し上げます。

敬　具

⑲ 出荷案内状 (1)

貴注 四第九七六号出荷の件

　拝復　毎々格別のお引き立てにあずかり、厚く御礼申し上げます。

　さて、頭書の件、同封送り状のとおり、本日すでに「飛龍」号に船積みし、明日 基隆 より千葉に向います。ご検収くださるようお願いいたします。なお、おりかえし物品受領書にご押印のうえ、ご返送いただきたいと存じます。

　右、取り敢えず出荷ご通知まで。

敬　具

　追伸　同封書類：送り状、物品受領書用紙、各壱通

⑲ 出荷案内状 (2)

　拝復　たびたびお引き立てにあずかり、厚く御礼申し上げます。

　さて、わが方は関係信用状の規定にもとづき、上記貨物の輸送が完了したことを貴社にお知らせするとともに、ただい

ま発信しました電文を下記の如く確認いたします。

「契約七八六二一号信用状四五九七号にかかわるほたる石
7000 トンを新風号に船積みし、7日出航した。」

　貨物到着時における貴社の貨物引取がスムーズにゆくよう、
ここに各船積み書類を同封してお送り致します。

　　当方の第七四七三二号送り状　二部

　　AD 四六九号 B/L 写　一部

　　BG 九一三号保険証券　一部

　　TE 九三六四号サーベイ・リポート　一部

　貴社の本取引に対するご配慮を感謝いたします。今後貴社よ
りのすべての来信、引合い、注文等は必ず大切に処理させて
いただきます。

　まずは、発送ご通知まで。

敬　具

⑩船積み通知

前略

　貴社の九八六二号注文書の貨物はすでに「賀蘭山」号に船
積みし、明日基隆より門司に向います。

　当社は船主からの B/L の到着を待っておりますが、B/L は
インボイス及び保険証券とともに、通常の方法で何度かに分
けて航空便にて貴方にお送りしますので、よろしくお願いいた
します。

　右、取り急ぎ船積みの通知まで。

草　々

⑭出荷案内状

真珠発送御案内

拝啓　毎々格別のお引立てを蒙り深謝いたします。

かねて御注文をいただいておりました標記商品 500 個のうち、取り敢えず 300 個だけ本日（10月15日）午後 17 時発の中華航空 964 便に荷積みいたしましたから、御案内申し上げます。残り 200 個は遅とも明後日 17 日までには発送いたします。製品は揃っておりますが、定期便不通のため、以上のように手配いたしました。あしからず御了察願います。

敬　具

⑮船積み通知

拝啓

いよいよご清栄の趣、大慶に存じます。

さて、泰山輸出会社を受益人とする第九九七六号信用状を受領いたしまして、ありがとうございます。弊社はすでに同信用状にもとづいて、貴方用船の「津波」号に黒鉛を 5 万トン船積みし、同船は 4 月 28 日頃出港し、横浜港に向うことになっています。

本黒鉛の品質については、特に注意いたしましたので、本貨物が仕向港に到着すれば、貴方の需要家にご満足いただけるものと深く信じております。第九九七七号契約書にかかわる残額 2 万トンの黒鉛については、必ず契約に規定された時期通り船積みいたしますので、ご安心くださいますよう、お願いいたします。

本貨物に関する船積書類の写し一式を同封お送りします、

正本はすでに銀行より貴方に転送されております。当方は貴方のリピート・オーダーをいただけるものと信じており、いつでも貴方のご満足いただけるサービスを提供することをお約束いたします。

　まずは、船積みと書類発送ご通知まで。

敬　具

⑩着荷案内状(1)

石油ストーブ入荷について

拝啓

　毎々格別のお取立てをいただき厚く御礼申し上げます。

　さて、弊社標記注文品500台、本日相違なく受領いたしました。早速、荷解きのうえ、検査いたしましたが、全品異常なく届きましたので、御休心ください。

　なお、物品受領書を同封御送付申し上げましたから、御査収ください。

敬　具

記

添付書類：物品受領書　一通

以　上

⑪着荷案内状 (2)

拝啓

　毎々格別の御愛顧を賜わり厚く御礼申し上げます。

　貴社より11月9日付お手紙でご通知のありましたフリーザ9000台は予定通り到着し、状態も良好でした。

当社はこの品物に大変満足しております。この機会に貴社が当社のオーダーをこのように慎重かつ迅速に処理して下さいましたことに感謝いたします。なお、今後ともよろしくご高配のほどお願いいたします。

右、取り敢えず着荷ご通知かたがたお礼まで。

敬具

⑱買方が L/C 開設の通知

拝復

毎々格別のご愛顧をこうむり、厚く御礼申し上げます。

さて、10月8日付貴信により、輸出許可証が発給されたとのご通知をいただきましたので、従来通り、当方はただちに信用状を電報開設いたしました。額面は8000ドルでございます。

当方市場における取引では正確な納期を極めて重視しておりますから、今月中必ずご出荷願います。

何とかして貨物を今月20日頃出港予定の「神田」号に積んでいただき、本船出港後ただちに電報で当方にお知らせくださいますよう、お願い申し上げます。

右、取り急ぎ信用状開設御通知まで。

敬具

⑲L/C 開設の督促

急啓

第七五八号売買確認書にかかわる貨物の納期が間近となりましたが、まだ関係信用状を受領しておりません。

当方の船積みがスムーズにゆくように、速やかに信用状開設
銀行と交渉され、関連信用状の具体的状況をお知らせお願
いします。さもないと、納期が大幅に遅れることになりかねま
せん。なお、後日アメンドする必要がないように、信用状の
条項と確認書の条項の一致にご注意願います。
　ご返事をお待ちしております。

草　々

⑳売手が L/C の訂正要請

拝啓
　毎度格別のご厚情にあずかり、感謝至極に存じます。
　さて、貴方八七九号注文書にかかわるラ〻ダの毛、金額
US＄8000＄の信用状を拝承しましたが、信用状の金額が不足
しております。貴方注文書の正確な CIF 総額は US＄8000＄で
はなく、US＄8800＄でありますので、US＄8000＄不足してお
ります。したがいまして、信用状金額を US＄800＄増額し
て下さるよう、お願いいたします。よろしくお取り計い下さ
い。
　右、ご通知かたがたお願いまで。

敬　具

㉑信用状の延長を要請

急啓
　韓国蟹＋トンの信用状第九九六三号ありがたく落掌いた
しました。誠に申し訳ありませんが、メーカーの方で手間取り
ましたため、今月末までのカーゴ・レディができなくなりまし

た。昨日、以下電文の通りご処理願うよう打電いたしました。

「L/C 9963 号船積み期を 12 月 10 日まで、有効期を 20 日までに電報にて延期乞うあと文」

11 月末までには荷揃いする見込みですので、目下 12 月 5 日出港の「永安」号に積むように手配中です。

当方船積みの便宜上、何とぞ上記信用状を電報にて延期して下さるよう、ご高配御願い申し上げます。

右、まずは、お願いかたがたお詫びまで。

草　々

㉒ 商品代金の送付

貴請八七第九八一号商品代金振込通知

拝復

貴社いよいよご繁栄の段、慶賀の至りに存じます。

さて、9 月 25 日をもってご請求の標記品代金

　一、金 48 万 5 千円也

本日、台湾銀行貴地分行貴社口座に振り込みましたのでご通知いたします。ついては、ご入帳のうえ、お手数ながらおりかえし領収証ご回付のほど、お願いいたします。

右、取り敢えず送金ご通知まで。

敬　具

㉓ 荷為替手形の銀行取立

拝啓

たびたびお引き立てにあずかり、厚く御礼申し上げます。

さて、4 月 18 日付注文書の貨物は今日「長海」号にて高

雄から積み出しました。金額 US $900弗 のインボイスを同封します。

　なお、インボイス金額にもとづく船積み書類（B/L 一式二部と保険証書）添付の一覧 30 日払いの手形を振り出しましたので、ご注意願います。

　当行の銀行には品代受領後に書類を渡すよう通知してありますので、期日になりましたら手形決済のうえ、書類を受け取って下さい。

　右、取り取えずご通知まで。

敬　白

⑳商品代金の送付

拝復

　毎々格別のお引き立てにあずかり、厚く御礼申し上げます。
　さて、貴方4月28日付インボイス記載の貨物はすでに無事到着しました。ここもとインボイス記載金額決済のため、5％割引額を差し引いた金額 US $2000弗 の小切手一通を同封いたしますので、お受け取り次第ご返事くださいますようお願いします。

　右、取り敢えず送金ご通知まで。

敬　具

㉟商品代金の受領

貴送八七第六七四号代金受領の件

拝復

　いよいよ御清栄の趣、大慶に存じます。

さて、本月24日付、弊請八七第二七六号をもってご請求申し上げた商品代金 NTD 3890 万元也、さっそく台湾銀行台北分行弊店口座にお振り込みいただき、今日まさに入帳いたしました。ここに厚く御礼申し上げます。ついては、右領収証同封いたしましたので、ご査収くださるようお願いいたします。

　なお、今後ともいっそうお引き立てのほど、あわせてお願いいたします。

　右、取り敢えず御礼かたがたご通知まで。

敬　具

　同封　領収証壱通

⑳支払請求

前略

　さっそくながら、今朝、当方銀行からの通知により、貴注文書第 TB 四七九号にかかわる信用状第三八六号にもとづき台湾銀行宛に振り出した US $ 9000 の手形受けを貴方が当方の納得できない下記の理由で拒否されたことを知り、全く心外でございます。当手形はすでに買い取り済みであり、当方はきわめて困難な立場にあります。誠に遺憾に存じます。当方にもいろいろ事情がありますから、7月20日を最終期限とし、それまでに貴方の送金またはそれに代わる支払い保証がないときは、当方は代金取立て業務を弁護士に委任いたします。さようお含みおきのほど願いあげます。

草　々

㉑支払い督促

代金お支払い方お願いについて

拝啓

陽春の候、貴社いよいよご繁栄のこと、慶賀至極に存じます。

さて、先月28日付もってご請求の代金（弊請八七第五七六号）の件、期日15日のところ今をもってご入金なく、誠に遺憾に存じます。諸事ご多忙のためとは拝察いたしますが、弊社とても、帳簿整理の都合上いささか困却いたしております。なにとぞご照査のうえ、至急ご送金くださるよう、ひとえにお願いいたします。

右、なにぶんのご確答相煩わしたく、念のためご通知申し上げます。

敬具

㉒損傷品の引き取りを拒む

損傷品の扱いについて

拝復

毎々格別のご芳情にあずかり、ありがたく御礼申し上げます。

さて、貴送八七第九七三号一昨日落掌、該現品は今日「江城」号にて高雄港に到着いたしました。さっそく解荷いたしましたところ、五箱とも内容物の損傷ははなはだしく、完全なものは各箱とも弐割程度かと存じます。右は本来が割れ物のため、多少の損傷はやむをえないとも申されましょうが、八割も損傷しておりましては、何ともお受け取りいたしかねる次第

でございます。

当社は本件について、すでに電報でご連絡済みではありますが、ここも電報コピー一部同封いたしますので、ご査収願います。

なお、現品の処分については、あらためてご来示を仰ぐことといたし、ひとまず貴送り状もここに同封ご返送いたします。

右、ご報告申し上げます。

敬　具

㉙クレーム

ナイロンジャケットの品質について

拝啓

盛夏のみぎり、貴社ますますご隆運のこととお喜び申し上げます。弊社儀、毎々格別のご厚情をこうむり、誠にありがたく、厚く御礼申し上げます。

さて、今般7月9日付貴送り状（貴送八八第七六号）をもって積送りくださいましたナイロンジャケット670ダース、昨日まさに着荷いたしました。しかるところ、サンプルと比較して、品質、色合い等が著しく異なり、困惑いたしております。このような品は弊社において販売いたすわけにはまいりませんので、至急事情ご調査のうえ、見本同等の品をご急送方お願いいたします。なお、この件については、品質は非常に劣るものでありますので、15％値引きしていただけるか、あるいは当方より返品いたすか、貴方でご選択のうえ、結果を電報でお知らせ下さい。今後この種のことが絶対に起こらぬよう、ご留意くださること肝要かと存じます。

右、取り敢えず事情を申し上げ、ご指示お待ち申し上げます。

敬　具

⑳引渡し遅延貨物の引き取りを拒む

拝啓

毎度格別の　厚情を賜わり、厚く御礼申し上げます。

さて、貴社12月25日付書信及び石油ストーブ500台のインボイスを受け取りましたが、誠に残念ながら、この貨物はお引き取りできないことをお知らせいたします。これまでの一時期、当方はたえず貴社に出荷を催促いたしてまいりましたが、12月10日の最後の書信の中で、当社は本ロットがすでに積み出し輸送途上にあればともかく、さもないとシーズンに間に合わないので、当方には不必要になるとお伝えしてあります。

しかるに貴社は勝手に貨物を送り出されてしまったわけですが、現在当社として貴社のために配慮できることは、本貨物をコンサイメント扱いにして、なんとか小売するか、それとも割引きしていただいて来シーズンまでとって置くしかありません。いずれにせよ、いかに処理すべきか、貴方のご決断にお任せします。右につきなにぶんの善処をお願いいたしたく、この段申し添える次第でございます。

まずは、ご連絡かたがたお願い申し上げます。

敬　具

㉑賠償要求

前略

11月2日付オーダ・シート八七第九九一号にもとづきデリバリーされた自転車は、昨日着荷しましたが、残念ながら、その品質には非常に失望させられました。貴方提供品の品質は当方希望のサンプルの基準に達しておりません。クローム・メッキは、光沢不充分で、所によってはすでに変色したり、さびついたりしています。当方としては、添付の当地商品検験局のレポートにもとづき、ここに総額 US＄8000＄ のクレームを提供いたします。早急にご解決願います。

右、取り急ぎご照会申し上げます。

草々

⑳船会社宛に求償

拝復

酷暑のおりから、貴社いよいよご隆運の段、大賀の至りに存じます。

さて、7月4日付貴簡、まさに落掌いたしましたが、遺憾ながら、貴社ご注文の「天仁」ブランドのウーロン茶20000箱が貴方に着荷時すでにダメージを受けており、そのうち 783 箱は損傷がひどく売物にならないというお申越しを承りました。

もし、責任が当方にあるのであれば、当方は喜んで損傷貨物の積み戻しを受け入れ、あわせて貴社に商品代金を返済いたします。しかし、実際には、貨物は経験のある労働者がていねいにパッキングしたものであり、発送時は全く無傷でありました。当社の手元にはこの点を明記したクリーン B/L のコピーがあり、これは十分な証拠たりえます。したがいまして、

貨物の損傷は輸送途中の不注意な取扱いによるものか、あるいは露天放置のために雨濡れにあったことに起因するものと断言できます。

つきまして、貴社がただちに船会社に対しクレームを提起される方が有利であると考えます。着荷損傷状況証明をお送り下されば、当社は貴社に代って、賠償が受けられますよう、クレーム問題処理に当たります。

右、取り急ぎご連絡まで。

敬　具

4.日文貿易書信信例參考譯文

159 請求建立貿易關係　(1)

敬啓者　首先恭賀貴公司日益繁榮昌盛。

突然冒昧投書，是爲了謀求與貴公司建立貿易關係。

敝公司自 1980 年創業以來，在本地廣泛地經營着各種辦公用品的製造與銷售。敝公司很早就希望與貴國進行貿易往來，在向貴國駐華使館詢問了以後，承他們介紹了貴公司。

現把本公司的經營範圍、產品目錄及價目表寄上，望能答應與我們開始業務交往。煩請一閱，並參照下列的貿易條件加以研究。

以上多有打擾，並請從速把你們的意見告訴我們。

敬上

附：

貿易條件：

(1) 買賣價格：在近期內爲價格表上標價的 80% 。

(2) 貨款結付方法：貨物到達後的第二天起五天內滙出。

另外寄出的有：

(1) 經營範圍　1 冊。

(2) 產品目錄　2 冊。

(3) 價目表　1 冊。

完結

160 請求建立貿易關係　(2)

敬啓者　首先敬賀貴公司日益繁榮發達。

突然冒昧投書，非常抱歉。想請貴公司與我們建立業務聯繫。本公司爲日本電氣產品的主要出口商之一，經銷各大公司的電氣產品。現隨函附呈我公司經營出口的產品目錄一份，我們相信其中一定會有貴公司感興趣的產品。

我們歡迎貴公司來函詢購各種類型的電氣產品。我們一定按貴公司的估價單，寄送報價單（以美元計算、日本港岸船上交貨的估價，其中包括包裝費用）。關於支付條件，請另行商議。

萬一貴公司不經營電氣產品進口業務，則請費心將本函轉呈有關經營電氣用品的進口公司。

以上，謹作聯繫並敬禮！

敬上

161 推薦貿易公司

恭喜貴公司越來越繁榮興盛。

關於貴公司詢問的貿易公司一事，考慮到貴公司產品的特點特推薦以下公司。

該公司叫"湯姆森貿易公司"，總公司設在華中大廈三樓，是家綜合性公司，銷路很廣，在美國、加拿大、澳大利亞、歐洲及中東等地區均設有業務網路，業績相當好。

其總經理爲我父親大學時代的老朋友，是個頗有骨氣的紳士式商人。人品絕對沒問題。

具體的業務情況，當然還得由你們行家去作詳細調查。調查後如覺得合適，那麼我也將很榮幸地承擔介紹之任。

以上匆匆致覆。

162 申請當特約經銷店

謹啓者　時當炎夏酷暑，敬祝貴公司日益繁榮興盛。

今天看到了貴公司刊登在〔日本經濟新聞〕上的廣告，得知貴公司正在尋求新產品"小蒼蘭"的特約經銷店。爲此，請務必指定敝店爲台灣台北地區的特約經銷店，不知貴公司認爲如何。敝店自1950年以來，專門在台灣經營辦公用品。所以作爲貴公司"小蒼蘭"影印機的特約經銷店，是非常合適的。此次如蒙不棄，締結業務契約，我們將作爲貴公司在本省的一個有力的堡壘，發揮出全部機能。敬請審查，並締結協議。

以上，謹作特約經銷店的申請。

敬上

又及：本店的經營範圍附上，資金以及營業狀況等若有不明之處，請向台灣銀行台北分行了解。

附：敝店經營範圍書 1份。

163 徵求代理店

關於代理本公司產品一事

敬啓者　時值早春之際，恭賀貴公司日益鴻圖大展。

本公司生產的領帶，想請貴公司代銷，不知能否接受？代銷價格隨函附上，決算在貨物發出6個月後進行。到那時若還有存貨，

可退還給我方。以上諸條件與其他代理店完全一樣，請加以研究。

以上致書爲託。

敬上

164 關於徵求代理店一事

敬啓者　新春來臨，祝貴公司日益繁榮昌盛。

關於敝公司獨自開發的新產品" FS 鋁製窗框"，可能已經早有所聞了吧。我們想以新春爲契機，擴大該產品的銷售，請貴公司擔任總代理店。如能承蒙接受，將不勝榮幸。請對下列條件及隨函呈上的營業範圍加以研究，務請接受爲盼！等待着你們的回音。

以上，謹作邀請作代理店的請託。

敬上

附：

1. 代理店經營地區：貴國國內各地區。

2. 業務條件。

(1) 手續費，每月成交額在 100 萬日元以內者爲 15%；100 萬至 500 萬日元者爲 20%：超出 500 萬日元者爲 25%。

(2) 包裝費、運輸費及其他雜費均由本公司負擔。

(3) 貴店到各代銷點的運費均由本公司負擔。

(4) 結算以每月 20 日截止的發貨記錄爲準，扣除貴公司的代銷費後，剩餘部分在 30 日以滙票形式付來。

(5) 有關特別宣傳廣告費用，另行議商。

又及

165 同意開始貿易

敬覆者　敬祝貴公司日益繁榮興盛。

5月15日的“營販第58號”，關於與本公司開始進行貿易的申請書收到了。謹致謝意。很高興能與貴公司進行貿易。

另外，關於你們所提出的貿易條件，我方表示可以接受。但為了慎重起見，特重覆如後。

以上謹致奉告，我方已同意進行貿易。改日將另行致函訂貨。今後仍請多加提携。

敬上

附：

貿易條件：

(1)　買賣價格，近期內為價格表上標價的80%。

(2)　貨款結付方法，在貨物到達後的下月5日內滙出。

完結

166 索取價目表

敬覆者　貴公司所發47第394號信件，於昨天（21日）收悉。謝謝！敬祝貴公司日益鴻圖大展。

關於敝公司的信用情況，想已經了解了吧。故想馬上開始業務往來。請把價目表寄來，另請詳細告知貴公司的業務條件。

以上，謹作請求寄送價目表之託。

敬上

167 索取（商品）目錄

關於索取貴公司商品目錄的請求

敬啓者　恭賀貴公司日益繁榮興盛。

我們看到了貴公司刊登在〔海外建築〕雜誌上的廣告。茲隨函附上郵資——郵票100日元，煩請密一份貴公司1987年的新建築材料目錄。

以上，謹作索取目錄之託。

敬上

168 請求惠寄樣本

關於惠寄女式襯衫樣本的請求

敬啓者　天氣逐漸轉涼，恭賀貴公司日益繁榮昌盛。敝公司歷來承蒙照顧，特此致謝！

估計明年春天女式襯衫需求將有遽增的情勢。我們準備在對各公司的同一產品進行比較後，訂購其中比較合適的商品。爲此，煩請惠五六個種類的樣品及價目表來。在此，匆匆拜託。

以上，謹作拜託。

敬上

169 關於信用調查　(1)

關於信用調查的請求

敬啓者　時值赤日炎炎的酷暑之際，恭祝日益幸福康健。平日一直承蒙格外的照顧，在此特致謝意。

此次本公司收到了下述公司要求進行貿易往來的請求，目前正在研究。爲此，特想請閣下幫助。請在可能的範圍內，將該公司的信用情況及營業情況告訴我們。關於您所報告的內容，我們必定會嚴格保密，絕不會給您增添麻煩的。

百忙之中，多有打擾，請協助爲盼！

敬上

附件：

住址：千葉市小中台町84。

商號：百萬株式會社。

經理：田上太平。

170 關於信用調査　(2)

敬啓者　首先敬賀貴公司日益繁榮昌盛。

日前，我們收到了貴國松原株式會社寄來的**訂貨單**，要求以滙票結算方式開始貿易。但是，敝公司以前一直沒同該公司有過交易，也不知其信用狀況如何。爲此，百忙之中，多有打擾，請在可能範圍之內，將有關該公司的下列情況告訴我們。

關於此事，我們定會嚴守秘密，決不會給你們帶來麻煩。另外，關於調查所用經費，在來信時也請一併告知。

敬上

附：

調查對象：海上市屬樓町　松原株式會社。

調查內容：

(1)　財政狀況。

(2)　經營狀況。

(3)　該公司經營管理人員的經歷及信用情況。

完結

171 信用調査回信

敬覆者　5月7日惠函收悉。您所要了解的松原株式會社，在其會長上杉謙信在世時，是個相當有實力的商社，在本地也可算是數一數二、有代表性的了。但自上杉謙信會長去世後，現任

會長上杉博就任以來，其業務成績不佳，再加上他們家族中擔任重要職務者內訌的日益表面化，現在更有些停滯不前了。敝公司在已故前會長去世時，曾與他們有業務往來。但最近他們常常拖延付款，我們也就不太與他們做生意了。

我們估計待社會上紛傳的會長家族內部的糾紛結束後，他們的業務才能再恢復起來。在那以前，除了現鈔買賣外，其他的還是以謹慎為好。

以上簡單地作一回覆。另外，關於本報告的內容，務請保守秘密。

敬上

1.72 關於信用調查（被調查一方）

敬啓者　敬祝貴公司日益繁榮昌盛。

敝公司很早就開始籌劃在高雄開設分公司，目前正在積極進行之中。為此，我們估計將會有二三個有關部門向你們了解敝公司的信用等情況。很突然、冒昧地寫此信，非常抱歉，到時還煩請諒多加關照。

以上匆匆，謹作拜託。

敬上

1.73 買方問價

敬啓者　恭賀貴公司日益繁榮昌盛。

8月7日惠函收悉，非常高興地得知貴公司從事台灣有色金屬礦產的出口工作，並希望與我方建立直接的業務聯繫。這也正是我方夙願。

目前，我方對螢石感興趣。為此，請通過航空把商品目錄、

樣品及有關螢石含有量的所有資料寄來，以便我方了解貴方貨物的質量。同時，請報給我最低成本加保險費、運費到××港價（包括 5% 的佣金），並注明最快的交貨日期。

如果貴方的價格合理，交貨期迅速，我方就準備大量訂購，敬請賜覆爲盼！

敬上

174賣方寄樣品和報價

敬覆者　恭賀貴公司日益興隆發達。每每承蒙關懷，不勝感激。

8 月 28 日惠函收悉，根據貴方要求，現將另行通過空運寄呈我方的螢石目錄一本、樣品四件。希望能有助於貴方選貨。

爲在我們之間開始具體業務，現特作出下列優惠報價，但得以我方確認爲準。

商品：第 97658-7 AB 號。

規格：CaF_2 85～70。

數量：2000 萬噸。

包裝：散裝或 25 公斤麻袋裝，由賣方選擇。

價格：每噸×××美元，成本加保險費，運費到××港價。

交貨：1987 年 6 月起，分 3 個月六次，平均裝貨。

付款：在裝船前 30 天開出銀行確認、不可取消的信用狀，見票即付。

以上條件希望貴方能加以接受，等待着貴方的試訂。

謹致通知。

敬上

175覆詢買賣—— 固定報價

敬覆者　冬天已將逝去，春天快要來了。恭祝貴公司日益興隆向上。平日一直承蒙格外的照顧，謹致深切的謝意！

11月25日的惠函收悉。得知盼報上述商品500噸，現謹答覆並固定報價如下。此報價以在台北時間3月10日前覆到為有效。

"甜菜漿500噸，1987年產貨。成本加保險費、運費到××港價（包括20％佣金），每噸新台幣3800元，3月上旬裝船。"

以上，敬請早日賜覆。

敬上

176貿易條件修正的申請

敬啓者　恭賀貴公司日益繁榮昌盛。

這次，我方提出200台雷射放映機以及100台終端機後，立即收到了貴方的電報報價，非常感謝！

我們即刻與用戶洽談了，因目前對雷射放映機的需求日益增多，客戶極有意購買。但是，貴公司價格過高，我方的客戶之一××公司表示，如果貴公司的雷射放映機的報價，每台能低於××美元，則願意購買相當可觀的數量。××公司是我國最大的公司之一，如貴公司能降低價格，滿足他們的要求，那麼此次可謂是交易的極好機會。

關於雷射放映機，最近從西德方向有大批進貨，我方買主又有不少存貨。但是，貴公司仍能很快接到我方訂單的，因為最近需求活躍，存貨不久即將賣完。

關於終端機，我們也希望能有最大可能的降價。

以上謹呈致覆，並盼賜覆。

敬上

177 賣方要求買方固定報價

敬覆者　9月18日惠電收悉　，現確認貴公司要求我方報脫脂大豆（大豆漿）實價。同時奉告，我方僅有的幾批貨已經報給別的客戶了。但是，如果貴公司所報的實價，我方尚可接受的話，我方還可以保證一定的貨源。

想必貴公司也一定有所聞了，最近對脫脂大豆有大量需求，而這與日俱增的需求又必將導致價格的上漲。倘若貴公司能抓緊時機立即答覆，那麼現在正是成交的機會。

以上匆匆致覆。

敬上

178 推銷新產品

關於徵協助推銷新型洗髮精的啓事

敬啓者　春回大地，翠綠欲滴，恭賀貴公司日益繁榮昌盛。平日一直承蒙特別的照顧，謹在此表示深切的謝意。

敝公司長期以來一直致力於新洗髮精的研究、開發。這次終於完成了一項新品種——“絕代佳人 55 ”，現準備推向市場了，特在此向您報告。絕代佳人 55”是敝公司的驕傲，其品質優良，價格低廉。我們堅信它必將受到廣大顧客的熱烈歡迎。現將此產品隨說明書一起呈上，請平日大力支援我們的各客戶一試。另外，我們準備從 6 月 1 日起在各大報上一齊登廣告，同時開始銷售。為此，敬請各位在試用以後，一定要協助我們推銷這易銷售、利潤大的“絕代佳人 55”。拜託了！

以上，權作新產品問世的發表並致託。

敬上

179商品介紹

敬覆者　5月25日的486第375號惠函收悉。

關於本公司的產品，目前最受歡迎的是"安樂"旋轉椅和組合式寫字台——"腳輪45"等系列產品。尤其是"安樂"旋轉椅，由於帶了兩副小腳輪，故毫不損傷地毯和舖蓆，而且移動迅速，對貴國的和式（日本式）等房間來講，是最合適不過的了。不僅如此，該產品還具有品質優良、價廉、方便等特點，近來各方面的訂貨正不斷源源而來。現把樣品贈上，也許對你們來說比較適用。請多關照。

以上，草草致覆。

敬上

180推銷新產品

謹敬者　大地一片春光，謹賀貴公司日益繁榮，生意興隆。

這次本店對新江電氣公司研究開發的新產品"向日葵微波爐"進行試銷，誰知竟出乎意外地受歡迎，所以立即訂購了一大批。現特向你通報，我想你們那兒的顧客一定也會喜歡的。該商品的批發店及價格表隨信附上，請研究一下。

以上謹作新產品的介紹。

敬上

180新客戶的訂貨

前略為歉。貴公司8月1日寄來的報單及重晶石樣品都收到了。麻煩你們了。本公司對該貨物的品質、價格均感到滿意，並且很樂意按貴公司指定價格訂購上述貨物。

另外，本公司通常的付款條件是60天交付款單，尚祈貴公司能給予同意。

以上，謹爲訂貨。

草草

附：

（省略）

182 新客戶初次訂貨

前略爲歉。此次代銷貴公司的產品一事，承蒙及時允諾，不勝感謝。我們決心今後一定要全力以赴做好推銷，以期報答貴公司對我們的信任。

根據規定，我方已於今天通過富士銀行銀座分行向貴公司滙出了 50 萬日元保證金。請在收到保證金後，按隨信附上的訂貨單，把貨物發給敝店。我們準備立即着手銷售。

另外，訂貨承諾書也隨信附上，請簽名蓋章後寄還給敝店。

草草

附：

隨信寄上的證書：

(1) 訂貨單 1 份。

(2) 訂貨承諾書 1 份。

完結

183 試訂

有關貴公司生產的組合式書架的試銷

敬啓者 時值晚冬，敬賀貴公司日益繁榮昌盛。

欣聞貴公司生產的組合式書架在市場上深受歡迎。爲此，敝店也打算進行試銷。以作爲樣品，請先把各種型號的書架各發三套來，共計九套。另外，還想麻煩貴公司在價格上的優惠、運輸

費的發運的負擔等各方面多加照顧。根據銷售情況，以後我們將繼續訂貨。

以上，謹作試銷品訂貨。

敬上

184 訂貨單

敬啓者　初冬之際，恭賀貴公司日益興隆發達。

10 月 20 日的惠函及所附的花樣和價目單均已收悉，非常感謝。我方選了以下三種，茲此訂購，敬請儘快發貨。

以上，謹作訂貨。

敬上

附：

(1) 貨　　　名：樣本 B8 號 7436。

(2) 數　　　量：350 打

(3) 進貨日期：1989 年 2 月

(4) 包　　　裝：每打包裝內襯錫箔紙盒，120 盒裝一木箱。

(5) 保　　　險：按發票金額 10%，投保水漬險。

(6) 付　　　款：不可取消信用狀，憑即期匯票付款。

185 根據商品目錄訂貨
關於訂購煤油取暖器一事

敬啓者　敬祝寶號越來越興隆發達。每次都承蒙特別照顧，不勝感謝。

貴店 9 月 28 日惠寄的煤油取暖器目錄一套，已經收悉，請放心。敝公司以爲其中的 NB3 型和 NB4 型兩種比較適合一般家庭使用，故兩種各訂 300 台（詳見訂單）。如有損耗則由貴公司

負擔此商品請儘快送來。另外，上述兩種都急用，務必請在 11月10日之前送到基隆港口，請多費心了。

敬上

附訂貨單一份。

186 附有條件的訂單

敬覆者　首先恭賀貴公司興隆發達。

貴公司4月1日的來函收悉了。本公司對貴公司所提供的各種尺碼的尼龍外套很感興趣。對貴函中提出的條件，經過研究的結果，茲確定訂購下列貨品。但是，貴公司必須保證在6月底以前運送到高雄港。倘若逾期不到，我公司將採取取消訂單、拒收貨物的權利。以上條件，不知貴公司同意與否，請告知。

敬上

附：

（省略）

187 續訂

關於續訂自行車

請恕免客套。上次承蒙運送的那批貨（自行車），很受消費者歡迎，馬上銷售一空。爲此，我們想與上次相同的條件再續訂5000輛。

貨款俟貨物到達、驗收完畢後立即滙到台灣銀行台北分行貴公司的名下，一次付清。

另外，我們的客戶希望在10月底能提到貨。所以請儘量確定裝船期限，以不誤交貨期限。

以上匆匆，謹作續訂並請託。

188 取消訂貨

敬啓者　首先恭賀貴公司日益鴻圖大展。

敝公司於 2 月 8 日去函訂購的"梅花牌電冰箱",雖經過我方多次催促送貨,但至今仍未見到貨。相反,今天却收到了貴公司寄來的新價目表,說是家用電器產品單價上漲了。根據新價目表所列的項目,與以前相比,價格似乎上漲幅度太大,簡直令人難以接受,這樣的價格,敝公司根本無法經銷。爲此,我方只得草此呈文,宣布撤銷上次的訂貨。

以上情況敬請明察,妥善處理。

敬上

189 謝絕訂貨

敬啓者　時值晚秋之際,恭賀貴公司日益繁榮昌盛。敝公司長期蒙受貴公司的恩惠,在此謹致謝意。

11 月 5 日惠送的第 786 號訂貨單已經改悉,非常感謝。遺憾的是,貴公司所提出的價格條件,我方實在難以接受。對貴公司的惠顧,我們表示感謝。但是很抱歉,我們不得不把貴公司的第 786 號訂貨單退回。

以上草草,請多見諒。

敬上

190 催促送貨

敬啓者　敬祝貴公司日益繁榮昌盛。

敝公司於 5 月 30 日致函貴公司,訂了 500 匹夏布,合同上

規定的到貨日期已經過去20天了。可是時至今日，貨物還沒到。故特致函詢問，那批貨現在到底怎麼樣了？

在此之前，我們已經寄過一封信去詢問，也打過一封電報，並附上了回電報的費用。可是至今我們仍沒有接到貴公司的任何回音。發生這樣的事，實在太遺憾了，這不得不令人懷疑貴公司以前的用意究竟何在？

正如你們所知道的，這批貨的季節性很強，錯過了季節的話，在本地根本無法銷售。為此，我們再給七天寬限。在這七天內，如依然不見貨物送到的話，那麼我們只有迫不得已地宣告撤銷本合同了。謹此通知。

以上匆匆，謹作通知並請託。

敬上

191 送貨通知 (1)

貴公司注4第976號訂單送貨

敬覆者　每次承蒙特別照顧，特此致謝！

標題合同貨，如同隨信附上的送貨單所示，已於今日裝上"飛龍"號，明天由基隆起航駕駛向千葉港。敬請查收。

另外，請在商品收據上蓋好章後寄還我方。

以上，謹作送貨通知。

敬上

又及：

隨信附上送貨單、商品收據各1份。

192 送貨通知 (2)

敬覆者　承蒙提攜，不勝感激。

我方按照有關信用狀規定，將上述貨物裝運完畢，特此通知貴公司。同時，剛才發出了電報，茲確認如下：

"合同 78621 號，信用狀 4597 號有關的螢石 7000 噸，已經裝上新風輪，並於 7 日起航。

現隨函附上下列各裝運單據，以便貴公司在貨物到達後順利提貨。

(1)　我方第 74732 號送貨單　2 份。

(2)　AD 469 號提貨單副本　1 份。

(3)　BG 913 號保險單　1 份。

(4)　TE 9364 號檢驗證　1 份。

感謝貴公司在這次交易中對我們的照顧。今後貴公司所有的來函、交易買賣、訂單等，我方保證一定慎重辦理。

以上，謹作送貨通知。

敬上

193 裝船通知

前略為歉。貴公司第 9862 號訂貨單上的貨物，已經裝上"賀蘭山"號輪，明天從基隆起航到門司。

本公司正在等待着船主的提貨單。提貨單、發票和保險單均按常規分批連續航空郵寄給貴公司，請查收。

以上匆匆，謹作裝船通知。

草草

194 送貨通知

珍珠送貨通知

敬啓者　每次承蒙提携，在此謹致深切的謝意！

貴公司早先訂購的標題商品500顆，現先暫送300顆，已裝上了今天（10月15日）下午17點起飛的中華航空964班機。特此通知。另外200顆，最遲不超出後天（17日）。貨物全準備好了，但由於定期班機停飛，故臨時採取了上述補救辦法，請見諒。

敬上

195 裝船通知

敬啓者　恭賀貴公司越加興隆發達。

以泰山出口公司爲受益人的第9976號信用狀已經收悉，謝謝！敝公司已憑此信用狀，在貴公司所租的"津波"輪上裝了5萬噸石墨。該船將於4月28日左右把起航赴橫濱港。

鑒於敝公司已對這批石墨的質量予以特別的注意，故深信該批貨抵達目的地港後，定會使貴公司用戶滿意。關於第9977號合同項目的餘額2萬噸石墨，敝公司會按合同規定的時間裝運的，敬請放心。

隨函附上有關該批貨的裝運單據副本一套，正本已交銀行轉寄貴公司了。敝公司堅信能得到貴公司的續訂單，並且保證隨時向貴公司提供令人滿意的服務。

以上，謹作裝船通知，並呈寄合同。

敬上

196 到貨通知　(1)
煤油取暖器到貨通知

敬啓者　每每承蒙關照，特致謝意！

敝公司所訂的標題商品500台已於今日如數查收。經立即打包檢查，全部商品沒有破損，敬請放心。

另外，貨物收據隨信附上，請查收。

敬上

附：

貨物收據　1份。

完結

197 到貨通知

敬啓者　每次承蒙惠顧，謹致深切的謝意！

貴公司 11 月 9 日惠函中通報的冷凍機 9000 台，已如期抵達，情況良好。

敝公司對該貨十分滿意，並借此機會向貴公司表示感謝，感謝你們如此審慎、迅速地辦理敝公司的訂貨。今後仍請繼續多加關照。

以上匆匆，謹致謝意並通知。

敬上

198 買方通知賣方信用狀已開設

敬覆者　每次承蒙照顧，不勝感激。

接到貴公司 10 月 18 日惠函，得知出口許可證業已簽發後，我方便按常規，立即用電報開設了信用狀，金額爲 8000 美元。

本地市場特別重視準時交貨，務請於月內把貨送出。

務請設法將該貨裝上"神田"輪，該船定於本月 20 日左右起航。該船出港後，請立即用電報通知我方。

以上匆匆，謹作信用狀已開發之通知。

敬上

199 催促開設信用狀

急啓者　我第758號銷售確認書項下貨物交貨期已近，但迄今仍未收到有關的信用狀。

務請儘快與銀行辦理聯繫，加速辦理開信用狀事宜，以便我方能順利裝運。並請把有關信用狀的具體情況通告我方。如若不然，交貨將會被耽擱許久。另外，爲避免日後修正，請注意信用狀條款與確認書條款的一致。

等候佳音。

草草

200 賣方要求修改信用狀

敬啓者　每每承蒙厚情，非常感謝。

貴方879號訂貨單項下的駝毛信用狀計8000美元已收到了。但是，貴公司信用狀金額顯然不足。貴公司訂貨單上的正確成本加保險運費，總金額應爲8800美元，而不是8000美元，尚差800美元。有鑒於此，請貴公司把信用狀金額增加800美元，請妥善辦理爲盼！

以上，謹作通知並請託！

敬上

201 賣方要求把信用狀有效期延期

急啓者　10噸韓國大毛蟹的第9963號信用狀，已經收悉，謝謝！

由於飼養單位的耽擱，我方未能在本月底把貨物備妥，非常抱歉。我方昨日已發電報，請查收。電文如下：

"信用狀第9963號請來電將裝船期延至12月10日有效期

延至 20 日函隨。"

　　預計該批貨可能在 11 月底備妥，現在安排裝在 12 月 5 日出港的"永安"輪上。

　　盼來電將上述信用狀延期，以便我方能將該貨裝出。

　　以上，謹致歉意並請託。

草草

202 付款通知

關於 87 第 981 號付款通知單款項業已滙出的通知

　　敬覆者　恭賀貴公司日益繁榮昌盛。

　　貴公司 9 月 25 日寄來的付款通知單上的標題款項日元 48 萬 5 千元整，於本日滙入台灣銀行貴公司的帳卡，特此通知。另外，此款滙入貴公司帳下後，煩請把收據寄還我方。

　　以上，謹作付款通知。

敬上

203 銀行徵收跟單滙票

　　敬啟者　每每承蒙關照，特致謝意。

　　貴公司 4 月 18 日訂貨單項下的貨物，已於今日裝上"長海"輪，離開高雄港。隨函寄上金額為 900 美元的發票。

　　另外，請注意我方已按發票金額，開具了附有裝運單據（提貨單一式兩份和保險單）的見票 30 天付款的滙票。

　　我方已通知我方銀行，收到貨款就交出單證，請到期時去贖單。

　　以上匆匆，聊作通知。

敬上

204 支付貨款

敬覆者　每次承蒙照顧，在此表示謝意。

貴公司於 4 月 28 日開出的發票上所開列的貨物，現已安全抵達，現附寄金額爲 2000 美元的支票一張，以支付發票上所列款項，其中已扣除了 5% 的折扣。請在收到後馬上回信。

以上匆匆，謹作付款通知。

敬上

205 貨款到達通知

貴公司滙 87 第 674 號貨款入帳的通知

敬覆者　恭賀貴公司日益興隆昌盛。

本月 24 日，敝公司發的 87 第 276 號付款單所索取的貨款新台幣 3890 萬元整，現已滙入台灣銀行高雄分行敝公司帳上。感謝貴公司迅速地滙款。現將收據一張隨信呈上，請查收。

另外，今後懇請給予關照、提携。

以上匆匆，謹作通知並致謝！

敬上

隨信寄上收據一張

206 索款

恕免客套。今天早晨，我方銀行通知說，貴公司 TB 479 號訂貨單項下，根據第 386 號信用狀向台灣銀行開具的金額 9000 美元滙票，由於下列原因被拒付，而那些理由又均是我方無法同意的。對此，我方甚感意外。現在，該滙票已經議付，因而我方處境感到十分爲難。我方亦有自己的困難，務請以 7 月 20 日爲最後期限，把款項滙出，或者能提出令人滿意的保證。否則，我

方將提請律師辦理收款事宜。

以上情形，務請認眞對待爲盼！

草草

207 催促付款

關於支付貨款的要求

敬啓者　在此春意盎然的大好季節，恭賀貴公司日益繁榮昌盛。

上個月28日發出的付款通知單（本公司請字87第576號），其最後期限是今天──15日，但是非常遺憾，那筆貨款至今仍沒滙來。貴公司業務繁忙，我們也是知曉的，但本公司也有難處，帳也沒法整理。敬請再查一下，趕緊把貨款滙來。

以上，爲安全起見，謹致通知，並煩請給予明確的回音。

敬上

208 買方拒絕接收受損貨物

關於受損貨物的處理問題

敬覆者　每每承蒙關照，謹致謝意。

貴公司所送87第973號單據，已於前天收悉，謝謝！該貨物已於今日由"江城"號運高雄港。我方立即拆包檢查了一下，發覺五大箱子中的貨物竟沒有一箱不受損壞的，而且受損程度相當嚴重。據估計，完整無損的，每箱只有20%左右。上述貨物本來就是易碎的，多少有些損壞亦屬在所難免。可是眼前竟有80%破損，這就令人難以接收了。

我方已將此事電告貴公司了，茲隨函附上電報副本1份，請查收。

另外，關於該批貨物的處理問題，敬請指示。現將貴公司的發貨車隨函寄還。

以上匆匆，謹致報告。

敬上

209 索賠

關於尼龍外套的品質問題

敬啓者　時值盛夏酷暑，恭賀貴公司日益繁榮昌盛。敝公司一直承蒙照顧，非常感激。

7月9日，貴公司按發貨單（送88第79號）所運送的670打尼龍套衫，已於昨日安全到貨。但是，將該貨與樣品一比較，品質、顏色等都有很大的差距。我們也感到十分爲難。這種商品，敝公司是無法經銷的，請儘快查明原因，並將與樣品相同的貨物及早地發給我們。

另外，鑒於該貨物品質相當差，減價15%，還是退貨。在作出決定後，請用電報通知我方。但最重要的還是今後要多加注意，絕對避免此類事件的再次發生。

以上，謹作通告情況，並等候貴公司的指示。

敬上

210 買方拒收遲交的貨物

敬啓者　每次都承蒙厚情照顧，特此致謝！

貴公司12月25日的來函和500台煤油取暖器的發票都收到了。但非常遺憾，我方不得不通知貴公司，我方無法接收這批貨物。在過去一段時間內，我方一直在催促貴公司送貨。在12月10日發出的最後一封信中，我方已通知貴公司，除非這批貨已

經運送在途中了，否則就趕不上時節的需要，對我方起不了作用了。

然而貴公司擅自將貨物運來了。本公司現在唯一能照顧貴公司的方法是：把這批貨物當作寄售處理，想辦法零售；或者打折扣留下這批貨，等來年應市。究竟該如何處理，務請斟酌。盼望貴公司能拿出最好的解決辦法來。

以上，謹作聯繫並拜託。

敬上

211 要求賠償

恕免客套。按我方 11 月 2 日 87 第 991 號訂貨單送來的一批自行車，已於昨日到達。但很遺憾，該商品的品質太令人失望了。貴公司所提供的商品的品質，並沒有達到我方所希望的樣品的標準。表面鍍的鉻，沒有達到應有的光潔度，有些地方已經變色，乃至生銹了。

我方根據隨函附上的本地商品檢驗局的報告，茲向貴公司提出總額為 8000 美元的索賠。請儘快解決為盼。

以上匆匆，謹致照會。

草草

212 建議向船運公司索賠

敬覆者　時值酷暑，謹祝貴公司日益繁榮昌盛。

7 月 4 日的來信收悉。我們非常遺憾地得知貴公司訂購的“天仁”牌烏龍茶 2 萬箱，在到達貴地時已遭損壞，其中 783 箱尤為嚴重，已經壞得無法出售了。

如果責任在於我方的話，我方一定毫不推辭地接收退回受損貨物，並償還貴公司貨款。但事實是，貨物是由富有經驗的老工

人仔細包裝的，運送時亦完好無損。我方所持有的清潔提貨單副本上注明了這一點，足以爲憑。因此，可以肯定地說，貨物受損是由於運輸途中的搬運不當，或是露天放置遭受雨淋所致。

所以，我方建議貴公司立即向船運公司提出索賠，這樣較爲有利。倘若能把貨物受損的實際情況證明寄來，我方願代爲辦理索賠事宜，以便取得賠償。

以上匆匆，謹致聯繫。

敬上

四、日文科技書信的特點及信例

1. 日文科技書信的特點

科技書信的書寫，除了要注意普通書信和貿易書信中所提到的幾點外，最重要的一點是要簡潔明瞭，不必多扯個人的情況。如果說普通書信、貿易書信中還要追求一點文學色彩，表現手法的話，那麼科技書信則以講淸事情爲原則，不需任何華麗詞藻。季節性的問候、寒喧等也應盡可能地縮短。現在，日本有部分學者甚至主張科技信件中應該廢除寒喧客套、季節問候等。由此可見科技書信與前面兩種書信的區別了。

科技書信中，往往會引用原文（英、法、德、意等文）或出現公式符號等，這些必須保證準確無誤，否則會造成誤會。由於外文、公式、數據等比較多，所以科技書信多數採用西式寫法。如仍是中式書寫，那麼數據、公式、原文等處可以用西式，也就是說，數據、公式、外文不可生硬地用中式。

科技書信中占很大比例的是申請留學或商量有關留學事宜的內容。向日本人打聽留學的可能性、委託辦理留學事項，這本無可非議。但要注意兩個問題，一要看對象，並不是所有日本人都有能力、精力來辦理此事的；二要明確講淸自己的學習動機和所想學的專業知識。

最後還要注意，有關科技交流、申請留學等事宜的信，一般都應直接寄到對方的學校或辦公處去。除了純屬個人之間的私事

，一般信件日本人都不喜歡寄到私人家中。

2. 日文科技書信信例

㉔中日歴史比較研究国際シンポジウムの開催についての案内

拝啓　炎暑の候、ますますご清栄のこととお喜び申し上げます。

さて、中日両国の交流が発展するなかで、中日両国人民の相互理解をめざして、歴史、近代史分野でも民間学術交流をおしすすめることがさし迫まって必要になってきております。いうまでもなく、歴史研究者は、中日両国間の二千年にわたる交流の歴史について専門的知識を深める一方、中日両国間の相互理解と両国人民の共存と協力関係をうちたて発展させていくために特別の責任をもっています。当会は中国及び日本における歴史の比較研究を長期課題として取り込んできておりますが、このたび、世界中の中国史、日本史並びに中日関係史の研究者が一堂に会し、お互いにこれまでの研究成果を交流しあい、これかれの課題について話し合うという趣旨で、台北において中日歴史比較研究国際シンポジウムを開催する運びになりましたので、ここに、ご通知、ご招待を申し上げる次第でございます。計画、スケジュールなどは別紙の通りでございます。ご多忙のところ、誠に恐れ入りますが、何卒、お繰り合わせのうえ、ご来臨賜わりたく、御案内申し上げます。

敬具

記

（略）

— 252 —

なお、準備の都合もございますので、10月1日までに御出欠のほどお知らせ下さいますよう、お願い申し上げます。

㉔国際シンポジウムに招かれて

拝復　毎度格別のお引立てにあずかり、誠にありがとうございます。

さて、5月7日付御書信、まさに落掌致しました。ご丁重なお招きを賜わり、光栄に存じます。貴学会の第三回国際シンポジウムのご開催を心よりお祝い申し上げます。ご要請により、中国教育協会のこれまでの研究活動が生んだ研究結果のうち、最近いくつかの研究委員会の研究成果の一部を早急にとりまとめ、資料とともにお届け致します。よろしくご審査のうえ、発表の機会をお与え下さるよう、ご高配願います。

中国教育協会は、我国の教育研究者5万名ほど参加する学術団体であります。協会の任務として、教育の経験を総括し、教育の基礎的、原理的研究を中心とするものでありますが、同時に、諸外国の教育研究者、教育研究団体との交流についても、積極的に行ってまいりました。今後とも一層ご協力賜わりますよう、願い上げます。

以上、取り敢えず、ご返事まで。

敬具

㉕学術会議参加への申込み

拝啓　薫風さわやかな候となり、ご一同様にはいよいよご壮健の趣、お喜び申し上げます。

さて、5月になりますと、もう物理学会の年会の開催のため、お忙しくなることと存じます。私共は今回の年会にぜひご出席させていただきたいと存じます。われわれは去年一年間かかって、蒸着膜の成長初期過程の研究に適した水晶振子型膜厚計を考案・試作し、その結果、蒸着実験において $\pm 1 \times 10^{-8}$ の周波数安定性を実現することに成功しました。それについての報告をまとめ、このたびの学会において発表できれば幸いと存じます。つきましては、格別のご高慮を伏してお願い申し上げます。

　87年の学会を控え、ご多忙のことと存じますが、右の件についてのご諾否をお洩して頂ければ、早急にそれについての詳しいレジューメをお送り致します。

　右、略儀ながら、書中をもってご依頼申し上げます。御返事お待ち申し上げております。

敬　具

㉖講演の御依頼

　先日お目にかかりました節にお願いして、ご内諾を得ましたとおり、当社の技術部員の技術常識の向上を目的として、下記の要領でご講演いただきたく、よろしくお願い申し上げます。

一、題目：RF スパッタリングの機構

二、日時：9 月 30 日(月)14 時〜17 時
　　　　　(質疑応答の時間を含む)

三、場所：当社の第三会議室

四、聴衆：技術部員、大学卒、約80 名、大半は電気ま

たは通信工学科出身、平均年齢約40才、約10名は
スパッタリングの実地経験あり。

五、黒板、スライド、OHPの準備あり、ただし、スライ
ドとOHPと同時には使えません。

六、連絡担当：外事弁公室副主任　劉太隆

　(573871 内線 197)

なお、当日午後1時に貴校の専家楼にお迎えの車を参上さ
せます。御講演のあと、本社の副社長が粗餐を差し上げたい
と申しておりますので、お差し支えなければ、そのように御予定
願い上げます。

以上、要件のみにて失礼いたします。

㉗講師の依頼状 (1)

拝啓　晩冬の候、いよいよご清康のこととお喜び申し上げ
ます。

さて、国際化時代、ハイテク時代といわれる今日、企業の
経営の環境はかつてなく大きく変わりつつあります。このよう
な変化の時代にあって企業の運命を左右するものこそ、人材の
開発です。この激変する時代を乗り切るための人材を育成する
ため、本校は今秋から新しい経営学専門課程を設置すること
になりました。ついては、一年間本校において、「多国籍企業
と国際経営」という題目で御講義をいただきたく御願い申し上
げます。御多忙中御迷惑と存じますが、別記の要領をご検討
のうえ、ご内諾の有無、折り返し同封の封筒にて、3月10日迄
にご返信くださるよう、お願い申し上げます。

なお、ご不明点などの問い合わせは下記の所へお願いいた

します。

寒さ厳しい折から、一層のご自愛、切にお祈り申し上げます。

右、取り敢えずご依頼申し上げます。

敬　具

記
（略）

⑳講師の依頼状 (2)

拝啓　ますます御健勝のこととお喜び申し上げます。

さて、当校の日本語と日本歴史等の教学につきましては、いつもお力添えを賜わり、誠にありがとうございます。

ところで、当校では、中日交流の歴史についての講座を、来る87年9月より開きたいと存じております。つきましては、別紙の要項で、先生にこの講座をご担当いただけますならば、誠に幸いに存じます。なにとぞ、お引き受け下さいますよう、切にお願い申し上げます。

敬　具

㉑資料送付に際して

謹啓　吹く風もすっかり夏めいてまいりました。皆様にはますます御清栄のこととお喜び申し上げます。

このたび『教育哲学と教育思想』第四集を刊行いたしましたので、贈呈いたします。

何卒、厳しい御批正を賜わりますよう御願い申し上げます。

尚、貴学におかれまして、研究学報紀要等を御刊行の際は、

資料としてぜひ備えたいと存じますので、一部御恵贈下さいますようお願い申し上げます。

　　　　　　　　　　　　　　　　　　　　敬　具

㉚大学院生に推薦

　拝啓　秋涼のみぎり、いよいよご祥福のこととお喜び申し上げます。

　さて、突然でございますが、大学時代の旧友劉一柱氏のご子息、劉潜君をご紹介申し上げます。同君は一昨年8月、交通大学工業工学部を卒業しまして、現在、交大特別材料研究所に助手として勤めておりますが、さらに学問に磨きをかけるために、本人は貴校の大学院工学研究科金属材料課程を強く希望しております。同君は勤勉で正直な秀才にて、明朗活溌、期待できる器と存じますが、ついては、ご多忙中ははなはだご迷惑とは存じますが、当人の履歴書、成績表等をご覧になられたうえ、何かとご教導を賜わりたく、ここにお願い申し上げます。

　天候不順の昨今、ご自愛をお祈り申し上げます。

　右、略儀ながら、ご推薦申し上げます。

　　　　　　　　　　　　　　　　　　　　敬　具

㉛研究所へ推薦する

　拝啓　厳寒の候、ますますご多祥の趣と存じます。

　いつも御世話になっておりますこと、厚く御礼申し上げます。

　さて、ここにお手紙を申し上げるのは、ほかでもございませ

ん、小生の教え子の李大寧君のことについてでございます。同君は本大学経済学部を来年8月卒業する予定と伺っておりますが、国際貿易史についての研究を志し、貴所への入所を切望いたしております。ついては、ご多忙中、当人の抱負などをお聴き取りのうえ、何かとご指導を賜わり下さるよう、お願い申し上げます。

時節柄、一層のご自愛お祈り申し上げます。

右、ご紹介かたがたお願いまで。

敬　具

㉒入学案内送付の願い

拝啓　青葉の美しい季節になりました。貴校の益々の御発展を心からお慶び申し上げます。

突然ではありますが、書状を以って不躾なお願いを申し上げます。私は、輔仁大学歴史学部の学生ですが、来る7月に卒業の見込みです。実は貴校へ留学致したくべく、お手紙を差し上げる次第です。

かねてから東洋史を専攻致したいと念願しておりました私は、関係ある学校をいろいろと調べましたところ、貴校ならではとわかって、貴校に設置されてある人文学研究科東洋史学研究室を強く志願いたします。つきましては、入学案内並び願書をお送り頂ければ、幸いです。

以上、要件のみで失礼いたします、何卒、御高配を重ねてお願い申し上げます。

敬　具

㊳ 留学の手続きに関する問い合わせへの返事 (1)

冠省

外国人の大学院修士課程学生募集に関する問い合わせの御手紙を拝見いたしました。御要望に応えて、「外国人の大学院修士課程学生入学願書」及び「外国人の大学院修士課程学生出願心得」を同封にて、お送りします。必要事項を記入し、添付書類を添え、下記の留学生担当係あてに、お送り下さい。

入学願書は、一年中受付けております。しかし、審査委員会が２月と８月の年二回しか開催されませんので、審査委員会に合わせて、１月15日と７月15日で締め切り、その日までに集まった願書を審査委員会に諮るという方法をとっております。

審査委員会終了後、合格者に対しては、入学許可証明書を願書に記載された住所に送りますので、それをもって、必要の手続きを始めて下さい。不合格者に対しても、書面で通知いたします。電話等による問い合わせには、一切応じられませんので、御了承下さい。

入学時期は３月と９月です。中途入学は原則として認められません。３月又は９月の末日までに来日した場合、遡って、３月１日付、又は９月１日付入学が認められております。

なお、入学手続きの時に必要な費用は、以下の通りです。

（略）

疑問の点がありましたら、下記留学生担当係まで、御連絡下さい。

草々

㉔留学の手続きに関する問い合わせへの返事 (2)

当校は今年度留学生募集の予定はございません

拝啓　時下ますますご清栄のこととお喜び申し上げます。

　さて、このたびは留学生募集のお問い合わせをいだたき、誠にありがとうございます。折角のご照会ですが、大変残念ながら、当校は今年度、留学生募集の予定はございません。あしからず、ご了承賜わりますよう、お願い申し上げます。

　まずは、取り急ぎご返事まで。

敬　具

㉕入学出願書類送付のご案内

拝啓　時下ますますご清栄のこととお喜び申し上げます。

　さて、ご指示のとおり、出願の書類が全部できましたので、ここに、下記のとおり同封にてお届けいたしますので、ご査収下さいますよう、ご案内申し上げます。

　取り急ぎ、お礼かたがたお知らせまで。

敬　具

記

一、入学願書
一、健康診断書
一、出身大学の卒業証明書
一、出身大学の成績表
一、研究計画
一、日本語語学力証明書
一、卒業論文　　（コピー）
一、推せん状

⑳入試結果の通知 (1)

拝啓　その後ご健勝にてお過ごしのことと拝察いたします。

さて、先般の選考の結果、あなたは入学試験に合格されましたので、お知らせ申し上げます。

なお、合格通知書を同封いたします。

敬　具

記

同封書類：合格通知書　　一通

㉑入試結果の通知 (2)

推せん者へ・残念でした

拝啓　いよいよご清栄のこととお喜び申し上げます。当校の留学生募集につきましては格別のご配慮を賜わり、厚く御礼申し上げます。また、このたび、早速ご推せんをいただき、心からお礼申し上げます。

さて、ご推せんいただいた丁志明さんにつきましては、選考の結果、誠に残念ながら、不合格となりましたので、ご通知申し上げます。

折角ご推せんいただきましたにもかかわらず、ご希望にそえず、誠に申し訳なく存じております。あしからずご諒承賜わりますようお願い申し上げます。

なお、本日ご本人にも連絡いたしました。

まずはお知らせまで。

敬　具

㉙入試結果の通知 (3)
本人へ・残念でした

拝啓 いよいよご清栄のこととお喜び申し上げます。

このたび、当校の留学生募集に際しましては、早速ご応募下さり、ありがとうございました。

さて、あなたの入学のご希望につきまして慎重に選考を重ねました結果、誠に残念ながら、不合格となりましたので、ご通知申し上げます。

折角のご希望に沿えず、誠に申し訳なく存じますが、どうかご諒承下さるよう、お願い申し上げます。

末筆ながら、今後のご健勝をお祈りいたします。

まずは取り急ぎご通知まで。

敬　具

㉚奨学金申込書送付についてのご案内

拝啓 貴社ますます御隆盛の趣お喜び申し上げます。毎々格別のお引立てに預かり厚く御礼申し上げます。

さて、先日、御送りいただきました申込書は、すでに出来ましたので、ここに下記の必要の添付書類と一緒に同封にてご送付いたしましたので、ご査収下さいますよう、ご案内申し上げます。

なお、今後とも、なにとぞお力添えのほどお願い申し上げます。

まずは取り敢えずお知らせまで。

敬　具

記

同封書類：

一、奨学金申込書

一、学業成績表　　一通

一、研究計画書　　一通

一、推せん状

A. 指導教官によるもの　　一通

B. 知人によるもの　　一通

一、健康診断書　　一通

一、在学証明書　　一通

一、入学許可書　　一通

一、履歴書　一通

一、身上書　一通

以　上

㉑ノーベル化学賞の受賞

拝啓　新聞の伝えるところによれば、このたび先生にはノーベル化学賞をご受賞とのこと、つつしんで賀し奉ります。すでに化学界の先端を行かれた先生にはまさにふさわしいご名誉であると存じます。つきましては、これを機会にいっそうご自重のうえ、ますます化学の発展のためご貢献なされますよう、せつにお祈りいたします。

ここに、喜びのあまり一書を呈し、もってご祝詞といたします。

敬　白

3. 日文科技書信信例 參考譯文

213 邀請參加中日歷史比較研究國際討論會

敬啓者 時值炎夏酷暑之際，敬賀各位健康、幸福！

隨着中日兩國間日益增強的文化交流，爲加深中日兩國人民間的互相理解，越來越有必要在歷史、近代史領域中開展民間學術交流了。

當然，中日兩國之間已有長達 2000 年之久的交往歷史。歷史學家一方面要加深對此的專業認識；同時，亦負有特別使命，繼續建立和發展中日兩國人民間的相互理解、相互共存、相互協助等關係。本研究會以中日歷史比較作爲長期課題，致力於研究。此次，想邀世界各國的中國史、日本史及中日關係史的專家會聚一堂，相互交流迄今爲止已獲得的成果，並對今後的課題進行探討以此爲宗旨，將在台北舉行中日歷史比較研究國際討論會。特此邀請。

具體的計劃、日程詳見附件。百忙之中，眞實懇切的，務請排除萬難，蒞臨指導。

敬上

附：

（省略）

又及：由於會議安排等原因，請在 10 月 1 日以前， 把出席
　　　與否通知給我們。

214 同意出席國際討論會

敬覆者 每次承蒙提携，非常感謝！

5 月 7 日發出的惠函，平安收悉。能受到您那熱情洋溢的邀請，我們感到很榮幸。衷心祝賀貴學會第三屆國際討論會的召開

。根據信中的要求，我們趕忙選擇了一部分內容與資料一起寄上。這些均是迄今爲此的中國教育協會各研究活動的成果中挑選出來的、幾個專題研究委員會的近期成果。敬請審查，並安排發表的機會。

中國教育協會是我國的一個學術研究團體，有近5萬名教育研究者組成。協會的主要任務是總結教育經驗，對教育進行基礎性、理論性的研究。同時，還積極與各國的教育研究者和教育研究團體進行交流。今後，仍請多加協助爲盼！

以上匆匆，謹此奉覆。

敬上

215 申請出席學術會議

敬啓者　南風輕爽百花怒放。敬祝各位健康、快樂！

一進入5月份，你們就要忙著準備召開物理學會年會了吧。今年的年會，我們非常想參加。我們在過去一年的時間裡，設計和試制了一種用於探明蒸發膜初期產生過程的晶體振子型測膜器。結果，在實驗中成功地獲得了$\pm 1 \times 10^{-8}$的穩定頻率。這一實驗的報告已經總結出來了，如能在本次年會上發表的話，則萬幸。爲此，懇請給予特別的照顧。

在87年學會即將召開之前，各位一定是非常繁忙的。以上請求，如能承蒙通知結果，我們將立即寄上詳細報告。

以上，先以此信作爲申請，靜候佳音。

敬上

216 邀請專家作報告

前些日子見面時所拜託的事，承蒙允諾。爲提高本公司技術

人員的科技知識增進，我們擬定於下列日程，請先生蒞臨演講。

1. 題目：RF飛濺塗膜的構造。

2. 時間：9月30日（星期一）14～17時（包括回答疑問時間）。

3. 地點：本公司第三會議室。

4. 對象：技術員、大學畢業生共 80 人左右，其中大部分爲電氣或通信工程專業出身，平均年齡在 40 歲左右，有 10 名左右具有飛濺塗膜的實際操作經驗。

5. 黑板、幻燈機、投影放大機都準備好了。只是幻燈機和投影放大機不能同時使用。

6. 聯絡人：外事辦公室副主任劉太隆（電話 573871×197）。

另外，在那天下午 1 時左右，我們將派車到貴校專家樓去迎接。演講完畢以後，本公司副經理想與先生一起共進晚餐。如時間允許，務請賞光。

以上專致通知！

217 邀請專家 (1)

敬啓者　冬季即逝，春天將臨，恭賀先生幸福、健康！

在被人們稱爲國際化時代和尖端技術時代的今天，企業的經營條件也正發生着前所未有的變化。在這樣一個天翻地覆的時代裡，只有人材的開發才是眞正左右企業命運的關鍵。爲了培養能夠適應這一變化時代的人材，本校決定從今年秋季起，新開設經營學專業課程。爲此，想請先生在本校以“多國企業和國際經營”爲題，開一年課。百忙之中，多有打擾，具體要求請見附件。煩請斟酌，並在 3 月 10 日以前，用隨函附上的信封把您的決定告訴我們。

另外，如有什麼不清楚的地方，可以按下列地址詢問。

天氣仍十分寒冷，祈望保重！

以上匆匆，專致請託。

敬上

附：

（省略）

2.18 邀請專家　(2)

敬啓者　首先祝您日益康健、愉快！

本校的日語以及日本歷史等課的教學，歷來承蒙鼎力相助，特此表示感謝！

本校決定從 1987 年 9 月起開設"中日交流史"講座，爲此，想請先生能屈駕擔任（具體要求請見附件）。如能承蒙應允，則不勝感激。

以上草草，伏請允諾。

敬上

2.19 請交換資料

敬啓者　陣風迎面撲來，已經完全是盛夏熱風了。敬賀各位更加健康、幸福。

這次［教育哲學和教育思想］第四期已經編印完畢，特呈上一冊。敬請惠賜斧正。

另外，對於資料，我們全都打算收集的，所以當貴校發行研究學報紀要時，一定請惠賜一冊爲盼！

敬上

2.20 推薦報考研究生

敬啓者　秋涼時節，恭賀閣下益加幸福安康！

非常冒昧地寫信給你，爲的是介紹我大學時代的好友——劉一柱之子劉濤一事。劉濤是前年8月從交通大學畢業，現在交大特殊材料研究所當助敎。他想進一步提高自己的專業學問，希望能到貴校研究所工學系金屬材料專業學習。小劉是個勤奮、正直、有才幹的青年；他的性格活潑開朗，將來可望成爲有才幹之人。爲此，百忙之中，多有打擾，請在審閱了他的履歷表、成績單後，對他給予一些幫助。

天氣忽冷忽熱，祈望保重！

以上草草，謹作推薦。

敬上

221 推薦去研究所

敬啓者　隆冬嚴寒，祝您益加康健！

一直承蒙照顧，特此表示感謝！

今天給您寫信，不爲別的，是專爲我的學生李大寧的事。李大寧現在是本校經濟系四年級學生，將於明年8月畢業。該同學立志從事國際貿易史的研究，很希望能進入貴所工作。爲此，百忙之中，多有打擾，請你和他談談，聽聽他的抱負，再加以指導。

天氣嚴寒，務請保重！

以上，謹作介紹並請託！

敬上

222 關於索取入學簡章

敬啓者　百花齊放，春意盎然，恭賀貴校日益興隆發達。

突然寫信打擾，非常抱歉。我是輔仁大學歷史系的學生，將於今年7月畢業。此次冒昧寫信打擾，爲的是想申請到貴校留學。

我早就立志專攻東洋史，在查閱了有關學校的情況後，發現只有貴校才能滿足我的夙願。爲此，想申請報考貴校的人文學系東洋史。如能承蒙惠寄入學簡章和報名表，則不勝感激。

以上匆匆，言不盡意。再一次敬請多加關照。

敬上

223 對詢問有關留學手續的答覆　(1)

上略。

關於招考外國人碩士課程研究生的詢問信件收悉了。根據你的要求，茲將"外國人碩士課程研究生報名表"和"外國人碩士課程研究生報名簡章"隨函附上。請將表格按規定塡好後，會同所需要的證件一起，寄給下列留學生科系負責人。

入學報名表全都接收，但是審查委員會每年只在2月和8月間舉行兩次。所以配合審查委員會的日程，分別在1月15日和7月15日各截止一次。到那天爲止，所收到的報名表提交到審查委員會上審查。

經審查委員會審查後，對合格者寄送入學許可證明書（按報名表所寫的地址投遞），請憑此證書辦理必要的手續。對不合格者亦用書面形式通知。如有電話等的查詢，一概不答覆，請鑒諒。

入學時間爲3月和9月。原則上不允許中途入學。如有3月底或9月抵日者，可追溯認爲3月1日或9月1日入學。

另外，辦理入學手續時需要繳納以下費用。

（省略）

如有疑問，請向下列留學生科系有關人員查詢。

草草

2.24 對詢問有關留學手續的答覆 (2)

我校本年度沒有招收留學生的計劃

敬啓者　首先祝您更加健康幸福！

關於詢問留學生報考手續問題的來函收悉了，謝謝！感謝您特地來函詢問，不過很遺憾，本校今年沒有招收留學生的計劃。敬請鑒諒。

以上匆匆，謹致覆。

敬上

2.25 關於寄送入學報名表（申請書）的通知

敬啓者　首先祝各位日益健康、幸福！

按照你們的指示，我把申請書等表格、證書全都準備好了，隨函一起寄上（具體內容如下），請查收。特此通知。

以上匆匆，謹作通知並致謝！

敬上

附：

1. 入學報名表（申請書）。

2. 體檢表。

3. （大學）畢業書。

4. 大學成績單。

5. 研究計劃。

6. 日語語文能力證明。

7. 畢業論文（複印本）。

8. 推薦函。

226 通知考試結果 (1)

敬啓者　自考試後想必你更加健康、愉快了吧。

上次的考核已揭曉，你因入學考試合格，特此通知。

再者：合格通知書隨函附上。

　　　　　　　　　　　　　　　　　　　　　　　　敬上

附：

及格通知書　1份

227 通知考試結果 (2)

通知推薦者，結果很遺憾

　敬啓者　祝您日益健康、幸福。關於本校招收留學生之事一直承蒙您特別的照顧，特此致謝。而且今年招考時，衷心感謝您推薦學生。

　關於您所推薦的丁志明，選拔、考核的結果已揭曉了，非常遺憾，他沒能合格，特此通知。

　承蒙你好意推薦，但沒有能如願以償，實在太抱歉了。敬請鑒諒。

　另外，我們已在今天把此結果通告其本人。

　以上，謹作通知。

　　　　　　　　　　　　　　　　　　　　　　　　敬上

228 通知考試結果 (3)

通知本人，太遺憾了

敬啓者　首先祝您日益健康、幸福。

在這次本校招收留學生之際，承您立即報名，非常感謝。

非常遺憾，關於您的入學要求，我們經過反覆、審愼的考核

、選拔，您沒能合格，特此通知。

難得您有這樣的要求，但我們却沒能使之實現，非常抱歉，請多加見諒！

最後，祝您今後更加健康、向上。

以上，謹作通知。

敬上

229 關於寄送獎學金申請書的通知

敬啓者　首先敬祝貴財團日益繁榮昌盛。每次承蒙特別照顧，在此表示深切的謝意。

幾幾天惠寄的獎學金申請書，現已塡好，在此與下列所需表格、證件一起隨函呈上，請查收。

另外，今後仍請多多照顧爲盼！

以上匆匆，謹致通知。

敬上

附：

1. 獎學金申請書。

2. 成績單　1份。

3. 硏究計劃　1份。

4. 推薦函：

　　A. 指導敎師的資料　1份。

　　B. 熟人的資料。

5. 體檢表　1份。

6. 學籍證明　1份。

7. 入學通知書　1份。

8. 履歷表　1份。

9. 家庭情況表　1份。

完結

230 祝賀 榮膺諾貝爾化學獎

敬啓者　據〔朝日新聞〕報導，先生您榮獲本年度諾貝爾化學獎。特此表示祝賀。我認爲，這對走在化學領域尖端的先生您來講，完全是當之無愧的榮譽。借此機會，祈禱更加保重身體，爲化學研究的發展作出更大的貢獻。

高興之餘，草修一書，聊表賀意。

敬上

五、日文書信常見錯誤剖析

(1)「拜啓」——「草々」

開頭用了「拜啓」，結尾處却寫上「草々」，這是一種最容易犯的錯誤，即所謂首尾不對稱。這樣會給人一種感覺：態度反常，前後判若兩人。因爲「拜啓」的「拜」意爲下跪、跪拜懇請，「啓」就是開封、啓封、拆信的意思。加起來就是跪著懇請（收信人）拆開我的信。

而「草々」則完全相反，表示急急忙忙草就，沒有十分盡意，很失礼。所以開頭一本正經地三叩九拜的求人家，而到結尾時却草率行事，這豈不矛盾了。同樣，在用了「謹啓」作開頭語，結尾時也不能用「草々」、「不一」等。「謹啓」的尊敬程度比「拜啓」還要高。在用「拜啓」時，結尾一般用「敬具」，用「謹啓」時，結尾也可以用「敬具」，但更多傾向於用「敬白」。

(2)「前略」——「敬具」

與上面的情況相反，開頭語如用了「前略」或「冠省」的話，結尾就一定要用「草々」或「匆々」、「不一」等表示匆忙、草就之意的結尾詞。如用「敬具」，就顯得前後不相稱。這些，日本人也常常會搞錯，所以要特別加以小心。

(3)「前略 日増しに秋が深まってまいりました。皆様にはお変わりなくお過ごしのことと存じます。……」（前略爲歉。秋

—274—

色日益加深，想各位一定起居如常吧。……）

　　這樣的寫法也是一種錯誤，錯在沒有弄淸楚「前略」的眞正合義。顧名思義，「前略」就是省略前面的那些客套形式，表示要開門見山地進入正文。而在用了「前略」，省去前面的客套之後，又接着寫季節性問候的客套「日增しに……」，就顯得自相矛盾了，「前略」也就失去其原來的意義了。用了「前略」後空一格，馬上就應該直接進入正文，如：「前略　取り急ぎお尋ねいします」（請恕免客套，有件急事想打聽一下）。

　　(4)　女性寫信時起首語是否可用「謹啓」

　　在日本，男尊女卑的封建意識還相當濃厚，尤其是在日常禮節中，男女有著嚴格的區別，在書信中亦是如此。起首語「拜啓」、「謹啓」等各有其誕生的背景，一般均不適於女性用。女性寫信時，除了可以用「前略」之外，其他表示恭敬的起首語，如：「恭啓」、「拜啓」、「謹啓」等都不用。代之可用「一筆申し上げます」（謹致一筆）、「お手紙で申し上げます」（用書信來問候）、「お手紙でお許し下さいませ」（請允許我給您寫信）、「始めてお手紙をさし上げます」（初次給您寫信）等。

　　同樣，女性寫信時，在結尾時亦不用「敬具」、「敬白」等，而多用「かしこ」、「かしく」。如是賀信的話，則用「めでたくかしこ」（謹此草草）。現在一般女靑年都不太用「かしこ」之類，而多用「さようなら」、「ごめんください」等。

　　(5)　「拜啓　暑中お見舞い申し上げます」（敬啓者　炎夏酷暑。謹致問候）。

　　在季節性問候的信件中，開頭寫上「拜啓」，這也是常見的

錯誤之一。一般來講，季節性問候的主要宗旨就是問候，故習慣上不用「拜啓」等起首語。如：「拜啓　残暑お見舞い申し上げます」（敬啓者　秋暑炎熱，謹致問候）、「謹啓　寒中お見舞い申し上げます」（謹啓者　隆冬臘月，謹致問候）、「拝復　余寒お見舞い申し上げます」（敬覆者　嚴冬雖已逝去，但仍寒冷異常，謹致問候）。其中的「拜啓」、「謹啓」、「拝復」都要去掉。起首語一般用於正式信件，明信片中也都不大用。

(6)　2月份的「嚴寒の候」

　　日文書信中的時令客套話，一般有兩種寫法。一是傳統表現方法，如：「盛夏の候」等；另外寫信人也可根據自己對時令季節的感受來寫，如：「例年にない寒さがまだ続いております」（往年少見的嚴寒不斷襲來）。兩者之間用哪種都可以。但問題是傳統表現方法經常容易搞錯。這套說法，對每個月都有嚴格的規定，尤其是日本人對四季變化特別敏感，用錯了就會貽笑大方。如在2月份的信件中寫上「嚴寒の候」，就成問題了。「嚴寒の候」是指1月份，2月份無論怎麼冷，也只能用「余寒の候」（詳見下表）。

　　另外，中國有許多風俗習慣、傳統節日也傳到了日本，如五月初五的端午節（「端午の節句」）、七月初七的乞巧（「七夕」）、八月十五的中秋節（「中秋名月」）等。在計算傳統的節日時，中國都按陰曆，但日本却全用陽曆。所以五月端午在日本是永遠不變的每年5月5日（陽曆）；中秋節就是陽曆的8月15日，每年都在那一天。此時正值暑氣逼人，哪有半點秋高氣爽、明月當空之感，但日本人照過。因而寫信時如要提到哪個節日的話，千萬別按中國的習慣計算，否則到6月份還寫什麼「菖蒲」之類的話

月	旧历的雅称	传统表现方法
1 月	睦　月	厳　寒　の　候
2 月	如　月	余　寒　の　候
3 月	弥　生	早　春　の　候
4 月	卯　月	春　暖　の　候
5 月	皐　月	新　緑　の　候
6 月	水　無　月	初　夏　の　候
7 月	文　月	盛　夏　の　候
8 月	葉　月	残　暑　の　候
9 月	長　月	秋　涼　の　候
10 月	神　無　月	秋　冷　の　候
11 月	霜　月	晩　秋　の　候
12 月	師　走	初　冬　の　候

，日本人會感到是名符其實的明日黃花了。

(7)「拝啓　3 月に入り小春日和の暖かな日が多くなりました」（敬啓者　進人 3 月以來，小陽春般的溫和之日逐漸增多）

　　這樣寫，錯在沒有正確理解「小春日和」的意思。「小春日和」指秋末冬初時出現的和風麗日，類似春天般的氣候，一般都在 11 月底到 12 月初，即我國有些地區所說的小陽春。不過我們是指陽曆十月。雖有「春日」兩字，但同春天毫無關係，不能用

於 3 月。

(8)「梅雨に入り毎日うっとうしい日々が続いて」（ 自入梅
以來，每天都是陰雨連綿 ）

　　在那陰雨連綿的黃梅季節，人們常常用「じめじめとした毎
日が続いています」（陰雨連綿之日不斷 ）、「毎日うっとうしい天
気が続きます」（ 每天陰霾低重 ）等等。但也有人寫「毎日うっ
とうしい日々が続いております」。這裏,「毎日」與「日々」重
覆了。「日々」也是「毎日」的意思，用了「毎日」就不必用「
日々」，只要「日」就可以了。應改爲：「梅雨に入り毎日うっ
とうしい日が続いております」（ 自入梅以來，每天都是陰雨連
綿 ）。

(9)　立秋之後寫「炎暑のみぎり」（ 炎夏之際 ）

　　8月16日寫的信,開頭語用了「炎暑のみぎり」，這是濫用
季節問候的又一例子。「炎暑」的意思是赤日炎炎的大暑，只能
用於盛夏，即7月間，立秋以後就不能用了。一般立秋在8月7
、8日左右，在8月16日的信上再用，顯然錯了。過了立秋後，
哪怕天氣再熱，也不可用「炎暑」，而只能用「殘暑」了。

(10)「残暑の候」（ 秋暑之際 ）

　　在9月中旬，有人曾寫過兩封信，其開頭部分各爲：

　　「拝啓　残暑の候、貴家ますますご清祥の趣、お喜び申し
上げます」（ 敬啓者　秋暑炎悶之際，想您一定康健有加，可喜
可賀 ）

　　「拝啓　残暑まだまだ続く今日この頃ですが……」（ 敬啓

者時雖已值秋天，但仍不見暑氣有減，⋯⋯）

　　同一個時節寫的信，同樣用了「残暑」，後一句的用法正確，前一句却錯了。因為後一句中是寫信人自己對氣候的感受，他感到仍然暑氣逼人，所以就寫了「残暑」；而前一句用的是傳統表現方式，在傳統表現方式中，「残暑」只限於在 8 月份使用，到了 9 月份就只能用「秋涼の候」了。儘管那時仍是大汗淋漓，但你要用傳統的表現方式，就得尊重其規矩，不能隨心所欲。後一句寫自己的感受，就不受傳統的中文表現方式的約束。

　　上述幾則講的都是「前文」部分的時令問候語。時令問候語是日文書信中最特殊的部分，日本人也特別重視這一部分，認為這好比是一條與西裝配套的“領帶”，量雖小，但對整體却起着舉足輕重的作用，千萬不能疏忽。

　　(11)「皆様にはますますご清栄の由、何よりでございます。お母さま、お父さまにはお変わりざいませんか」（欣聞闔府健康有加，心中無限快慰，令堂和令尊都好嗎）

　　如此問候，收信者一定會感到困惑萬分。第一句話是對大家的平安無事感到高興，而接下去却問起“你父母怎麽樣？”這就矛盾了，莫非此戶人家的父母不包括在大家之內。問候別人近況等問候語，完全是出於禮貌，所以一定要掌握好分寸，不能太多，太多就會造成人家反感。上面的兩句中，只要有一句就足够了。此類內容大致上可分兩種類型：一種是為對方的平安感到高興，向對方表示祝賀的，如前一句；另一種是詢問對方的近況，如第二句。一般說來，對自己家裏人或親朋好友等關係比較近的人，宜用第二種；反之則用第 1 種較為妥當。

⑿「拝啓 酷暑の季節となりましたが、おかげさまで、私どもはお変わりなく過ごしておりますので、他事ながら、ご休心ください。皆さまにもお変わりなくご健勝のことと拝察いたします」（敬啓者 炎夏酷暑來臨了，託你的福，我們一家都依然健康如故，請釋綿懷。我想各位也一定健康吧。）

在「前文」中，應以問候別人爲主，報告自己近況爲次。所以，必須把問候對方的部分寫在前面，把自己的近況報告放在後面。而且，從份量上來講，有關自己的事是越少越好。在一般公務信件往來或貿易信件中則完全不必提自己的近況。

⒀「拝啓 盛夏の候、先生にはますますご清祥のこととお喜び申し上げます。私は今月末に台湾大学を卒業し、9月より台湾對外貿易公司に勤務することになる。これはまったく先生のお教えのたまものだと思うよ」（敬啓者 時值盛夏，恭賀先生健康有加。我將於本月底台灣大學畢業，9月起要到台灣對外貿易公司去上班了。我認爲這全是先生您教導的結果。）

這封信開頭部分尙可，但起首部分結束轉入正文時，缺少起承語「さて」，使人感到很唐突，很不舒服。「さて」、「つきましては」、「ところで」、「実は」、「さっそくですが」等詞有着承上啓下的作用，用了以後就能非常流暢地轉入下文。這是中文裏所沒有的表現形式，應加以注意。

另外，第一段的文體很嚴謹，但轉入正文後，文體一下子變了，出現「……なる」、「……思うよ」等句子。前後文的文體不統一，不僅使人看了彆扭，而且給人造成一種輕浮的印象，覺得此人缺乏一貫性。雖然，前文在日文書信中屬於固定格式，正文部分可寫得親切、生動些，如同與對方談話。但並不是說生動就

要用簡體。要保持文體前後如一，可以在措詞上適當加以選擇，就完全能達到親切、生動的目的。

⑭「いっそう御自愛御発展……」（更加愛惜自己的身體，更加鴻圖大展……）

「ご健康を切にお祈りします」（謹祝健康）、「くれぐれもご自愛のほどお祈り上げます」（請多加保重）、「ますますご自愛ご活躍くださるようお祈り申し上げます」（請多加保重，日益施展身手）、「どうか体をお大切に」（請多保重身體）等結尾處的敬頌語，使收信人感到十分親切。但這些在私人信件中可以用，倘若寫在公務信件或貿易往來的信件中，就顯得不合適了。收信者如不是個人而是團體、公司等單位的話，結尾處的敬頌語中就不能有「自愛」、「健康」等字句。有人常常在公務信件中寫道:「末筆ながら、いっそう御自愛御発展をお祈りします」（最後，祝您更加愛惜自己的身體，更加鴻圖大展）。這是錯誤的。「自愛」的原意為"愛惜自己的身體"，只能用於具體的人。

⑮「ご返事をください」（敬請回信）

在中文信件中，提出詢問和要求對方給予回答的時候，結尾處常加上"靜候佳音"、"盼來信告知"、"希儘早回信"、"盼早日賜覆"等。根據情況選擇使用，這是極其正常的，但這些話用在日文書信中就不恰當了。「ご返事ください」、「ご返事を鶴首いたしております」（翹首企盼回音）等，會造成收信人心理上的負擔。如是較難辦的請求的話，會產生相反的效果。要求別人回信時，也是一種請求，要求委婉、含蓄。如可寫成：「なお、恐縮ながら、折り返しご返事いただければ幸いでございます」（另

—281—

外，請恕我冒昧地表示，如能得賜回信，則不勝榮幸）、「折り返しご一報のほど、お願い申し上げます」（敬請給予回音）、「折り返しご回示わずらわしたく、こゞにお願いいたします」（煩您給予回信）、「なにぶんのご回示賜わりたく、伏してお願い申し上げます」（麻煩您給予回信，謹此敬請）。

　　⒃「早く返事をいただきたい」（我想儘快得到回信）

　　既然是寫信詢問對方，那麼想早日得到回信的心情誰都一樣。在中文書信裏附帶寫上" 請早日給我回信 "，亦不算失禮。可要在日文書信中直接這樣寫，就會給人一種強加於人的感覺，令對方不愉快。這時可以用「……の事情がありますので、恐れ入りますが、10日までに御返事をいただければ幸いです」（由於……的原因，非常抱歉，如能承蒙在10日以前給予回信的話，就不勝榮幸了）。這樣就足够表示出中文的" 請儘快回信 "的心情了。

　　一般日本人在要求對方回信時，特別是初次通信或不太熟悉的人時，都習慣附上一只寫好自己姓名、地址，並貼足郵票的信封，使對方只要寫好信，封上口就可以寄出。不附信封、郵票而請人家回信，會被認爲是非常不禮貌的。

　　⒄　有關「追伸」（又及）

　　有不少人在寫完信後，才發覺有遺漏，或又想起什麼事需要補充的，於是用「追伸」的形式附加上去。這並沒有什麼不可以，但「追伸」也是整封信的一個組成部分，不能很擁擠地緊縮在信紙的空白處。如寫完姓名、月、日、等，一張信紙正好用完，那就應另換一張紙來寫「追伸」，不能爲了節省紙張而忘記禮節。

附加部分一定要寫上「追伸」、「追白」、「追って」、「二伸」等表示附加的起承語，以示與正文的區別。如有第二次的附加，就要寫「再伸」等。其位置一定要空二三格，不能頂格寫，其內容也不宜過長，至多不能超過三四行。如正文很短，而附加部分過長的話，會造成喧賓奪主之勢。附加畢竟是附加，如有重大遺漏或補充的，則應全部重寫。在給長輩或地位比自己高的人寫的信中，一般以沒有「追伸」爲好。

(18)　慰問信上的「なお、先日の照会の件は……」（另外，前兩天向您打聽的事，……）

慰問信大致上可分慰問生病，慰問受災和遭到事故及日常的季節性慰問3種，主要是作社交之用。當然，慰問信有時也會產生出宣傳效果。純屬慰問性質的信，無論是慰問遭到不幸也好，一般的季節性慰問也罷，都始終只能是慰問，不能帶上別的使命。有些人覺得這類信件話不多，從頭到尾不過幾十個字，信紙還有不少空白，便忍不住寫上些別的內容。比如，在對別人的患病表示了慰問後，又順便寫道：「なお、先日の照会の件はいかがなものかと心待ちしております」（另外，前兩天向您打聽的事，不知是否已有下落，我還等著回音呢）等，這樣一來，即使收到了慰問信，收信人也不會產生出什麼感謝之情來的。在別人生病之際打聽、追問，簡直有些乘人之危。

同樣，在一般的「案內狀」之類的通知信件中，除了所要通知的內容外，不要順便附帶其他的事情。其他的事可以另外再寫信。要嚴格注意一封信只突出一個中心，寫一件事。在公務信、貿易書信中，更應如此，一封信囉囉嗦嗦地寫了二三件事，日後分類整理都很困難。

⒆「納期嚴守して下さい」（請嚴守交付日期）

在貿易信件中，有不少人喜歡帶上一筆，提請對方嚴格遵守滙款期限，如："請嚴守滙款期限。"於是，在許多對外貿易信件中，我們可以看到不少這樣的寫法：「納期嚴守して下さい」。這是從中文的"請嚴守交付日期"直譯過來的，其意思固然沒錯，但也未免太過於粗魯了。貿易信件中雖不需要繁瑣的客套，但是最基本的禮節還是要的。「納期嚴守して下さい」這句話，令人感到寫信者十分傲慢不遜。在用日文寫貿易書信時，尤其是在請託信或申請信中，要儘量寫得委婉，避免給對方造成不愉快。這一點與用外文寫信不一樣。雖說在貿易書信中，日本也受到了外文表現方式的影響，但畢竟還沒有"全盤西化"，這點應該引起注意。如果要提醒對方嚴格遵守交付日期，在日文中常用的表現方法有：「納期嚴守をご配慮ください」（請注意滙款的最後期限）、「納期嚴守にご配慮のほどお願い申し上げます」（為不誤滙款日期，請大力賜予惠顧）。這樣寫並不是虛僞，而是向對方表示自己態度的誠懇。

⒇「照会します」（詢問）

在寫詢問、打聽等信時，要寫清楚自己爲什麼想了解此事，這是一般詢問信件的常識。如遇所要知道的事情比較複雜，則應一、二、三、……地分條寫清。詢問的範圍是相當廣的，如貿易信件中的庫存、貿易條件、價格、進出口商品中不清楚的地方；要與一家新客戶（外商）做生意，起碼還得調查一下他的信用狀況；這些都是詢問。而且，此類信件中屬初次通信爲多，所以更要講究禮節。但在這類信件中，有不少人都用「……についてうかがいたく照会します」（有關……，想了解一下，特此詢問）、「取

り急ぎ照会します」（十萬火急，特此詢問）、「まずは照会まで
」（謹此致詢）。這樣寫不能說是很禮貌的，尤其是第一次給對
方寫信，一般應寫：「ご照会申し上げます」（請允許我詢問一
下）、「おうかがいしたく、ご照会申し上げます」（想了解一下
，謹此詢問。）、「取り急ぎご照会申し上げる次第でございます
」（匆匆草此，謹作詢問）、「まずはご照会かたがたお願いまで
」（謹此請求關照，並作詢問）。

(21) 「第四十回日本書道巡回展開催のご案内」（關於舉辦第
40 屆日本書法巡回展覽的通知）

「書道文化の向上と書道芸術の普及を目ざして、わが国最
高の書道展である第四十回日本書道巡回展を開催いたします。

第四十回日本書道巡回展は台湾の代表書家一百五十余人の
作品と史上最高となった本年度公募の五千八百八十点の中から
厳正に審査した入賞、入選作品一千六百八十点を展示いたしま
す。

第四十回日本書道巡回展は国立美術館を始め、全国の十五
の大都会の美術館において、巡回して行われます。

第四十回日本書道巡回展は……」。

（第 40 屆日本書法巡廻展覽即將開幕。本展爲我國最高水準
之展，目的在於提高和普及書法文化及書法藝術。

第 40 屆日本書法巡廻展覽將展出 1680 件展品。這些作品都
是從台灣有代表性的 150 餘名書法家的應徵作品中經過嚴格的評
選後選出的得獎、入選作品。本年度應徵作品爲 5880 件，創本
展有史以來的最高紀錄。

第 40 屆日本書法巡廻展覽除在國立美術館展出外，還將在全

台 15 個大城市的美術館舉行巡廻展出。

　　第 40 屆日本書法巡回展覽……）。

　　短短的一篇書法展覽廣告，先後有 4 處重覆提到展覽會的全稱，這不免給人一種拖泥帶水的感覺。一般如在標題處有了「第四十回日本書道巡回展のご案內」的字樣後，在下面的文章中就不必再提全稱了，因爲人家看了標題就清楚了。下文中凡是需要再次提到展覽會的地方，一律都可以用「同展」（即本展覽會）來代替，既簡潔又明瞭。公用函、貿易書信等凡是帶有標題的，在下面的文章中都要盡量避免再去重提，代之以「同会」、「同件」、「標記の件」、「標記の事項」。

　　⒇「申されておりました」（您所說的那件事）

　　「申す」是「言う」的謙遜語，在信件中用得很多。如：「失礼申し上げました」（失禮了）、「お願い申し上げます」（拜託了）等等，都是指自己的行爲。但是，有不少人常常在「申す」後面加上「される」，把它當作敬語來用。比如：「三日ほど前に〇〇さんがそちらへ行きたいと申されておりました」（3天前，××曾說想上您那兒去一下）、「あなたの申されたことは……」（您所說的事……）等等。這些都是錯的。用於別人講的話，就不能用「申す」。「申す」原來就是謙遜語，再變也不會成爲敬語。指別人的行爲可用「そちらへ行きたいと言っておられました」，或「おっしゃる」（「言う」的敬語）、「あなたのおっしゃったことは……」。

　　⒇「ご病床のお慰みにと思って」（我想您在病床上也可以有點消遣……）

在給別人寫慰問信，特別是寫給長輩或地位比自己高的人時，總希望用些敬語，以此表示自己的敬意。於是就有這樣的句子出現：「ご病床のお慰みと思って……」、「交通事故でご負傷なさったと聞きました」（聽說你因交通事故而受傷了）、「ゆっくりとご治療して下さい」（請靜心療養。這樣寫的人以爲在任何名詞前面加上個「ご」或「お」，就能成爲敬語了。其實不然。「病気」、「やけど」、「交通事故」、「けが」等不幸事件的前面不能加「ご」或「お」，加了不但沒意思，反而很不自然。

⒁「お裾分け」和「お福分け」

有位台灣留學生給自己的指導老師寫的信中有這樣一段話：「……台北から友達が出張してきました。ペキン・ダックをおみやげにもらいました。風味のよいものでしたので、わずかではございますが、お裾分けいたします」（我有個朋友自台北出差而來，帶來特產"北京烤鴨"，味道堪稱佳品。雖然不多，但分贈一些，請嚐嚐。）

但是誰知教授的夫人收到了禮物和信後，非常不高興。因爲「お裾分け」的意思是把自己得到的東西之多餘部分分贈給別人。所以對長輩和地位比自己高的人不能用，這時只能用「お福分け」雖然這兩個單詞譯成中文均爲一個意思，即把自己所得到的禮物分贈給別人。但由於語言產生的歷史背景、社會風俗等的不同，在日文中，這兩個單詞有着等級上的差別，應嚴格區別使用。

⒂「新年おめでとうございます。今年は弱気にならずに一生懸命がんばりますから、よろしくお願い申上げます」（恭賀新禧，今年我想拼命努力，決不膽怯，請多加指導）

這樣的賀年卡，還是不寄爲好，寄了以後反而會引起別人不愉快。寫的人可能是爲了表示自己痛改前非糾正惡習，在新的一年中奮發努力的決心。但在賀年卡上不可以寫「病」、「死」、「弱」、「懸命」之類不吉利的話。日本人非常忌諱這一點，不僅是新年開始的第一天收到賀年卡，即使在其他時令問候信上，也不可以寫。日文書信中另外還有不少忌諱的詞句，每逢喜喪之事時，就更加講究了，千萬不能亂用，否則將會適得其反。

　　日語中主要忌諱詞句有：

　　A　祝賀新婚時

　　去る　帰る　切れる　戻る　返す　離れる　あきる　嫌う　破る　薄い　うとんずる　あせる　冷える　浅い　再び　病む　敗れる　ほろびる　重ねる　死ぬ　こわれる　憂い　痛ましい　涙

　　B　祝賀喜得兒女時

　　流れる　落ちる　ほろびる　死ぬ　逝く　敗れる

　　C　祝賀新建築落成時

　　火　焼ける　燃える　倒れる　飛ぶ　こわれる　傾く　流れる　つぶれる　煙　赤

　　D　祝賀開張營業時

　　敗れる　失う　落ちる　閉じる　哀れ　枯れる　さびれる

　　E　慰問遭不幸、吊唁時

　　またまた　再び　おって　なお　まだまだ　かえすがえす

　　四　七　九　十三

附　錄

1.日本郵政小常識

日本的郵政部門，是國內很少有的幾種國營事業單位之一，統由中央郵政省管理。郵政省下設有好幾個局，其中有郵政局、儲蓄局、簡易保險局等。郵政網路遍布全國每一個角落，70％以上的郵政線路都有車船直達。郵政系統有自己專屬的飛機、火車、輪船等現代化交通工具，各大城市之間都有開辦特快專遞，上午從東京發出的郵件，下午便可到達住在北海道札幌的收件人手中。但是，在偏僻的山區，仍有些地方靠人騎車搬運郵件。

各地郵局的業務大致可分爲一般項目和專門項目。一般項目的業務中，又可分普通業務與特種業務。

(1)　普通業務

普通業務有以下3種：

信件——標準信件、超大型信件和郵政信箋。

明信片——普通明信片、往返明信片和包裹明信片。

函授敎材、盲文書籍、學術刊物、農作物標本和包裹、印刷品。

標準信件大小爲長14～23.5厘米，寬9～12厘米，厚度在1厘米以下，重量不超過50公克；超大型信件大小爲27×40厘米，厚度爲10厘米，重量在4公斤以內。

明信片一般是郵政局發行的，大小爲14～15×9～10.7厘米

，也可以自己制作，但要在正面上方標明"郵政明信片"幾個字。並且，允許貼些薄樹皮、布條、照片等作爲裝飾，但重量不許超過6克。而郵政局發行的明信片則不能貼除了郵票以外的任何東西。

往返明信片多用於通知、邀請書之類的信件，由兩張連在一起的明信片組成，上面一張作寄信用，下面一張作回信用。寄信人在回信用的明信片上也應寫上自己的姓名、地址（這時是作爲收件人了）以及出席與否等詢問對方意向的詞句。收信人拿到此信後，將上面一張撕下，用筆在回信用的明信片上劃一下，表示出席或不出席後投遞即可。這種明信片的郵資正好是一般明信片的兩倍。

如要郵寄書等印刷品以外的物品，除了一般包裹之外，還有一種明信片包裹。日本郵政局規定，包裹內不許夾寄任何信件、便條。如要隨包裹一起寄封信，可以買張包裹明信片，寫些簡單的話，繫在包裹上，如同標籤一樣，隨包裹一起寄走。這樣，既寄出了附言，又可免去在包裹皮上寫地址、姓名的麻煩，很受歡迎。

一般包裹的重量不得超出6公斤，體積也有限制。郵政局規定對印刷品特別優惠，國內郵寄2公斤以下的印刷品，不論寄到哪個地方，郵資標準全部統一，十分便宜。

盲文書籍、盲人用的錄音器材等，全部免費郵寄。

(2) 特種業務

特種業務主要有掛號保價、快遞、付郵時間證明、投遞證明、內容證明、郵政收款「郵售」、特別遞送、賀年信特送期間、傳眞信件「電子郵便」、商業特快傳遞「ビジネス特急郵便」等。

掛號保價。掛號保價主要用來郵寄現金及其他有價證券等（

包括其他貴重物品，如寶石、黃金等），萬一有遺失或破損，郵局負責賠償。像台灣的掛號，日本稱為簡易保價，其賠償額一次最高不超過5000日元。現在保價信和掛號信都已不用人來辦理了，全部實行了自動化。

快遞。信件和包裹都可以快遞，要在郵件正面右上方用紅筆寫明「速達」。如果是寄醫療器械或藥品，還可以要求不分晝夜盡快送到，這時需在正面寫明「時間外速達」。這種郵件的規格很嚴，而且費用要比一般的高3～4倍。

付郵時間證明。地下礦藏的所有權、專利權、商標權等的申請，時間性很強，誰先登記就屬於誰。另外，徵文、徵稿等有截止日期（在我國以郵戳為憑），所以就有了付郵時間證明的業務項目。用戶在交付郵件時需另付70日元，就可以得到一張證明你付郵時間的、具有法律效力的證書。需要證明時間的郵件必須首先是掛號（保價）信。

投遞證明。寄件人所需要的、表示所寄物件已準確無誤地到達對方手中的證明。同樣也只限於掛號（保價）信，同時在信的正面要註明「投遞証明」。如附郵時沒有提出要求，信件寄出後，也可憑掛號（保價）信的收據補辦手續。一般手續費為70日元，補辦的話，還要多加50日元。

內容證明。郵局局長站在公正的立場上，證明甲方（寄件人）於某月某日確實給乙方（收件人）寄了某一內容書信的制度。日後如甲乙雙方發生衝突，需要去法庭裁決時，內容證明書便成了具有法律效力的證據。需要內容證明的信件必須一式三份，正本寄給收信人，兩份抄送一份寄件人自己收管，另一份交郵局存檔保管。一般以5年為期，期滿還可申請延長。此種業務計頁收費，每頁100日元。這種信件必須同時既是掛號（保價）信，又是

要有投遞證明的信。抄件以後可隨時查閱，但一經付郵，收件人的姓名無論如何都不得改動。

郵政收款「代金引替」。這是郵購的一種。郵局在將收件人（買方）所需要的物品送上門去時，代發件人（賣方）收取貨款，並將它滙給發件人。

特別遞送。法律所規定的專門遞送法院傳票的制度。

賀年信特別期間。每年一到歲末，賀年信大量擁來。爲了簡化手續、統一處理，日本郵政省規定，凡在當年12月15日到同月28日之間寄出的賀年信，全部蓋翌年1月1日的郵戳，在元旦上午第一次投遞時投送。

傳眞信件「電子郵便」。隨著電子技術的普及，郵局新開設了電子通信業務，用無線電傳眞機傳送信件。發信人將自己寫好的信件原原本本地用無線電傳眞機傳到對方所在地的郵局，對方郵局收到了傳眞件後，加上特制的信封，以最快的速度送到收信人手中。一般24小時內就可送到。同時，發信人還可以指定投遞時間，從發信的第二天起到第十天爲限。遇有婚喪喜慶時，郵局還根據發信人的要求，改用別的信封。

商業特快傳遞業務。現代商業也像戰爭一樣，分秒必爭。郵政局在全國各大城市中開設了商業特快傳遞業務。各公司及客戶之間的急件（包括實物）在郵局所規定的時間（上午9點到晚上7點）之內付郵，第二天早晨就可送到。東京、名古屋、大阪等大城市之間，中午以前交寄的，當天下午便可抵達。

此外，郵局還辦理滙款業務，分平滙、電滙和定額零滙3種。明信片（帶郵票的）、郵政信簡如寫壞了，郵票破損了的話，郵局還代辦換新的業務。

日本郵政的郵資支付方法，除了一般現金支付外，還有郵資

後付法，即凡每日投寄 100 封信以上的人或單位，在得到郵政局長的許可後，每個月的郵資可在下個月 20 日以前一次付清。

日本還實行郵資由收信人付的制度。這一般多用於民意測驗、收集意見等場合。收信人（單位）向有關人員寄發印有自己地址、姓名及有"郵資由收件人付"標記的明信片。收到這種信件的人，無須再貼郵票，只要填寫上有關事項後即可付郵。當然，"郵資由收件人付"的標記，要得到當地郵局局長的認可之後，才能印上去。

(3) 專門服務

日本的郵政局在受理上述一般郵政服務項目之外，還辦理幾種專門服務項目，主要有郵政儲蓄、郵政養老年金、郵政私人信箱及郵政轉帳等。

郵政儲蓄「郵便貯金」。這是郵政機關辦理的存款業務。1861 年在英國首先實行，日本在 1876 年也建立了這一制度，屬國家經辦的儲蓄事業。據統計，現在全日本郵政儲蓄的戶頭已接近 3 億大關。郵政儲蓄除了一般儲蓄外，還有購屋儲蓄、購車儲蓄、學費儲蓄等。參加儲蓄的人還可以以自己參加的儲金為擔保，向全國任何一個郵局儲蓄處借錢。

郵政養老金「郵便年金」。這是一種國家經營的簡易人壽保險，種類很多，有帶保險期的終生年金、定期年金等。參加者主要為防老年生活無着落的人。郵政養老年金的目的在於保障國民生活的穩定，增進福利事業，並且還設立了以年金參加者為對象的療養中心等福利設施。

郵政私人信箱「郵便私書箱」。這是設在郵局裏租給用戶專用的，供收取郵件用的信箱。使用者只要得到郵局局長的許可，繳納一定費用便可租用。對於一些俱備了特殊條件的人（平均每

天收取信件達50件者），可得到郵政大臣獎勵，免費使用這一信箱。每個信箱都有一定的編號，凡寫給租用者的信件，不必寫收件人的詳細地址，只要寫××郵局××信箱就可以了。郵局不按常規處理寄給租用者的信件，只要一有就即刻投入信箱，租用者可隨意去開取。對於一般分秒必爭的事業家及新聞記者來講，這是十分方便的；而且郵局又可以省去投遞這一手序，真可謂一舉兩得。據統計，到70年代末，日本全國這種信箱已突破了5萬大關。

郵政轉帳「郵便振替」。這與郵政滙款性質基本相同，只不過郵政轉帳需要在郵局開設帳戶。使用者有了帳號後，可以直接將款子滙到對方帳上，使用的範圍很廣，使用的人也很多，一般電話費、煤氣費、自來水費、電視的電費等公共事業費用都能以這一方式支付。

(4) 郵政編號

日本從1968年7月起，實行全國統一郵政編號。這是根據郵政區全國地圖（1：25000）來編排的，打破了行政區劃的範圍，主要以方便郵件的收集、投遞為前提。如「東京都」的郵政編號在100～200之間。「東京都千代田區」內有「中央」、「神田」、「麴町」三個郵局，「中央」郵局所轄地段為100，郵政私人信箱是100—91；「神田」郵局所轄地段為101，郵政私人信箱為101—91；「麴町」郵局所轄地段為102，郵政私人信箱為102—91。但是與其他縣市毗鄰的地段，郵政編號就要超出200，如與「神奈川」接壤的「稻城市」的郵政編號就是206。編號劃分得很細，一般都以幾個「町」（相當於台北的街道）為單位，大多數是3位數，最多再拖2位尾數，如「北海道函館赤川町」是041，「京都府宇治市炭山」是601—13。

2.日本地址小常識

日本全國分一「都」（「東京都」）、一「道」（「北海道」）、二「府」（「大阪府」、「京都府」）和43個「県」。以上均相當於中國的"省"。下面再設「市」（全國共有571個「市」）、「町」（相當於台灣城市中的街道和鄉村中的鎮）、「村」。在城市中與「市」等級的還有「区」，如「東京都」下面有23個「區」和26個「市」；但是大阪的情況不同，「大阪府」下轄31個「市」，其中之一的「大阪市」是「大阪府」所在地，其下面又分26個「区」。在「県」的境內，除了「市」（如「愛知県名古屋市」等）以外，其他非城市區域，分成若干塊，用「郡」來表示，如「京都府天田郡」等。這個「郡」不同於「区」、「市」，不是行政機構，僅作為地名而已。再往下是「町」，「町」在城市與農村中的性質不一樣。在城市裏，「町」一般不屬於行政機構，純粹是地名，屬於「区」下面的一小塊，範圍與我國城市中的"街道"相仿，但性質不同；「町」用在農村裏時，按日本的法規，屬於一級行政機構，其人口少於「市」而多於「村」。這一點與我國鄉村中的鎮相仿。在農村中，「町」下面就是「村」了；在城市中，「町」下面是「丁目」。但有的「町」本身範圍就不大，所以下面也就不再分「丁目」了。

日本城市中的區域劃分，並不以街道為單位，而是按塊狀區域來劃分的，所以並不是每條馬路都有名字的，只有少數熱鬧的大街才有街名，如「銀座通り」、「早稻田通り」、「堺筋」等。

「番地」是最小的單位了，相當於台灣的號。但這「番地」有些像城市中臨街住房的號碼，如台北的東京東路180號是一幢房子，但182很可能就是一條巷道，182巷裏面又分許多號。「

番地」也是如此，也有在「番地」後面再加號的，這說明在一塊「番地」的地皮上，建造了許多房子，如：「東京都新宿區住吉町 6 丁目 14 番地の 3」。在習慣上，可以把其中的「丁目」、「番地」的字樣省去，用連字符號 " — " 來代替，像上例地址又可寫成：「東京都新宿區住吉町 6-14-3」(連字符號讀「の」)。

又如：「佐賀縣小城郡三日月町 125 丁目 4 番地」可寫成「佐賀縣小城郡三日月町 125-4」。

日本的地址，尤其是城市裏的地址，相當複雜。除了一般的路沒有路名外，有路名的路也沒有路牌，只能根據各住家戶前的小牌子來判斷這裏是什麽地方，或者詢問在這一帶執勤的警察。而且門牌號碼一般都不按順序排列，找到了「5 番地」，並不等於往下找就是「6 番地」了。所以寫信時，千萬要注意地址不能有絲毫錯誤，寫錯了就寄不到。另外，在將信寄給某單位時，我們往往習慣於只寫某市某單位，如：" 台北市國立師範大學×× 系李冰收 "。這樣寫，在日本是不行的。無論是多麽有名的單位，不寫詳細地址郵局就無法投送。如：「日本国東京都文京区本郷 7-3-1 東京大學……」就不能寫成「日本国東京都東京大學… 」。否則，準把你的信退回來。

3. 日文電報打法及常用語

電報在日本有兩種打法，一種是直接到郵政局或電報局發報；另外，近年來比較多的是用電話向電信局申請發電報。計費以 5 個字爲單位。日文電報有一套獨特的電報文字、符號及約定俗成的用語。

(1) 電報可以使用的文字

A　片假名字母 48 個

アイウエオ　カキクケコ　サシスセソ　タチツテト　ナニ
ヌネノ　ハヒフヘホ　マミムメモ　ヤユヨ　ラリルレロ　ワ
ヲ　ン　（拗音中的「ャ」、「ュ」、「ョ」及促音的「ッ」不能使
用）。

　　B　濁音、半濁音字母25個

ガギグゲゴ　ザジズゼゾ　ダヂヅデド　バビブベボ　パピ
プペポ

　　C　數字10個

一　二　三　四　五　六　七　八　九　〇

　　D　符號四種

長音符號：──　　　括　　弧：（　）

小　數　點：・　　　段落符號：∟

　　此外，「シュウ」、「ショウ」之類的長音，習慣用舊假名標記
法「シウ」、「セウ」來表示，這比用新假名法少一個字。

　　電報紙上專門有一欄讓發報人寫自己的姓名、地址及電話號
碼，但保留不拍，所以如要註明發報人姓名，就要在電報正文欄
中寫完正文後，用符號∟將其隔開，再寫名字。

　　(2)　電報文的特殊用語

　　A　表示日期及時間

ツキ（月）ヒ（日）ゼ、アサ（上午）ゴ、ヨル（下午）

　　B　有關的名詞

フミ（信件）デン（電報）イカガ（怎麼樣）ヘン、ヘ（回信）
アトフミ、イサフミ（詳細見信）ヘンマツ、ヘマ（等著回音）
ウナ（火急）ワレ（我）カネ（錢）デンカワ、デンタナ（電匯）
ムカエ（請接）キトク（病危）

　　C　有關的動詞及其他

タツ（出發）　デタ（已出發）　ツク（到達）　ツイタ（已到達）
イク（去你處）　ガス、　シユクス（祝賀、恭喜）　イノル（預祝）
ミタ（已看到）　シヤス（謝謝）　シス（死亡）　アンチヤク（平安
抵達）

D　表示希望與命令

タシ，即「したい」（想……）　アイタシ（想會見）　コウタ
ノム（請……）　アンシンセヨ（請放心）　コイ、コラレタシ（請來
）　カエレ、カエレタシ（請回）　マテ、マタレタシ（請等）シラセ
、シラサレタン（請告知）　オクレ、オクラレタシ（請寄來）

用以上的文字和特殊用語就可以組成一份日文電報，如「十
五ヒゼ八ジツクムカエタノム」（15日上午8時抵達請接）。

如是發賀電或唁電，還有專門的婚喪喜慶電文紙，也可指定
在發電後的某日某時送去。以前賀電、唁電專門有慣用語集，如
用這一集子中的電文，可享受優惠價，但現在這一制度廢除了，
不過習慣用語還在使用，具體有：

賀年、祝賀聖誕節

•謹ンデ新年ノゴアイサツヲ申シ上ゲマス。（謹賀新禧。）

•年ノ始メニ当タリ　皆様ノゴ多幸ヲオ祈リイタシマス。
（值此新年之際，祝大家幸福。）

•新年オメデトウ、今年モドウカヨロシク。（新年好，今
年也請多關照。）

•明ケマシテオメデトウ、最良ノ年デアリマスヨウニ。（
新年好，祝今年爲最佳之年。）

•クリスマスオメデトウ、心カラ神ノ祝福ヲ祈リマス。（
聖誕快樂，衷心祈禱上天賜福於你。）

祝賀孩子出生及成長

・ゴ出産ヲ祝シ、心カラゴ健康ヲオ祈リ申シ上ゲマス。（恭喜生孩子，衷心祝您健康。）

・ゴ長男ノゴ出産、マコトニオメデトウゴザイムス。（恭喜您大兒子誕生。）

・小学校ゴ入学、オメデトウゴザイマス。（恭喜入學就讀）。

・栄エアル合格ヲ祝シ、一層ノゴ勉学ヲオ祈リ上ゲマス。（恭喜金榜題名，祝學習更上一層樓。）

・ゴ就職ヲ祝シ、今後ノゴ健闘ヲオ祈リ申シ上ゲマス。（恭喜就業，祝今後步步高陞。）

祝賀新婚

・オ幸セナゴ結婚ヲ心カラ祝イ申シ上ゲマス。（衷心祝福婚姻美滿。）

・オ喜ビノ報ニ接シ、心カラオ祝イ申シ上ゲマス。（頃接喜訊，衷心祝賀。）

祝賀大會召開協會、組織成立

・ゴ盛会ヲ祝シ、ゴ多幸ヲオ祈リ申シ上ゲマス。（祝賀大會召開，願諸位幸福。）

・栄エアル大会ヲ祝シ、ゴ盛会ヲ祈リ上ゲマス。（敬賀光榮的大会，祝大會成功。）

・結成ヲ祝シ、今後ノゴ発展ヲオ祈リ申シ上ゲマス。（敬賀成立，祝鴻圖大展。）

祝榮升、獲獎等

・コノタビノゴ栄転オメデトウゴザイマス。（恭喜高升）

・ゴ栄転ヲ祝シ、ゴ着任ヲオ待チシテオリムス。（恭賀榮升，等待着您的到任。）

•ゴ当選ヲ祝シ、ゴ活躍ヲオ祈リ申シ上ゲマス。（恭喜當選，祝日後大顯身手。）

•栄エアル表彰ヲ心カラオ祝イ申シ上ゲマス。（衷心祝賀您榮獲表揚。）

•ゴ出発ヲ祝シ、一路平安ヲオ祈リ申シ上ゲマス。（恭賀出發，祝一路平安。）

•優勝万歳，本当ニオメデトウゴザイマス。（謹賀獲得全勝。）

•成果ヲ上ゲテ無事ゴ帰国、オメデトウゴギイマス。（恭賀獲得成果平安回國。）

祝健康和長壽

•ゴ誕生日ヲ祝シ、ゴ多幸ヲオ祈リ申シ上ゲマス。（生日快樂，祝您幸福。）

•ゴ全快オメデトウ、心カラオ喜ビ申シ上ゲマス。（衷心恭賀痊癒。）

•米寿ヲ祝シ、一層ノゴ多幸ヲオ祈リ申シ上ゲマス。（祝88歳生日快樂，幸福勝往日。）

•金婚式オメデトウ、末永クオ幸セニ。（恭賀金婚紀念，願幸福天長地久。）

祝賀新建築落成及開業

•ゴ新築ノ落成ヲオ祝イ申シ上ゲマス。（賀新屋落成。）

•ゴ開業ヲ祝シ、ゴ繁栄ヲオ祈リ申シ上ゲマス。（謹賀開業大吉，祝繁榮昌盛。）

•創立ヲ祝シ、今後ノゴ発展ヲオ祈リ申シ上ゲマス。（慶賀成立，祝來日大展鴻圖。）

慰問遭受災害

・不慮ノゴ類焼ヲオ見舞イ申シ上ゲマス。（驚悉遭火災，謹致慰問。）

・震災ノ報ニ接シ、ゴ安否ヲ案ジテオリマス。（驚悉遭地震，十分擔憂您的安危。）

・ゴ入院ヲオ見舞イシ、ゴ快復ヲオ祈リ申シ上ゲマス。（知悉您入院，謹表慰問，並祝早日康復。）

・一層ノゴ闘病、心カラオ祈リ申シ上ゲマス。（願您堅強地與疾病戰闘。）

慰問 倒霉之事

・ゴ勇退ガゴ開運、契機トナルヨウニ祈リ上ゲマス。（願急流勇退能成 爲帶來好運的 轉機。）

・不運ノゴ閉店、心カラゴ同情申シ上ゲマス。（驚聞貴店倒閉，謹此深表同情。）

・試験ノ不運ヲオ見舞イシ、一層ノ奮起ヲ望ミマス。（驚悉落第，謹表慰問，望振作奮發。）

唁電

・突然ノゴ逝去ヲ掉ミ、謹ンデ哀悼ノ意を表シマス。（對××的突然去世謹表深切的哀悼。）

・ゴ尊父様ノゴ永眠ヲ悼ミ、オ悔ミ申シ上ゲマス。（驚悉尊父長眠，謹表哀悼。）

・在リシ日ヲシノビ、ハルカニゴ冥福ヲ祈リ上ゲマス。（緬懷往昔，遙禱冥福。）

4.關於賀年卡和時節性問候信的書寫

(1) 關於賀年卡的書寫

日文賀年卡的書寫與書信一樣，亦有中式和西式兩種。其格

式請參見日文普通書信信例①～②。日文賀年卡使用的詞句種類很多，下面列舉一些比較常用的，供讀者在需要時按不同的對象選擇使用。

　　恭賀新年　　謹賀新春　　恭賀新春　　祝賀新春　　新春御慶　　迎春慶祝　　頌春　　賀正　　賀新　　賀春　　迎春初春　　春賀

・新年あけまして、おめでとうございます。（新年好。）
・謹んで新年のお喜びを申し上げます。（恭賀新禧。）
・謹んで新春のお祝いを申し上げます。（恭賀新年。）
・謹んで新年の御祝詞を申し上げます。（新年好。）
・謹んで新春のごあいさつを申し上げます。（謹祝新年好。）
・新春をお迎えおめでとうございます。（謹祝新年快樂。）
・新春の御寿福をお祈り申し上げます。（新春來臨，祝福長命百歲。）

・うららかな初日を仰ぎつつ、新しい年のご多幸をお祈り申し上げます。（旭日東昇風和日麗，謹祝新年幸福快樂。）

・謹んで新年を賀し、併せて御多幸をお祈り申し上げます。（恭賀新年，並祈求幸福。）

・謹んで新春の祝詞を奉り、併せてご寿福をお祈り申し上げます。（恭賀新年，祝福如東海、壽比南山。）

　　在寫賀年卡的時候，如覺得只寫「恭賀新春」之類太過於簡單，那麼還可以添加些其他語句。先寫好慶賀之詞，而後可以用較小一些的字體，寫些有關的寒暄語，在添加部分也不要寫「拜啓」、「敬白」之類的詞句。如考慮到紙面排列效果，亦可以省去標點符號（請參見信例③～④）。這一類常有的詞句有：

・皆々様とともに飛躍の年1987年の新春をお喜び申し上

げます。（與大家一起渡過喜慶飛躍的 1987 年新春佳節。）

• 1988 年が輝ける年になりますよう心らお祈り申し上げます。（衷心祝福 1988 年為輝煌燦爛之年。）

• ますますごきげん麗しく新春をお迎えあそばされ大慶至極に存じます。（恭賀各位心情愉快，喜迎新春。）

• 謹んで年頭のごあいさつを申し述べ、貴家のご幸運をお祈り申し上げます。（新年好，敬賀貴府吉星高照。）

• 年頭にあたり皆々様のご清栄を心からお祈り申し上げます。（新年如意，恭賀各位健康幸福。）

• 輝しい新年を迎え、謹んでご繁栄とご健康をお祈り申し上げます。（輝煌的一年即將來臨，祝各位事業繁榮身體健康。）

• 平素のご疏遠をおわび申し上げ、皆々様のご多幸をお祈り申し上げます。（平時久疏問候，敬請鑒諒。祝福各位在新的一年中更加幸福。）

• 何とぞますますご健勝にてご活躍の程お祈り申し上げます。（衷心祝福您更加健康，鴻圖大展。）

• 今年も相変わらずのご指導お願い申し上げます。（敬請在今年也多賜指教。）

• 皆様のご健康とご多幸をお祈りいたしますとともに、なお一層ご懇情を賜わりますようお願い申し上げます。（祝福各位健康、幸福，同時還請多惠賜照顧。）

• 平素のご厚情を深謝し、本年も何とぞよろしくお願い申し上げます。（感謝大家平時的照顧，今年也請多加關照。）

• 旧年中はいろいろありがとうございました。今年も引き続きご指導を賜わりますようお願い申し上げます。（過去的一年中，承蒙您多方照顧，不勝感激，今年仍敬請多加指教。）

・平素は一方ならぬご懇情にあずかり誠にありがたく厚く御礼申し上げます。何とぞ本年も相変わらずご厚情の程お願い申し上げます。（非常感謝平時的特別照顧，今年仍敬請多加關懷。）

・旧年中のご厚情を厚く御礼申し上げますとともに、本年も相変わらずよろしくお願い申し上げます。（感謝您在過去的一年中對我的關懷，今年仍敬請多加關照。）

賀年卡還有其他一些效用。有些人一年難得寫上一次信，在過去的一年中，自己結了婚或搬了家等生活上發生了變化，也可利用寫賀年卡之便通知對方。日本人還有利用賀年卡來整理親朋好友的通訊地址的習慣，所以賀年卡上的地址就顯得格外重要了（請參見信例⑤～⑧）。

生活中有時會有這種情況，自己沒給某人寄賀年卡或忘了寄，而對方却寄來了。這時，就要給對方寄賀年卡並附些感謝的話。如對方與自己是同輩，只要一般地打聲招呼即可；如對方是自己的老師或是地位比自己高的人，則要認眞對待。但這種賀年卡以1月7日爲限，超過7日就不能再寄賀年卡了。這時，可寄上一封普通的感謝信，以示謝意。

如本人不在，家屬亦可代筆寫賀年感謝信，說明事由；如由於其他原因本人不能寫信的話，亦可照此辦理（請參見信例⑨～⑬）。

倘若在這一年中，家裏有人（一般指父母、夫妻或兒女、兄弟姊妹等直系親屬）去世，那麼這一年就不能給別人發賀年卡。同時要在12月15日以前，向平時與自己有賀年卡來往的人，寄送致歉信，說明自己在服喪期間，不能致新年賀詞了。而收到別人此類致歉信後，千萬不能再給對方寄賀年卡了。

致歉信一般不分「前文」、「末文」，也不要寫起首語及結尾

語，只要表示家有不幸，今年不給各位拜年就可以了。

　　這類致歉信及這種習慣，完全屬於私人交往，公家、團體不在此限。即便是哪家公司的大老板逝世，也只是私人的事情，與公司業務毫無關係。業務上往來的單位，還是可以照寄賀年信件（請參見信例⑭～⑯）。

　　(2)　關於時節性問候信的書寫

　　爲了利於保持相互聯繫，加深彼此間的友誼，除了賀年卡之外，還可以寄送時節性問候信件。這類問候一般又分爲「暑中見舞い」、「残暑見舞い」、「寒中見舞い」、「余寒見舞い」和「梅雨見舞い」。

　　時節性問候信的中心是慰問，即"時值炎夏，謹致問候"之類，形式也很簡單，不需要「拜啓」、「敬白」之類詞語。如覺得一句話過於簡單，亦可視情況加一些祝福、感謝、希望之類的詞句，或可兼寫些通知等。這些都與賀年卡一樣，不同的是它不太受時間限制，可早可晚，在接到對方寄來的時節性問候信之後再回，亦不算失禮。下面分別舉例介紹和說明。

　　A　「暑中見舞い」

　　在各種問候中，「暑中見舞い」用得最多，日本郵政省還在6月下旬起發行一種專供「暑中見舞い」用的明信片，每年版面設計各異。上印淡色畫面，給人以消暑清涼之感。當然也可以用一般明信片代替，只是要避免用那些畫面沉悶的。另外，語言也要盡量簡潔，要體諒對方在炎炎夏日的心情。

　　「暑中見舞い」，一般用於大熱天，由於日本的曆法與我國不同，多數是在大暑以後到立秋這一段時間。總之，是在一年中最炎熱的時節。（請參見信例⑰～⑲）。

　　B　「残暑見舞い」

如立秋以後天氣仍十分炎熱，則可以用「残暑見舞い」。「残暑」相當於我國南方有些地區的秋老虎，可以寫到 9 月初。「残暑見舞い」的一般形式、宗旨及要領都與「暑中見舞い」相同，也有人繼續使用郵政省發行的「暑中見舞いはがき」的（請參見信例⑳～㉒）。

C 「寒中見舞い」

在隆冬時節，向親朋好友及師長等表示問候，這就是「寒中見舞い」。「寒中見舞い」不如「暑中見舞い」那麼普遍，郵政省也不發行專用明信片。一般在小寒到大寒前後一段時間內，如還有賀年卡未寄的話，可以用「寒中見舞い」的形式來回覆（請參見信例㉓～㉕）。

D 「余寒見舞い」

「寒中見舞い」和「年賀狀」之間的時間相隔比較近，一個月中問候兩次，有人覺得太做作，於是有了「余寒見舞い」。「余寒見舞い」和「年賀狀」隔了一段時間，從節氣上來講，已經開春了，但還常常會下雪，春寒料峭，其形式亦與「寒中見舞い」差不多，一般可以從立春起用到 2 月末（請參見信例㉖～㉗）。

E 「梅雨見舞い」

除了上述隆冬、盛夏之際的問候外，還可以寫「梅雨見舞い」。從 6 月上旬到 7 月上旬的黃梅雨季期間，成天陰雨連綿，屋子裏到處濕漉漉的，心情也很壓抑。這時，收到親朋好友的一紙慰問，也別有一番滋味。但「梅雨見舞い」沒有隆冬、盛夏季節的慰問來得廣泛，而且單純的「梅雨見舞い」極少，多數都是附在通知等書信中的（請參見信例㉘～㉙）。

5.明信片、聖誕卡的書寫法

(1) 明信片的書寫法

一張明信片，旣不要信紙又不需要信封，經濟方便，一般通知、答謝等簡單的事，人們都喜歡用明信片。

寫明信片時，不必寫起首語等「前文」部分，可直接進入正文。結尾時的後記部分也可省去。也就是說，只要把主要內容寫上就可以了。明信片上的字可以寫得大些，一張明信片習慣上寫15～20行，每行15個字左右。正面的書寫同信封的格式一樣，收信人姓名下的謙詞可以省去，在郵票的下方寫上發信人的地址、姓名即可（見圖4）。

如是往返用明信片，發件人要在回信用明信片上寫好作爲收件人（自己）的地址及姓名，但注意自己的姓名下不能加敬稱，可寫上「行」。收到此件的人，只要用筆劃去「行」字（一般習慣劃兩條線，下同），寫上「樣」（寄給個人）或「御中」（寄給團體）即可。並且，要在回信時在明信片後面印有「御出席」、「御住所」等字樣的地方，將「御」字全部劃去。如是出席的，就把「御欠缺」劃去，在「出席」下面加上「いたします」或「させていただきます」，也可寫上「喜んで」等表示很高興接受邀請的詞句。反之，就將「御出席」劃去，在「欠缺」下面加上「いたします」或「させていただきます」，也可寫上「残念ながら」等表示事出無奈的詞句。如是比較熟悉的人，也可把自己不能出席的理由作一番簡單的陳述（見圖5）。

(2) 聖誕卡的書寫法

近年來，一進入12月，人們就開始互贈聖誕卡了。一般都使用商店出售的印製成型的聖誕卡，當明信片寄。因爲卡上已印好了祝聖誕快樂等詞句，這時只要寫上收件人地址、姓名及寄件人姓名、地址就可以了。如覺得不够味，也可自己動手製作。作

ご出席

ご(欠席) ご残念ながら

ご欠席をせていただきます

当日はあいにく会議のため

あしからずご了承の程を

ご住所 182 調布市若葉町一一四一八

お名前 鈴木技子

日本国
東京都新宿区市ヶ谷本
村町 42～11
国際協力事業団

小椋肴 様
1989.10.25.

中華民国台北市西園路
320 號
王燕

拝啓 貴社ますますご清栄
のこととお喜び申し上げ
ます。

書がすでに△工場に
同じ ご案内を多忙中に
かわりましたが 見舞もし
かわりましたから 拳げてて△

拝啓 春暖の候、皆様にはますますご多祥のことと拝
察しお喜び申し上げます。
さて、あらくじ不便をお掛けしておりました電話のこ
とにつきましては、このびようやく次のように開通
いたしましたのでご通知申し上げます。

台北 三七八一四一五三

あまりよい言葉ではありませんが ミナ・ヨイフミ
とでも記憶らだければ幸いと存じます。
右、とりあえずご通知申し上げます。
敬具

日本国
酒田市本町 4-5-12

橋本次郎 様
1989.7.16

中華民国台北市中山
北路二段 25 號 3 樓
李小潔

圖4 明信片書寫格式

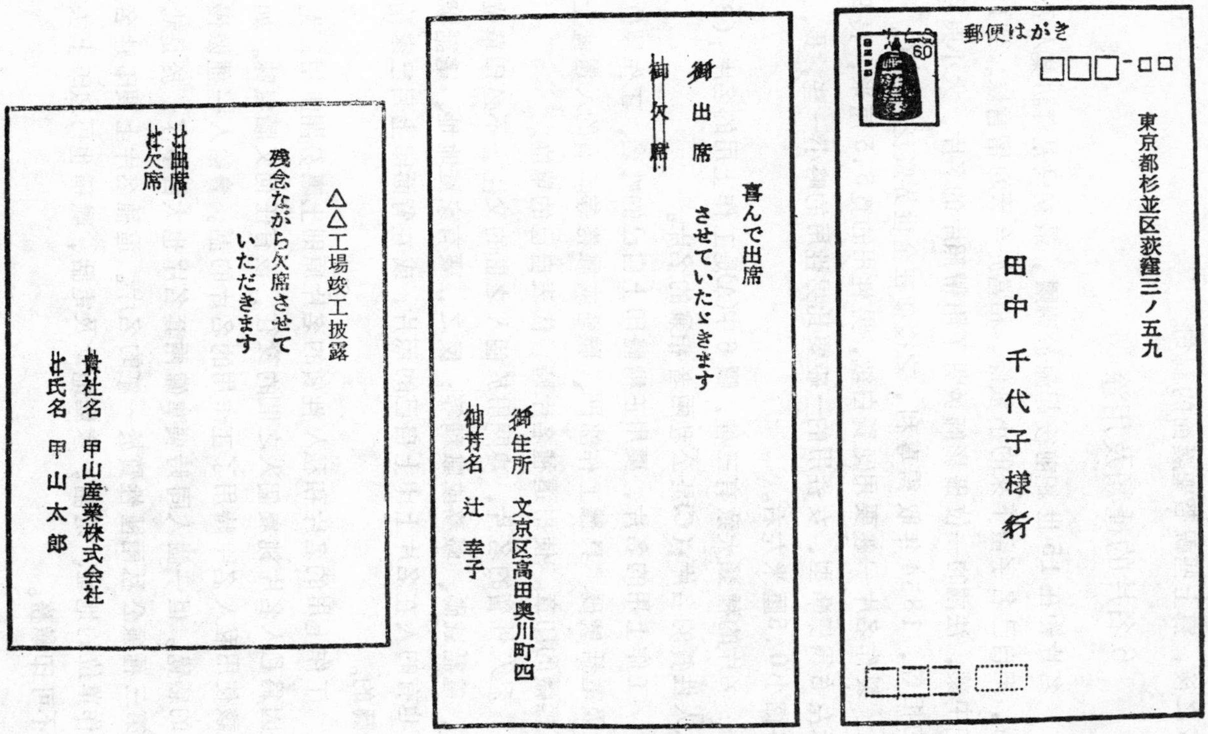

郵便はがき

□□□-□□

東京都杉並区荻窪三ノ五九

田中千代子様行

□
□
□

60

喜んで出席

御出席　させていただきます

御欠席

御住所　文京区高田桜川町四

御芳名　辻幸子

工場披露
△△工場

残念ながら欠席させて
いただきます

御出席
欠席

貴社名　甲山産業株式会社

氏名　甲山太郎

図5　往返用明信片書寫格式

成之後，寫上些祝賀聖誕節的詞句。

6.名片的種類及用途

名片約在 15 世紀前後起源於德國，最初只是拜訪某人不遇時，把自己名字留下來的小紙條，相當於今天的留言條。到19世紀中葉，法國的一位攝影師發明了附帶照片的名片，大小與現在的相等，1854 年取得專利，之後便在全世界廣泛傳開了。

製作名片一般要用硬質白紙，男性用的寬5.5厘米，長9厘米左右為標準型，女性用的一般要比男性用的略小一些，長、寬各縮小0.5厘米左右。

名片的種類大致有三種，圖 6 中(A)是工作上用的名片；(B)是私人性質的名片；(C)是公私兩者相兼的名片。

工作上用的名片，要用正楷體印上自己的姓名、工作單位地址及電話號碼、具體工作部門、職稱或職務等。有的人還蓋上公司標幟的印章。使用這種名片時，代表自己的單位。

私人性質的名片，專門用於個人之間的交往，不必印單位地址、電話號碼、職務或職稱等；反之，要有家庭地址、電話號碼。也有的人在名片上印上自己的照片，或在背面印上自己家附近地圖的。

工作上用的名片和私人性質的名片原則上應分開使用，尤其是因為私人名片純屬個人之間的交往，沒有任何文牘氣味。如在應該使用私人名片時用了工作用的名片的話，會給人一種傲慢不遜的感覺。但一個人同時要準備兩套名片也太費事了，於是就有了第三種兼公私兩種性質於一紙的名片。這種名片上要印姓名、工作單位的地址、電話，家庭地址及電話，職稱也可以印上去，但不可印職務。

（C）

東京国立大学教授

佐藤又三郎

勤先 東京都港区本杉町
　　　東京国立大学文学部
電話代表（五九〇）六七番

自宅 東京都千代田区大漢南二一四
電話（八五三）三八〇〇番

（B）

山本基治

東京都新宿区芙蓉町八番地
電話 東京（〇三二）六九一一二五三四

図 6　各類名片

（A）

市川貿易株式会社

社長　白石文男

市川市　野草町 6 番地
電話　市川　73-4905

名片的用途，除了初次見面時相互交換，作自我介紹以外，還可以作以下用途：①用作簡單的推薦、介紹信。在名片空白處寫上些簡單的介紹、引薦詞句，蓋上個章，請被介紹人拿去遞交，就成了介紹、推薦信。但要注意在向上級或地位比自己高的人推薦時，不可以用。②作留言條用。在空白處留下幾個字，要比請別人轉告來得準確。③在饋贈禮品時，習慣上也附張名片。

如正面空白處不敷用時，可繼續寫在背面，這時須在自己的姓名下註明後面還有，如：「裏面に」、「裏面を御覽下さい」。當然，最理想的還只是寫在正面的左側。

7.履歷表的填寫方法

日文履歷表的填寫方法與台灣在基本上相同，欄目有姓名、性別、出生年月日、住址、家庭情況、受教育情況、經驗等，與台灣的不太一樣的有以下幾點。

年齡。要求寫上年齡，是足歲而非虛歲，有的地方甚至要求寫到幾歲幾個月。

籍貫「本籍」。一般都指出生地，即父母現在住的地方。不像台灣那樣要填寫與自己可能根本無關、不曾到過的地方。

姓名。用漢字寫好以後，還要用羅馬字標上讀音。

住址。寫現在住的地方。

聯繫人「連絡先」。除了現住址之外，如還有什麼聯絡住址的話，可寫上。

學歷。寫自己以前所受過的教育情況，從小學開始寫，哪年入學，哪年畢業全得註明。日本是個十分重視學歷的社會，所以在履歷表上，學歷這一項輕視不得，一定要認真填寫。但也不能有虛假或誇大。因為此項一經發覺有虛假，便是一條十分充足的

解雇或開除學籍的 理由。這一 欄中寫不下，可另加紙張。有學位的話，也要寫上。

聯業情況。如有工作單位就寫上，並要 標明工作了多 長時間。以前曾經有一 段時間工作過的，也要寫清。並且，擔任 什麼職務及職責範圍，最好 也能寫上。

如果 參加了哪個學會，在 履歷表中也要反映出來。有論文或文章發表的，當然也不能遺漏。

學 歷和職業情 況寫完後，要換一 行，在上一行結尾 處下 方寫上「以上」兩個字。

另外，無論 是填報名表，還是填申 請表，凡是填寫表格，在日本一律只許 用正楷字，不允 許用行書，更不許用草楷。至於筆，一般除了鉛筆以外的筆都可用，只是顏色只許用藍色或黑色，

表1　履　歴　表

履　歴　書	年　月　日現在	

ふりがな	＊男・女
氏　名	印

写真をはる位置

1. 縦　36〜40mm
　　横　24〜30mm
2. 本人単身胸から上
3. 裏面のりづけ

年　月　日生	本籍	
（満　　才）		都道府県

ふりがな	電話 市外局番（　　）
現住所	
（〒　　　　　）	（　　　方呼出）

ふりがな	電話 市外局番（　　）
連絡先（現住所以外に連絡を希望する場合のみ記入）	
（〒　　　　　）	（　　　方呼出）

年	月	学歴・職歴など(項目別にまとめて書く)

記入上の注意　(1) 鉛筆以外の青または黒の筆記具で記入。
　　　　　　　(2) 数字はアラビア数字で、文字はくずさず正確に書く。
　　　　　　　(3) ＊印のところは、該当するものを○で囲む。

參 考 譯 文

履歷表　　　　　　年　月　日

注假名(讀音)		＊男・女
姓　名		章
年　月　日出生　　籍貫		都道
（　　歲）		府縣

貼 照 片 處

1. 長 36～40mm
   寬 24×30mm
2. 本人半身脱帽
3. 背面用漿糊粘貼

注假名	電話 區域號碼(　　)
現住址 （郵地區號　　　　）	（　　　傳呼）
注假名	電話 區域號碼(　　)
通訊地址(除現住址以外的可聯絡的地址,如沒有,則不必填) （郵地區號　　　　）	（　　　傳呼）

年	月	學歷、工作經歷等 (按項目分別填寫)

填寫注意事項： (1) 使用除鉛筆以外的藍或黑色筆書寫。
　　　　　　　(2) 數字一律用阿拉伯數字,字跡端正,不得潦草。
　　　　　　　(3) 在＊處將本人的性別用〇圈起来。

表 2　情況調査表

身　上　書　　　　　　　　　　　　　　年　　月　　日現在

ふりがな		電話 市外局番（　　）
氏　名	現住所(〒　　　)	（　　　方呼出）

年	月	免　許　・　資　格

得意な学科	健康状態
趣　　味	志望の動機
スポーツ	

	氏　　　名	性別	生年月日	氏　　　名	性別	生年月日
家			・・			・・
			・・			・・
			・・			・・
族			・・			・・
			・・			・・

本人希望記入欄（特に給料・職種・勤務時間・勤務地その他について希望があれば記入）.

保護者(本人が未成年者の場合のみ記入) ふりがな		電話 市外局番（　　）
氏　名	住所(〒　　　)	（　　　方呼出）

採用者側の記入欄(志望者は記入しないこと)

參 考 譯 文

情況調查表

年　　月　　日

注假名		電話
姓　名	現住址（郵地區號　　　　）	區域 號碼(　　)
		(　　　　傳呼)

年	月	资格、證件、執照
—		
—		
—		
—		

專　長	健康状況
興　趣	報名動機
體育愛好	

家庭成員	姓　　名	性別	出生年月	姓　　名	性別	出生年月
			·　·			·　·
			·　·			·　·
			·　·			·　·

本人要求填寫欄(有關工资待遇、性質.工作時間、工作地點等,如有要求,请填寫)

監護人(如填表人尚未成年,則須填監護人) 注假名		電話
姓　名	住址（郵地區號　　　　）	區域 號碼(　　)
		(　　傳呼)

錄用単位記事欄(報名者不必填)

8.入學報名表的填寫方法

入學報名表，又稱入學申請書，根據希望報考學校的程度、種類不同而相異，現列舉較爲常見的3種（見表3.4.5.）。表3是大學本科生的入學報名表（千葉大學），這在日本叫作「学部生」；表4是研究院的碩士研究生的入學報名表（一橋大學），這在日本叫作「大学院修士課程、院生」；表5是進修生的報名表（東京大學）這在日本叫作「研究生」。

(1) 報考資格

A大學本科生。根據日本"學校教育法"第56條規定，有資格報考者爲："高中畢業或接受完12年學校教育"的人，這裏的12年學校教育，具體來講是指小學6年，初中3年，高中3年。

B研究院碩士研究生的報考資格。根據上述"學校教育法"的規定，應爲"正規大學的本科畢業生或是通過有關主管部門考核，得到認可的具有同等學力者"。有些大學在研究院的章程中還明文規定，外國人報考研究院碩士研究生的，必須是在國外受過16年正規學校教育的人。這裏所說的16年正規學校教育，即上述大學本科生報考條件中所指的12年再加上大學本科4年。

C進修生的申請資格。日本有關方面並沒有統一規定，但每個學校都各有自己的具體規定，且比較寬。進修生一般有兩種，即本科進修生「学部研究生」和研究院進修生「大学院研究生」。表3爲後者研究生進修生的申請表。對這類進修生，一般都要求申請者的學歷至少不得少於16年，但彈性很大，工作經驗在此也可作爲學歷加以參考，只要具體負責分管審查的人認爲可以或有必要就可接收。進修年限一般爲1年，最長不超過2年。

(2) 報名表的具體填寫法

A大學本科生的入學報名表，由「正」、「副」兩份組成。最上方的入學資格、應試號碼都不用填。姓名一欄中，填完漢字後要用羅馬字標上讀音。關於本國語言「自国語」一欄，因為台灣用的是中文，與日本的漢字有很大的相似性，所以一般可不填寫。但如果你的姓名漢字是簡體字時，那麼就要在這一欄中填上簡體字，而在下面一欄中填寫正體字。關於僑居資格「在留資格」，日本政府在1951年頒布的"日本國出入境管理及僑民居住認可法"的第4款第4項中作了規定。如果報名者已在日本，就必須填這條；如尚未到日本，則可暫且空著。右邊的「在留期間」一欄亦可照此處理。在所屬國籍的國內住址「国籍の属する国における住所または居所」一欄，填寫自己在國內的家庭地址。戶主姓名「世帯主氏名」，填寫家長姓名（一般指父親；戶主與本人的關係「続柄」，與中國的填法一樣，如是父親就寫「父」，是母親就寫「母」；如戶主是自己，那就寫「本人」。日本國內住址「日本国内における住所」，填寫在日本境內的住址；如沒有，可暫時空着。身份保證人「身元保証人」，按日本有關法律規定，凡要申請日本入境簽證的外國人，必須有一名居住在日本境內、有正常職業的日本籍公民擔保。如實在找不到合適的人，那麼非日本籍公民也行，只是此人必須已在日本居住了10年以上（如已經取得永久居住權的），日語運用自如，並按日本國外國人登記法，在區、市、村、鎮政府辦理了登記手續（申請時要提交登記完畢證明）。身份保證人項目中有一欄是保證人與本人的關係，如是親戚就寫「親類」，是朋友就寫「友達」，當然亦可是自己的指導老師。最後畢業學校「最終出身学校」，這裏要求填寫的是高中，並要註明是畢業、肄業「修了」，還是即將畢業「見込」及其日期。接受入學通知的聯絡地址「入学に関し通知

を受ける場所」，可寫國內通訊地址；如國外或日本境內有代理人，亦可寫代理人之處，以迅速、準確爲好。最後一項是報名人與身份保證人的聯名申請，並致學校的最高負責人——校長。報名人與身份保證人都要簽名蓋章。

副本與正本完全一樣，只是這兒要貼一張照片，並且還少了一項聯名申請。正副本反面還有履歷表要填寫，其填寫方法請見"履歷表的填寫方法"。

B 研究院碩士研究生報名表，其基本項目與本科生的相同，只是在開頭處多了一項專業或專題。「入国年月日」可先空着（如已在日本則必須填寫）。自己畢業於哪所大學要填寫清楚，直到專業（學科）。學歷一欄明顯地與本科不同，佔了整張表的三分之一，一定要仔細填寫。專業「專攻科目」、學位資格在小學、初中、高中時是沒有的，不必寫。但在高等教育大學一欄中必須填寫清楚。學校的所在地也要填寫，不過只要寫大致上在某市即可。「正規の修学年数」爲學制，如小學 6 年等。最後要把上述的學習年數全部加起來再填寫好「通算した学校教育修学年数」。

C 研究院進修生報名表，實際上是一封書信形式的申請表。台頭、收件人爲大學研究院某研究科委員會的委員長，最下面是"本人申請在貴研究院某研究科進行下列研究，敬請批准爲盼!"基本填寫要求與本科生報名表相同，只是這裏沒有身份保證人一欄，代之以在日本的聯繫人。另外，要填寫上自己所希望進的專業及打算研究的課題項目。學歷項目中還有一欄是有關研究生的。職業經歷，如有的話亦必須詳細寫明，如工作時間、職稱、職責的具體範圍、內容。

以上是關於入學報名表及申請表的填寫方法，其他帶有共性的注意事項，具體可參見"履歷表的填寫方法"。

表3 大學本科生入學報名表（千葉大學）

入学 資格		受験 番号		正

千葉大学外国人学生入学願書

<table>
<tr>
<td rowspan="3">志
願
者
氏
名</td>
<td>自国語</td>
<td colspan="3">Family name　　　First name　　　Middle name</td>
</tr>
<tr>
<td>フリ·ガナ</td>
<td colspan="3"></td>
</tr>
<tr>
<td>ローマ字</td>
<td colspan="3">Family name　　　First name　　　Middle name</td>
</tr>
</table>

生年月日		性別	男 · 女

国籍		在留 資格		在留 期間	年　月　日から 年　月　日まで

国籍の属する国における住所または居所	

世 帯 主 の 氏 名		続柄	

日本における住所	

身 元 保 証 人	氏名		本人との関係	
	住所		職業	

最 終 出 身 学 校	年　月　日 卒業·修了　見込

入学に関し通知を受ける場所	

千葉大学　　　学部　　　学科
課程　　　専攻へ

入学したいので御許可下さるよう身元保証人連署をもってお願いします。

　　　昭和　　　年　　月　　日

　　　　　　　　志 願 者 氏 名　　　　　　　㊞

　　　　　　　　身元保証人氏名　　　　　　㊞

千葉大学長殿

千葉大学外国人学生入学願書

志願者氏名	自国語	Family name	First name	Middle name
	フリガナ			
	ローマ字	Family name	First name	Middle name

生年月日				性別	男・女

国籍		在留資格		在留期間	年　月　日から 年　月　日まで

国籍の属する国における住所または居所	

世帯主の氏名		続柄	

日本における住所	

身元保証人	氏名		本人との関係	
	住所		職業	

最終出身学校	年　月　日　卒業・修了　見込

入学に関し通知を受ける場所	

志望学部・学科・課程	学部	学科課程	専攻

写　真
(4cm×3cm)
最近3か月以内に撮影のもので上半身、正面、脱帽のものをはりつけること。受験票にはりつけた写真と同じもの。

記入上の注意

1　正　副とも記入すること。

2　国籍、在留資格および在留期間は、旅券または外国人登録証明書に記載されているものを記入し、本学係員の確認を受けること。

3　身元保証人は、志願者の学事、経費その他について、いっさいを保証するものであること。

			履　歴　書	
氏名				男　女 年　月　日　生
区分	年	月	記　載　事　項	
学				
歴				
職				
歴				
賞				
罰				

上記のとおり相違ありません。
　　昭和　　年　月　日
　　　　　　氏　名　　　　　　　　　　　　㊞

履 歴 書

氏名			男 ・ 女 年　月　日　生

区分	年	月	記 載 事 項
学 歴			
職 歴			
賞 罰			

參 考 譯 文

正

入學 資格		准考證 号 碼	

千葉大学外國學生入學報名表

申 請 人 姓 名	本 國 語	Family name	First name	Middle name
	注 假 名			
	羅 馬 字	Family name	First name	Middle name

出生年月日			性 別	男 · 女

國籍		僑居 資格		僑居 日期	自 年 月 日 至 年 月 日

所屬國籍國内 的住址或住處	

户 主 姓 名		關係	

在日本的住址	

身份保證人	姓名		與本人 的關係	
	住址		職業	

最後畢業學校		年 月 日 畢業 · 肄業

接受入學通知的地址	

千葉大學校長閣下:

本人想進入千葉大學 系 科
課程 專業學習, 請予以

批准。特與保人聯名簽署。

年 月 日

申請人姓名 ㊞

保人姓名 ㊞

入學資格		准考證号碼	

千葉大學外國學生入學報名表

<table>
<tr>
<td rowspan="6">申請人姓名</td>
<td>本國语</td>
<td colspan="3">Family name　　　　　First name　　　　　Middle name</td>
</tr>
<tr>
<td rowspan="2">注假名</td>
<td colspan="3"></td>
</tr>
<tr>
<td colspan="3"></td>
</tr>
<tr>
<td rowspan="2">羅馬字</td>
<td colspan="3"></td>
</tr>
<tr>
<td colspan="3">Family name　　　　　First name　　　　　Middle name</td>
</tr>
</table>

出生年月日			性別	男 · 女

國籍		僑居資格		僑居日期	自　　　年　　月　　　日 至　　　年　　月　　　日

所屬國籍國内的住址或住處	

户 主 姓 名		關係	

在日本的住址	

<table>
<tr>
<td rowspan="2">身份保證人</td>
<td>姓名</td>
<td></td>
<td>與本人的關係</td>
<td></td>
</tr>
<tr>
<td>住址</td>
<td></td>
<td>職業</td>
<td></td>
</tr>
</table>

最後畢業學校		年　　月　　日　畢業 · 肄業

接受入學通知的地方	

報考的系、科、專業	系　　　　　科課程　　　　　專業

照　片 (4×3cm) 請貼上近3個月内拍的半身、正面、脱帽照。照片要與准考證上的一樣。	填寫注意事項: 1. 正 · 副都要填寫。 2. 國籍、僑居资格及僑居日期,请根據護照或外國人登記證明填寫,由本校工作人員確認。 3. 保人必須對申請人的學務、經費等一切作出保證。

履　歷　表

姓名			男・女 　年　月　日出生
分類	年	月	記　載　事　項
學 歷			
工作經歷			
賞 罰			

以上確實無誤。

**　年　月　日**

姓　名　　　　　　　　　　㊞

		履 歴 表		
姓名				男・女 年　月　日出生
分類	年	月		記　載　事　項
學 歷				
工作經歷				
賞罰				

表 4 研究所碩士研究生入學報名表（一橋大學）

昭和　年度
一橋大学特別選考による外国人
の大学院修士課程入学志願票

受験番号	*

志望研究科専攻名	研究科	専攻（研究題目）

写真貼付欄 1. 写真は最近3か月以内に撮影した，正面向き上半身脱帽のものでタテ5cm×ヨコ4cmの大きさのものを枠内に正しく貼ること。 2. 写真の裏面に志望研究科・氏名を記入すること。	氏　名	（フリガナ） 　　年　　月　　日生	男・女
	入国年月日	年　　月　　日	
	出身大学	大学　　学部　　学科	
		年　月　卒　業 　　卒業見込	

国　　籍	
現　住　所	
日本における連絡先	〒　　　　　　　　　　　　　　　　　　　　方 　　　　　　　電話（　　）

学歴（小学校入学から記入すること）	事項＼課程	学校名及び所在地	正規の修学年数	入学及び卒業年月	専攻科目	学位・資格
	初等教育小学校	学校名所在地	年	入学卒業		
	中等教育中学及び高校	学校名所在地	年	入学卒業		
	高等教育大学	学校名所在地	年	入学卒業		
	以上を通算した全学校教育修学年数		年			

職歴	年　　月	
	年　　月	
	年　　月	

記入上の注意　（1）＊印欄には記入しないこと。
　　　　　　　（2）タイプ又は楷書ではっきり記入のこと。

參 考 譯 文

昭 和　　　年 度

外 國 留 學 生 報 考 一 僑 大 學
研究所碩士研究生的入學報名表

准考證 號碼	*

報考的科系 專業名稱	系　　　　專業(研究課题)

貼 照 片 處 1. 照片應是在最近 3 个月以内拍的、正面半身脱帽照。長5cm×寬4cm 在框内貼正。 2. 在照片反面填寫報考的專業和姓名。	姓　名	(注假名) 　　　　年　　月　　日出生	男·女
	入境年月日	年　　月　　日	
	畢業大學	大學　　　系　　　專業	
		年　　月　　畢業 　　　即將畢業	

國　　籍	
現 住 址	
在日本的 通訊地址	郵地區號　　　　　　　電話(　　)

學歷(從進入小學時填起)	事項 課程	校 名 及 所 在 地	正規學 校學習 年數	入 學 及 畢業年月	專業	學位 一资格一
	初等教育 小　學	校　名 所在地	年	入學 畢業		
	中等教育 初中及 高中	校　名 所在地	年	入學 畢業		
	高等教育 大　學	校　名 所在地	年	入學 畢業		
	以上全部學校教育學習年数共計為		年			

工作經歷	年　　月	
	年　　月	
	年　　月	

填寫注意事項：　(1) * 處不必填寫。
　　　　　　　　(2) 填寫必须清楚,用打字機或用楷書寫.

— 330 —

表 5　進修生入學報名表（東京大學）

認 可 年 月 日	委員長	專門課程 主　　任	指　導　教　官 氏　　　　名	研究科委員会 承 認 年 月 日
昭和　　年　月　日			㊞	昭和　　年　月　日

大学院外国人研究生入学願書

東京大学大学院　　研究科委員会委員長　殿

昭和　　年　月　日

写 真 貼 付 欄 （最近3ヵ月以内 に撮影のもの）	国　籍

氏　名　　　　　　　　　　　　　㊞

ローマ字

年　　月　　日生

住　所(〒　　)

電話(　　　　)方

日本国内における連絡者

氏　名

本人との関係(　　　　)

住　　所(〒　　　)

電話(　　　)方

私は、貴大学大学院　　　研究科において、下記事項を研究したいので，ご許可
願います。

志望専門課程		専　門　課　程
研　究　事　項		

学　歴

	学校名及び所在地	正規の修学年数	入学及び卒業年月	専攻科目	学　位―資　格―
初 等 教 育 小 学 校	学校名 所在地	年	入学 卒業		
中 等 接 育 中学及び高校	学校名 所在地	年	入学 卒業		
高 等 教 育 大　　　学	学校名 所在地	年	入学 卒業		
大 学 院	学校名 所在地	年	入学 卒業		
以上を通算した全学校教育修学年数		年			

(注) 上欄に書ききれない場合には、適当な別紙に記入して添付すること。

職　歴

勤 務 先 及 び 所 在 地	勤 務 期 間	役 職 名	職 務 内 容

添付書類
　　1. 出身大学の卒業証明書。
　　2. 出身大学の成績証明書。
　　3. 出身大学の学長、学部長又は学科主任教授よりの推薦書。
　　4. 日本語の学力を表わす証明書（指導教官若しくはこれに準ずる者が証明したもの）。
　　5. 外国人登録済証明書(現に、日本国に在住している者のみ提出すること)。
　　6. 研究科指定書類。

參 考 譯 文

批 准 年 月 日	委員長	專業課程 主 任	指 導 教 師 姓 名	研究所委員会 承認年月日
年　　月　　日			㊞	昭和　年　月　日

研究所外國進修生入學報名表

東京大學研究所　　研究所委員会委員長閣下：

年　　月　　日

貼 照 片 處 (最近 **3** 個月以內照的)

國　　籍

姓　　名　　　　　　　　　　　　　　㊞

羅 馬 字

年　　月　　日出生

住　　址(郵地區號　　　)

電話(　　　)

在日本國内的聯絡人

姓　　名

與本人的關係(　　　)

住　　址(郵地區號　　　)

電話(　　　)

我想在贵校研究所　　研究科進行下列研究,请批准爲盼。

報考專業課程		專 業 課 程
研 究 項 目		

學　歷

	校名及所在地	正規學校學習年數	入學及畢業年月	專　業	學位資格
初等教育 小　學	校　名 所在地	年	入學 畢業		
中等教育 初中及高中	校　名 所在地	年	入學 畢業		
高等教育 大　學	校　名 所在地	年	入學 畢業		
研究所	校　名 所在地	年	入學 畢業		
以上全部學校教育學習年數共計爲		年			

注：上欄如寫不下，请填寫在適當的附纸上。

工作經歷

工作單位及所在地	工作時間	職　務	任　何　工　作

附件：

1．大學畢業證書
2．大學的成绩証書。
3．大學校長、系主任或教研室主任寫的推薦書。
4．日語學力証書(指導教師或類似的人所出的証明)。
5．外國人登記証書(凡現住在日本的人都要交)。
6．專業指定文件。

9.關於獎學金及其申請

　　日本國內專門向海外留學生提供獎學金的團體，從數字上來講相當可觀，光民間就有 37 處，外加上其他大學等 15 所私立大學還沒有專門獎學金。但是提供的名額相當有限。現在日本境內的外國留學生總數為 12400 多人，與法國 11 萬，美國的 30 幾萬相比，日本政府覺得太落後了，與世界第二經濟大國的形象不符。而光日本一個國家在世界各地留學的就有 20400 多人，所以日本政府下了決心，要在本世紀末、下世紀初，使留學生人數擴大到 10 萬人左右。由此，可以預計各類獎學金也勢必有所增加。

　　關於獎學金的申請辦法，各有不同。按獎學金團體的性質，有的是公開招考，有的則要求內部推薦，也有幾家是只提供助學獎金，即生活補助費的，真可謂是五花八門。想申請哪家的獎學金，必須先弄清其招募的範圍、對象。有些設獎學金的團體，只向學習與自己行業有關的專業學生提供，如像"ヤマハ發動機國際友好基金"，只提供給工科的一年級碩士生。確定下目標後，要向該團體索取申請表格，在熟知了他們的要求後，再填申請表。

　　在申請時，所需要的表格證書有：

　　成績表（如沒有現在的，可拿以前的代用）。

　　留學研究計劃書（研究和留學目的、計劃和將來的打算等）。

　　推薦書兩份（指導教師一份和其他的熟人一份，要寫上關於應募者的學業、人品、將來的發展前途等，並封入信封，上寫「親啓」字樣）。

　　履歷表、情況表（該財團所發表格）。

　　體檢表。

　　學籍證明。

入學許可證或入學通知書（如現在還沒有，可請有關單位出具證明）。

下面簡單介紹一般申請表格的填寫方法。

一般獎學金申請表都是一張固定的表格，外帶履歷表和情況調查表，主要由自己過去的學歷、工作經歷、現在的學習和研究情況、家庭情況及申請此項獎學金的目的動機等欄目組成。其中，最主要的是過去學習和研究的情況，現在的興趣和研究狀況及申請此項獎學金的目的這幾項。這也是最能反映出填表人個性和才能及將來發展前途的欄目。

填寫這些表格時應注意：

文字要簡潔，不能太長也不要太短，掌握在所規定的空格中正好寫完；不要留空白，亦不要擠出欄外。

內容一定要準確無誤，如有錯誤或錯別字，就會令人懷疑你的能力。

內容要寫得通俗易懂，尤其是理工科專業的人，不能認為審查人員樣樣都懂，亦不能期待審查人員具有與自己相同的專業知識。有人認為寫得越深奧越好，其實這是適得其反的。

要反映出自己在研究中的獨創精神來。

申請獎學金的動機，要結合自己留學的目的來寫，不能泛泛而談。

留學、研究計劃要與自己的指導教師商量了以後再寫。

研究計劃要訂得切實可行，使人看了後相信這樣的計劃在得到獎學金資助的 2 年或 1 年中能完成。如訂得過於龐大，就會使人感到實現的可能性不大，或在本獎學金資助期間無法完成。

在研究計劃中還要重點提一下自己將來的發展前景，學成回國後所能發揮的作用。千萬不要以為一筆獎學金只是對自己個人

的援助，應該具有遠大的抱負。

表 6　獎 學 金 申 請 表

昭和　　年度奨学金申込書

財団法人　　　　　　　留学生奨学財団　御中

貴財団　昭和　　年度　奨学生募集要綱に従い、
奨学金の支給を受けたく申し込みます。

> 上半身の近影を
> 貼付する。

姓 名	，		19　年　月　日生
	姓	名	男・女

英文名　　　　　　，　　　　　，　　　　　国籍
　　　Family name　First name　Middle name

　　（〒　　　）
現住所

　　　　　　　　電話：市外局番（　　　　）　―

配偶者名　　　　　　　　旧姓

現在在籍　　　　　　　　博士・修士
大 学 名　　　　　　　大学　研究・学部　課程　学年　　　　科在学

　　（昭和　　年　月入学）　　（専攻科目　　　　　　）

　　（〒　　　）
大学所在地

　　　　　　　　電話：市外局番（　　　）　―　　内線（　）

指導教官名

昭和　　年4月以降　　博士・修士　　　　　　　　　予定
大学名　　　　　大学　研究　　課程　学年に進学　内定
　　　　　　　　　　　　　　　　　　　　　　　合格

申込者署名

— 337 —

參 考 譯 文

昭和　　年度獎學金申請表

財團法人　　　　　　　　　　留學生獎學財團

按照貴財團×年度獎學金學生招收簡章，現特作如
下申請。

<table>
<tr><td></td><td>貼半身近照</td></tr>
</table>

姓　名　　　　　　　　，　　　　　19　年　月　日出生
　　　　　　姓　　　　　　名　　　　　　　　　男・女
英文名　　　　　，　　　　，　　　國　籍
　　　Family name　First name　Middle name
　　　　（郵地區號　　　）
現住址
　　　　　　　　　　電話：區域號碼（　　　）

配偶姓名　　　　　　　　　　原姓

　　　　　　　　　　博士・碩士
現所在大學名　　　　　大學　研究・系　專業　學年　　　　　系在學
　　　（昭和　　年　月入學）　　（專業科目　　　　　　　）
　　　（郵地區號　　　）
大學所在地
　　　　　　　　　　電話：區域號碼（　　　）　　分機（　　）

指導教師姓名

昭和　　年4月以後　　　　博士・碩士　　　　　　　預定
大學名　　　　　大學　進修生　專業　學年　升學　內定
　　　　　　　　　　　　　　　　　　　　　　　錄取

申請人簽名

表 7 情況調査表

身 上 書

昭和　　年　　月　　日現在

氏　　名 _____

母 国 住 所 _____

母国最終学歴 _____

経済状況: 仕送額　月¥　　，　　。　　本人収入額　月¥　　，　　。
（アルバイト）

奨学金　月¥　　，　　。　　昭和　　年　　月迄

名称

（現在奨学金受領中の者は、その奨学会の名称、受領金額、受領期限を明記すること）

その他の収入額　月¥　　，　　。

住居費　月¥　　，　　。　　住居（自宅・借家・下宿・寮・アパート・同居）

家庭状況

家族氏名	続柄	年令	現　　住　　所	勤務先又は学校名

推薦者　（必ず指導教授を含むこと）

推薦者氏名	続柄	連　　絡　　先	電　話

保証人

氏　名	現　　住　　所	職　　業

參 考 譯 文

情況調查表

昭和　　年　月　日

姓　　名 ＿＿＿＿＿＿＿＿＿＿＿＿＿＿＿＿＿＿＿＿＿＿＿＿＿＿

本 國 住 址 ＿＿＿＿＿＿＿＿＿＿＿＿＿＿＿＿＿＿＿＿＿＿＿＿

本國最後學歷 ＿＿＿＿＿＿＿＿＿＿＿＿＿＿＿＿＿＿＿＿＿＿＿

經濟狀況：國內提供 月¥　　　，　。本人收入 月¥　　，　。
　　　　　　　　　　　　　　　　　　　　（打　工）
　　　　奬 學 金 月¥　　　，　。昭和　　年　月止
　　　　名稱

（現在如享受奬學金者,要把奬學金名稱及資助金額、享受期限寫清楚）
其他收入　月¥　　，　。
房　　租　月¥　　，　。住處(自家、租房、借宿、宿舍、公寓、同住)

家庭情況

家庭成員姓名	關係	年齡	現　　住　　址	工作單位或學校名

推 薦 人　(務必包括指導教授)

推薦人姓名	關係	通　訊　地　址	電　話

保 証 人

姓　　名	現　　住　　址	職　　業

表 8 履 歴 表

履 歴 書   昭和　　年　　月　　日現在

　　　　氏　名 _____

学　歴

学校区分	学 校 名 及 び 所 在 地	専 攻 学 科	入学・卒業年月	
高　　校			入学	年　　　月
			卒業	年　　　月
大　　学			入学	年　　　月
			卒業	年　　　月
大 学 院 (博士・修士) 研究			入学	年　　　月
			卒業	年　　　月
大 学 院 (博士・修士) 研究			入学	年　　　月
			卒業	年　　　月

来日年月：　　　　年　　月

職　歴

勤 務 先 及 び 所 在 地	職 務 内 容・役 職 名	勤 務 期 間

參 考 譯 文

履 歷 表　　　　　　　　　　　昭和　　年　月　日

　　　姓 名 _____

學 歷

學校類別	校 名 及 所 在 地	專 業	入學、畢業年月
高　中			入學　　年　　月 畢業　　年　　月
大　學			入學　　年　　月 畢業　　年　　月
研究所 (博士・碩士 進修生)			入學　　年　　月 畢業　　年　　月
研究所 (博士・碩士 進修生)			入學　　年　　月 畢業　　年　　月

来日日期：　　年　　月

工作經歷

工 作 單 位 及 所 在 地	做何工作、任何職務	工作時間

— 342 —

10.研究計劃表的填寫方法

關於過去的研究經歷和成果。要把自己迄今爲止的研究經歷概括地表現出來，並且要考慮到與本次進修計劃的關聯，不能寫得毫不搭調。關於過去的研究成果，要儘可能反映得全面，不要有遺漏，但要嚴守 600 字左右的規定。

關於研究計劃。要訂得切實可行，並越具體越好。研究生 2 年，應分作 4 個時期來寫，訂出每半年的具體內容、目標，如第一年上半學期……；第一年下半學期……。絕對不能訂得籠籠統統的，讓人看了覺得你還沒有具體計劃，缺乏明確目標。

研究內容要寫得嚴謹，這實際上也是一篇小論文，可適當寫得深奧些，但千萬注意把握住分寸。

其他的內容，可參見獎學金申請書填寫方法中的有關項目。

11.體檢表的填寫方法

體檢表，只要按表格上的要求逐項如實填寫即可。表上項目大致可分詢問（如過去病歷、現在狀況等）和檢查兩大類，一般都應由醫師填寫。有些學校對體檢單位也有限制，要求一定要在某一級以上的醫院接受檢查，如市級或區級醫院等。有具體要求時，在體檢表上或招生簡章中會標明的；倘若沒有，那麼在普通醫院也可。有些學校不專門制訂體檢表，這時報名者可參照表11 的項目，請有關醫師檢查後逐條寫上。有一點應引起注意，按日本的習慣，體檢表一般都只在施行檢查日起的 3 個月內有效。

12.關於推薦書

無論是申請留學，還是申請獎學金，其中很重要的一項是推

表 9　研　究　計　劃　表

研　究　計　画　書

志望専攻 （分野）	氏　名	受験番号

研究主題

研究内容

学習・研究の計画

參 考 譯 文

研 究 計 劃 表

報考專業 (範圍)	姓　名	准考証號碼

研究主題

研究内容

學習、研究計劃

表 10 外國研究生申請研究計劃表

大学院外国人研究生出願者研究計画等記入用紙

志　望 専門課程		氏　名		大学院　　　研究科

従来の研究経過および成果（日本語にて 600 字程度）

日本における研究計画（日本語にて 600 字程度）

出願の際に提出すること。

參 考 譯 文

研究所外國研究生申請研究計劃表

報考專業		姓 名		研究所	研究科

過去的研究經歷和成果(用日語寫 680 字左右)

在日本的研究計劃(用日語寫 600 字左右)

與申請書一起交出。

表 11. 體 検 表

健 康 診 断 書

昭和　　年度　　　　　　　　　　　　　　　　一橋大学大学院

出願者氏名	性別	年令	生年月日
現 住 所			

1. 身体検査

　　身長＿＿＿cm.　座高＿＿＿cm.　体重＿＿＿kg.

　　血圧　収縮期＿＿＿拡張期＿＿＿脈拍数＿＿＿/m　規則正しい・不規則

　　反射　瞳孔 正常 異常　膝蓋腱 正常 異常　その他 正常 異常

視力	左	右	色覚		聴力	
裸眼			Yes;（　）		左 …………………	
矯正	（　）	（　）	No;		右 …………………	

2. 既往症：□の中に＋か一を記入して下さい。

　　結核……□　　マラリア…□　　リューマチ熱…□　　てんかん…□

　　腎臓病…□　　心臓病…□　　糖尿病………□　　アレルギー…□

　　HBS抗原…□　　他の伝染性の疾患……□

3. 現在の状態：病気あるいは異常がある場合は□の中に＋を、そうでなければ一を記入して下さい。

　　扁桃腺、鼻、咽頭…□　　心臓、血管……□　　肺、呼吸器系……□

　　胃、消化器系……□　　泌尿器系……□　　その他の腹部臓器…□

　　脳、神経系……□　　血液、内分泌系…□　　骨、関節、運動系…□

　　皮膚……………□

4. もし、上記2、3の項のうち＋をマークし、出願者が身体的にハンディを持っていたら、それぞれの病気について詳細を述べて下さい。

5. 出願者の肺の状態を述べて下さい。　（レントゲン検査の結果及びその日付を含む）

6. 出願者がこれまでに神経あるいは精神の障害に罹患したことがありますか。

7. 診断した結果、出願者の健康状態は次のとおりです。

　　優良＿＿＿　良＿＿＿　可＿＿＿　虚弱＿＿＿

8. 診断した結果、出願者は、身体上就学に差し支えありません。

　　　　　　　　　　　　　　　　Yes　　　No

　　　医師の氏名・役職＿＿＿＿＿＿＿＿＿＿＿

　　　所在地＿＿＿＿＿＿＿＿＿＿＿＿＿＿＿＿

　　　署名＿＿＿＿＿＿＿＿＿＿＿＿＿＿＿＿

日付
day　month　year

參 考 譯 文

体 檢 表

昭和　　年　　　　　　　　　　　　　　　　　　　　　　　　　一橋大學研究所

申請人姓名	性別	年齡	出生年月日
現　住　址			

1. 體檢

身高：＿＿＿＿cm，　坐高：＿＿＿＿cm，　體重：＿＿＿＿kg.

血壓：收縮期＿＿＿＿，擴張期＿＿＿＿，脈搏＿＿＿＿次/min，規則·不規則。

反射：瞳孔　正常　異常，　膝關節　正常　異常，　其他　正常　異常。

視力：	左　　右	色　覺	聽力
裸眼	＿＿＿　＿＿＿，	好（　），	左…………………………，
矯正	（　）（　）。	壞	右…………………………。

2. 過去病歷： 請在□內填寫＋或－。

結核……□　　　瘧疾……□　　　風濕病…□　　　癲癇…□　　腎炎…□

心臟病…□　　　糖尿病…□　　　過敏症…□　　　肝臟外部表面抗原…□

其他傳染性疾病

3. 現狀： 有病或有異常時，在□內填寫＋，如沒有則填寫－。

扁桃腺、鼻、咽喉……□　　　心臟、血管………□　　　肺、呼吸系統………□

胃、消化系統………□　　　泌尿系統………□　　　其他腹部器官………□

腦、神經系統………□　　　血液、內分泌系統…□　　　骨、關節、運動系統…□

皮膚………□

4. 如上述 2、3 項中有＋，或考生身體有殘疾，請對其病狀及殘疾程度加以詳細說明。

5. 考生的肺部情況怎樣？（包括 X 光透視結果及施行日期）。

6. 考生以前曾患過的神經系統或精神障碍的病嗎？

7. 診斷結果，考生的健康狀況如下：

優秀＿＿＿＿，良好＿＿＿＿，尚可＿＿＿＿，虛弱＿＿＿＿。

8. 根據以上診斷結果，判明考生的身體情況能否適應就學：

適應＿＿＿＿，不適應＿＿＿＿。

醫師姓名，職稱＿＿＿＿＿＿＿＿＿＿＿

地址＿＿＿＿＿＿＿＿＿＿＿＿＿＿

簽名＿＿＿＿＿＿＿＿＿＿＿＿＿

日期：

＿＿＿年　　＿＿月　　＿＿日

薦書。推薦書內容的優劣，在評考或審查時，往往有舉足輕重的作用。如果一封推薦書的內容對被推薦者不利，那麼及格的可能性就非常渺茫。因此，請什麼人寫推薦書，這是個關鍵問題。最好是既熟悉報考的人，同時又是在國際上或學術界有名望的人。如能在對方學校或獎學金團體中有熟人，那就再理想不過了。至少，推薦者不能是個對被推薦者和接受推薦者（即學校或獎學金團體）有任何壞影響的人。當然，接受別人請求，為別人寫推薦書，這也不是件容易的事。既不能太死板，將被推薦者的一五一十全都抖露出來；也不能吹噓得過分。重要的是推薦書要使人家看了後能信服。只寫結論，說該人如何如何，而缺乏具體事例，當然就沒有什麼說服力。

寫推薦書還受到時間限制。時間拖得太長，人家會以為你不願意寫。被推薦者還有個提交的截止日期，過了期限，對方就拒絕審理了。

推薦書的大致寫法和格式如下：

一般單位、學校都有印好的推薦書，如屬這種情況，推薦者只要按欄目填寫即可。另一種是沒有固定格式的，其實也不外是印好的推薦書上的那些內容，只要把那些內容全都寫清楚，大功就算告成了。

首先要寫明自己與被推薦者的關係，在哪裏認識的，認識了多長時間等。然後是對被推薦者的評價，如被推薦者進了研究所，你認為有可能取得成果嗎？為什麼？與其他學生相比，被推薦者的長處、短處在哪兒等等。另外，還要寫上被推薦者現在的情況，對學問的興趣，以及應考的動機和將來的展望。最好還談及一下對被推薦者的個人印象，如協調性、適應性、忍耐性、表達能力、綜合能力等。最後，在結束前進行一下簡單的歸納。這樣

一篇道地的推薦書即告完成。

　　當然，值得注意的還有：

　　不要忘了寫上自己的身份、地位或職務等。

　　推薦書原則上對被推薦人是保密的，故有些學校要求推薦人把推薦書直接寄到學校。但那樣比較麻煩，中途又容易丟失。所以，一般要求推薦書寫好後，由推薦人裝進信封封好，並在信封上寫「親展」兩字。

表 12　　推　薦　書

一橋大学特別選考による外国人の大
学院修士課程入学試験出願者推薦書

出願者氏名:＿＿＿＿＿＿＿＿＿＿＿＿＿＿＿＿＿＿
　　　　　　 Last name 　　First name

専攻分野:＿＿＿＿＿＿＿＿＿＿＿＿＿＿＿＿＿＿＿

(推薦書の趣旨)

　成績証明書その他の公式文書だけからは、出願者のすぐれた素質や能力を十分に
判定できないことがあります。そこで、出願者個人についてよくご存知の方から、
本人の研究者としての素質や将来性について卒直な評価を聞かせて頂き選考の
際の参考資料としたいと思います。お書き頂いたことは極秘情報として扱いま
すので、御意見を自由に述べて頂ければ幸いです。（日本語または英語でご記入
ください。)

1.　どのくらいの期間、出願者を知っておられますか。また、出願者とはどのよう
　　な関係(例えば教師)にありますか。

2.　この出願者は、大学院に進学した場合、十分な成果をあげると期待できます
　　か。またその理由をお聞かせください。

3. この出願者に、他の学生とくらべて、どのような長所があると考えられますか。
また、どのような短所がありますか。

4. この出願者に関し、下記の諸点について、卒直な評価をお聞かせください。
評価は優、良、可の3種類とします。(必要と考えられるときは評価の理由も
お聞かせください。)

(a) 素質または能力

(b) 一般教養の程度

(c) 表現能力(口頭)

(d) 表現能力(文章)

(e) 忍耐力

(f) 独創性

5. その他、とくに本人について何かお気付きの点がありましたらお聞かせくださ
い。

　　年　月　日
　　推薦者
　　　　氏　名
　　　　職　業
　　　　連絡先
　　　　署　名

參 考 譯 文

外國留學生報考一橋大學研究所
碩士研究生的推薦書

報考者姓名：_____
　　　　　　 Last name 　 First name

專　　業：_____

（推薦書的目的）

　　光憑成績單和其他文件，是無法充分認識考生的優秀素質和能力的。爲此，想請對考生比較了解的人直率地談一下他對考生作爲一個研究學者的評價，如：該考生的素質、發展前途等，以作爲審查時的參考資料。如能承蒙毫無保留地談出自己寶貴的意見，則萬幸。您所寫的材料，我們會作爲極機密情報處理的，請放心！

1. 您與考生認識多久？是什麼關係(如教師等)？

2. 該考生進入研究所後，可望取得好成果嗎？理由是什麼？

3. 該考生與其他學生相比,有何長處? 又有什麼短處?

4. 請就以下幾點對考生作出坦率的評價。評價分優秀、良好、尚可三種(您認爲有必要時,可以把理由也寫上)。

(1) 素質或能力:

(2) 一般教養程度:

(3) 表達能力(口頭):

(4) 表達能力(文章):

(5) 忍耐力:

(6) 獨創性:

5. 其他如有什麼情況,也請寫上。

年 月 日

推薦者:

姓 名:

職 業:

通訊地址:

簽 名:

13.日本專利申請及手續

專利在日本，統由通商產業省下屬的「特許庁」（專利廳）管理。日本最早的一項有關專利的法令──「專売略規則」，是在1871年由首相（當時的太政官）頒布的。之後又陸續頒布了「商標條例」、「專売特許條例」，使日本的專利制度日臻完善。幾經修訂後，這些條例發展成了今天的「特許法」（專利法）、「意匠法」（外觀設計法）、「商標法」和「実用新案法」（實用新型法）。在各項法規中，對具體的申請辦法、手續等都有詳細的規定，但基本上大同小異。下面主要介紹日常使用得最廣泛的「実用新案法」的申請方法。

發明人在完成一項發明，並決定要申請專利時，必須書寫一整套有關的申請文件。其中主要的有三大部分：①申請書「実用新案登錄願」②說明書「明細書」③附圖「図面」。這些是絕對不可少的，而且除說明書、附圖以外，申請書要一式兩份。

(1) 申請書

申請書有一整套格式，因為「特許庁」要對所有的申請書進行編號分類整理。所以對申請書的格式要求特別嚴，有不少人的申請就是由於格式不對而被退回來了的。申請書現在都有固定的表格，一般在日本的文具店裏也有出售，只要按要求填寫清楚就可以了。表格主要由以下幾個項目構成：

收件人。首先要寫上「特許庁長官殿」（專利廳廳長閣下）。如知道當時專利廳廳長的姓名，也可直接寫上，如：「特許庁長官〇〇殿」。但通常寫上官銜就行了。

發明的名稱。申請書是申請人要求授予專利的請求書，同時又是聲明。因此發明的名稱要有獨創性，而且要清楚、明瞭，使

人一看就知道你發明了什麼東西，如"雙重彈簧自行車座墊"或
"節油式炸油條鍋"。要避免那些抽象、似是而非的名稱，如"
輕鬆墊"、"豐年鍋"等。

發明人姓名。這裏必須寫上發明人正式姓名的全稱，不能用
化名或略名。

住址。填本人目前居住的地方，越詳細越好，有利於聯繫。

申請人。填寫郵地區號、住址（現住處）、姓名（如是以團
體等名義申請的話，要寫上負責人或代表的名字，並蓋章）、國
籍（申請人所具有的國籍）。

附件目錄。包括詳細說明書（1份）、附圖（1份）、申請
書副本（1份）、國籍證書。

必須注意，日本文具店裏所出售的申請書是專供日本本國公
民使用的，因此沒有"國籍"這一欄。現在日本專利廳規定，具
有日本籍以外國籍的人，如要申請取得日本的專利，申請方法、
手續與日本籍公民一樣，只是在申請書中的申請人姓名一欄下，
要用括號標上國籍，並且附加能足以證明自己國籍的文書。

(2) 詳細說明書

詳細說明書要寫得明瞭易懂，越詳細越好。但若要考慮到實
施後的效果的話，還需要保住技術訣竅，不能讓人家一看就能模
仿。說明文不要求寫得漂亮，但必須通順、明瞭。注意不能有遺
漏，因為一旦提出申請後是不允許再增加內容的。

(3) 附圖

發明物的圖示要簡單清晰。

表 13　實用新型法專利申請書

```
┌─────────────────────────────────────────────────────┐
│  ┌──────────┐                                        │
│  │ 特　　許 │       実 用 新 案 登 録 願             │
│  │ 印　　紙 │                                        │
│  │ 7,100 円 │                                        │
│  │ 貼　　付 │                                        │
│  └──────────┘                19 年　月　日           │
│                                                      │
│    (7,100 円)                                         │
│                                                      │
│    特許庁長官殿                                       │
│                         ヨ ド モ ヨ ウ                │
│  1. 考案の名称          子供用 パンツ                 │
│                         くにたち まさよし             │
│  2. 考案者              国立　正義                    │
│                                                      │
│     住所 (居所)                                       │
│                                                      │
│     氏名                                              │
│                                                      │
│  3. 実用新案登録出願人                                │
│                                                      │
│     郵便番号　□□□-□□                              │
│                                                      │
│     住所 (居所)                                       │
│                                        くにたち まさよし │
│     氏名 (法人にあっては名称        )   国立　正義  ㊞ │
│        (および代表者の氏名          )                 │
│                                                      │
│     (国籍)                                            │
│                                                      │
│  4. 添付書類の目録                                    │
│                                                      │
│      (1)  明細書          1 通                        │
│                                                      │
│      (2)  図面            1 通                        │
│                                                      │
│      (3)  願書副本        1 通                        │
│                                                      │
│      (5)  国籍証明書      1 通                        │
└─────────────────────────────────────────────────────┘
```

參 考 譯 文

<table>
<tr><td>專　利
印　花
7100日元
稅　票</td><td></td></tr>
</table>

實用新型法專利申請書

(7100 日元)

　　　　　　　　　　　　　　　　　　　年　　月　　日

專利廳長官閣下

　　　注假名
1. 發明的名稱　　　兒童　短褲

2. 發明者　　　　　國立　正義

　　住址(居住地)

　　姓名

3. 實用新型法專利申請人

　　郵地區號　□□□-□□

　　住址(居住地)

　　姓名(如是集體發明的話，)　　國立正義　　　　⑱
　　　　(則要寫上負責人姓名)

　　(國籍)

4. 附件目錄

　　(1) 詳細說明書　　　1 份

　　(2) 附圖　　　　　　1 份

　　(3) 申請書副本　　　1 份

　　(4) 國籍証書　　　　1 份

表14　詳細説明書

明　細　書

1. 考案の名称　　子供用パンツ
2. 実用新案登録請求の範囲

   （A）筒状布1の下部を切断線2にそって切断する。

   （B）ぬい線3にそって上下片をぬう。

   　　　以上の如く構成された子供用パンツ。

3. 考案の詳細な説明

   　　この考案は、子供用パンツを最も簡単につくるために考えたものである。

   　　従来のパンツは布片を5-7に切断して、それを各種組み合わせてつくっていた。したがって外形はよいが、その製造が面倒で高価についていた。

   　　本案はこの欠点をのぞくために考案したもので、いま図面について説明すれば

   （A）メリヤス等筒状布1の下部を切断線2にそって切断し。

   （B）ぬい線3にそって上下片をぬう。

   （C）以上の如くして，これを裏がえす。

   　　本案は以上のような構造であるから簡単にして強い子供用パンツができる。

4. 図面の簡単を説明

   （a）図は筒状布の斜視図

   （b）図は切断された本案の斜視図

   　　　　1は筒状布　　2は切断線　　3はぬい線

   　　実用新案登録出願人　　　国立　正義

參 考 譯 文

詳 細 說 明 書

1. 發明的名稱： 兒童短褲

2. 實用新型法專利申請範圍：

   (1) 將筒形布①的下方沿虛線②裁剪下。

   (2) 按虛線③將上下兩片縫上。

   由此構成一條兒童短褲

3. 發明的詳細說明：

   本發明的目的在於用最簡便的方法縫制兒童短褲。

   歷來的短褲是將一塊布裁剪成5～7片,然後再各自縫合而成,故外觀很美。但是制作繁瑣,成本昂貴。

   本方法是爲了消除上述缺點而發明的,現就圖案作如下說明：

   (1) 將針織等的筒形布①沿虛線②將其下方剪開。

   (2) 沿虛線③將上下兩片縫合在一起。

   (3) 以上過程完成後,將布翻過来。

   本發明只有以上幾個步驟,因此能簡單地縫制出牢固的兒童短褲。

4. 圖 4 的簡單說明：

   (a) 爲筒形布的側面圖。

   (b) 爲裁剪後的本發明的側面圖。

   "1"爲筒形布, "2"爲裁剪虛線, "3"爲縫合虛線。

   實用新型法專利申請人： 國立正義

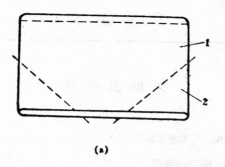

(a)

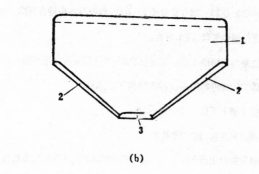

(b)

實用新型法專利申請人　　國立正義

圖　7

14.日本人姓名小常識

(1)姓名在日本漫長的歷史中，有過很大的變化。在封建時代，姓氏與名字是含義截然不同的。先有姓氏而後有名字。

姓氏表示血緣上的一個集團，即同一個祖先繁衍下來的宗族的名稱，是天皇賜予的，或得到朝廷認可的正式族名。姓氏登錄在冊，任何人都不許隨意改變。而且只有公卿大臣等有一定身份的人才能具有姓氏。一般的平民百姓是不允許有的。姓氏多數與那一宗族首領所處的地位有關，如「連」、「臣」表示是中央官吏；「公」、「造」等則次之；「高市」、「葛木」、「下野」等則爲地方長官（根據所領地方的地名賞賜）。最初的姓氏是按宗族首領擔任的官職所賜的。如掌管祭祀事儀的叫「中臣」，「中」表示處在君神之間，「臣」表示是中央官吏；掌管軍隊的叫「大伴」等。封建法律規定姓氏是世襲的，沒有特殊原因不許隨意剝奪，於是，它又成了一個氏族的姓，很像西方爵位與世襲官職的混合體。現在我們在日本最古老的詩集「万葉集」中所看到的「中臣宅守」、「山部赤人」、「大伴旅人」、「高市黑人」等，即爲如此，如對皇室有特殊貢獻，天皇還會破例賜姓。譬如，「中臣鎌足」由於在大化改新中功績卓著。當其行將病故之際，天智天皇按他邸宅的地名，賞賜他姓「藤原」。從國外來的手藝人、工匠，由於技藝超群，得到天皇的賞識，也會得到賜封，如從台灣去的僑民被賜姓爲「秦」，朝鮮半島去的僑民則賜姓爲「狛」等。

隨着社會的進步和社會矛盾的激化，封建制度也產生了變化，姓氏制度再也不是那麼神聖不可侵犯的了。每個宗族下面又派生出無數小支系，每個小支系都應該承襲本宗族的姓氏。可是，新興階層覺得這種姓氏太沒個性，而且一個大宗族又有許多支系

，大家都沒有自己獨特的名字，時間長了就搞不清。於是便按自己所住的地方名，替自己以地名取名字。如在「本朝世記」中看到的本名「橘貞賴」字，「志万太郎」等，即是如此。這兒的字有兩層意思，如「上田三郎」的「上田」，表示他出生的地方——「紀伊国伊都郡上田邑」，「三郎」是他的排行。這兩者相加，要比籠統地承襲宗族姓氏更能體現出他的個性。於是，這一形式便漸漸盛行了起來。尤其是武士，每次征戰下來論功行賞分得新領地後，就用所得地的地名來稱呼自己。住在京城裏的公卿太臣們，每當有人分開搬出去住後，都要給自己的家起個名字，就是搬到鄰近的街上，也同樣如此。所以，產生了許多如「九条」、「二条」、「中小路」等根據平安京城街道名起的姓。最初，這一名字是屬於取了名字的那一個人的，並不世襲。但到後來，名字的第一層意思（即地名等）慢慢地成了一家的姓氏。住所領地改變後，其名字依然不變，逐漸地取代了宗族的姓氏。一般男孩叫「〇郎」，女孩叫「〇子」。「太郎」生了兒子，這兒子叫「新太郎」或「小太郎」；「太郎」的二兒子就叫「太郎次郎」；「太郎」的孫子叫「孫太郎」；「太郎」的曾孫叫「彥太郎」；「三郎」的四兒子叫「三四郎」等。當時，占全國人口絕大多數的平民百姓是沒有姓名的，只有小名，如：「太郎」、「二郎」等，在誰家幹活，當誰家的長工，就被喚爲「〇〇家之介」、「〇〇之助」，以示與其他人家的區別。至於婦女就更慘了，且別說平民百姓家，就是名門貴族的令媛也沒有名字。如「源氏物語」的作者究竟叫什麼名字，至今仍是個謎。「式部」是她父親「式部丞」的官職；再如「更級日記」的作者根本沒有名字，只因爲其父叫「菅原孝標」，所以她就成了「菅原孝標女」。「枕草子」等也都一樣。

(2)明治維新以後，明治新政府於當政的第三年（1870年）發出布告，允許平民百姓擁有自己的姓名。據統計，當時整個日本

共有 697 萬餘戶人家，但其中有姓名的只有40萬戶左右。那麼多人起姓名，而且那時候識字的人不多，其混亂情況是可想而知的。老百姓紛紛讓村裏的文書給自己取名，結果就造成了整個村莊的人全姓魚類名、或蔬菜名，更多的姓則與本人所住的地方有關，如：住在山下就姓「山下」或「山本」；房子四周是水田就姓「田中」；住在河的上游就姓「川上」；住在下游就姓「川下」。其他如「荒川」、「入滙」、「浦」、「大川」、「大沢」、「岡」、「川島」、「川端」、「高山」、「水口」、「小泉」等等。從那時起，每家的姓就基本上定了下來，一直至今。

　　隨着教育水準的普遍提高，現在人們對名字的追求都有了新意，父母都希望給孩子起個有意義的名字。一般有以下幾種情況：

　　A　　紀念孩子出生地點、時間及其他有關的事項

　　根據孩子出生的年月、季節來取的：

　　正一（正月初一出生）

　　明子（May——5月份出生）

　　葉子（「葉月」——8月份出生）

　　清（立秋之日出生）

　　與出生地有關的：

　　綿子（出生於「濱木綿」的）

　　富士男（「富士吉田」出生的）

　　利佳子（在美國出生的）

　　宗英（出生於英國）

　　與社會事件有關的：

　　範子（海苔豐收之年出生的）

　　大典（紀念天皇即位）

　　羅神（紀念人類首次登上月球，Luna；月亮神）

竜太郎（紀念首次發射月球火箭成功）

憲文（紀念憲法頒布）

憲生（憲法頒布紀念日——5月3日出生的）

與父母結婚有關的：

都（父母的婚禮在「都」飯店舉行的）

B　音韻美，叫起來響亮悅耳

行雄　　直哉　　三重　　香代子　　八千代　　真弓

美紀

C　字體美，寫起來很漂亮（假名草寫與漢字書寫）

真素美　　佐木野　　宣雄　　英雄

D　由外國人的名字演變而來

まりえ——marie

真理——mary

丞二——George

富——Tom

E　取其字意

健（希望他能健康成長）

聰（希望他能聰明）

睦子（希望能和氣）

直子（希望能正直）

F　從古詩、成語中轉意過來

一子

厚江（「以對下忠厚之俗奉上……」「詔書」）

葉子（「万葉集」）

G　與父母工作有關的

英（父母是英語教師）

彩（父母是畫家）

卓司（父親是報社編輯）

H　取自己所崇敬的人物的名字

靖　（「井上靖」──名作家）

春樹（名作家「島崎藤春」的原名）

旅人（古代大詩人「大伴旅人」）

I　考慮到與姓有關

如姓「石井」，就取與水有關的名字：

浩　　淳　　潤　　治　　洋子

如姓「高野」，就取名「耕」。

如姓「広岡」，就取名「耕夫」。

　　　　根據排行取名

剛一　　泰二　　元三

信夫　　望　愛治　　（按「聖經」上信仰、希望、愛之序）

在日本人的名字中，用得最多的漢字有：

男性──「清」、「実」、「勇」、「茂」、「博」、「進」、「弘」、「正」、「三郎」、「昇」。

女性──「和子」、「幸子」、「洋子」、「節子」、「惠子」、「美子」、「京子」、「文子」、「景子」、「久子」、「美代子」、「惠美子」。

名字中，同音異字很多，一個「ヨシオ」竟有近700種漢字表示法，如「義雄」、「芳夫」、「吉男」等；一個「キヨシ」也有「清」、「潔」、「清志」等近400種漢字表示法。

(3)　據日本有關部門最近的調查統計，近幾年日本人姓用得最多的是「佐藤」，其次是「鈴木」，依次往下爲：「高橋」、「田中」、「渡辺」、「伊藤」和「伊東」、「中村」、「山本」、「小林」、「斎藤」等。名字主要是隨著社會上的流行、習慣等的變化而改變。

近年出生的日本人取的名字中，男性用得最多的是「ひろし」，其次是「たかし」和「あきら」；女性用得最多的是「景子」，其次是「洋子」和「美子」。在明治時代，許多女性都取名「ちよ」；到了大正元年，用得最多的是「まさこ」，以後是「よしこ」；在昭和年代初期，用得最多的是「かずこ」，以後是「よしこ」、「ひろこ」、「ようこ」；第二次世界大戰以後，從1947年至1963年，流行的是「けいこ」；自1972年至1987年這10年間，是「ゆうこ」的時代；那以後，許多人取名叫「ゆか」（在1983年和1985年均占首位）。男性在明治和大正時代，取名最多的是「よしお」和「まさお」；從1912年至1970年這將近60年間，一直是「ひろし」的時代；1971年「たかし」占了首位；1980年又流行「だいすけ」；1984年爲「ゆうすけ」的天下；1985年，男性取名用得最多的是「ゆうき」。

15.常見日本人姓名漢字表

在日本，通常使用的漢字，其字數和字體是受政府嚴格控制的，每隔一定的時間，以內閣首相名義發表公告，規定日常可以使用的漢字的字數和字體。現在法定的常用漢字爲1945字。除此之外，還規定了一部分常用漢字表中所沒有的，但在人名中可以使用的漢字。這部分漢字有166字。以下所列舉的常見日本人姓名漢字，就是指這166字。

日本人姓名的念法非常之多，連日本人自己也搞不清楚。每個人對自己的姓名，都可隨心所欲地按自己的意願來念。所以日本人在填表格等時，姓名欄上方一定有一項「振仮名」，即我們所說的注音，否則除了本人之外，別人都念不準。這裏所附的讀法，也只是一般最爲常見的讀法。

表15 常見日本人姓名漢字表

丑	チュウ うし ひろ	伍	ゴ いつつ くみ とも
丞	ジョウ すけ すすむ たすく	伶	リョウ レイ さと さとし わざおぎ
乃	ダイ ナイ おさむ の	佑	ウ ユウ すけ たすく
之	シ いたる くに これ の のぶ ひさ ひで ゆき よし	侑	ウ ユウ すけ すすむ たすく ゆき
也	ヤ あり これ たり	允	イン じょう すけ ただし まこと まさ まさし みつる
亙(互)	コウ とおる のぶ わたる	冴	コゴ さえ
亥	ガイ い	匡	キョウ たすく ただ ただし まさ まさし
亦	エキ ヤク また	卯	ボウ う しげ しげる
亨	キョウ コウ あき あきら すすむ たか とおる とし みち ゆき	只	シ これ ただ
亮	リョウ あき あきら すけ たすく とおる ふさ まこと	吾	ゴ あ みち わが われ
伊	イ おさむ これ ただ ただし はじめ よし	呂	リョ ロ とも なが

哉	サイ か かな すけ ちか とし はじめ や
喬	キョウ ギョウ すけ たか たかし ただ ただし もと
嘉	カ ひろ よし よしみ よみし
圭	ケ カ かど きよ きま きまし たま
堯	ギョウ たか たかし
奈	ダイ ナ いかん なに
孟	ボウ マン ショウ モウ おさ たけ つとむ はじめ
宏	コウ あつ ひろ ひろし
寅	イン つら とも とら のぶ ふさ
峻	シュン たか たかし ちか みち
嵩	コウ シュウ ショウ スウ かさ たか たかし たけ たけし

鎮	リョウ レイ たけ みね
巖（嚴）	ガン ゲン いわお お みち みね よし
巳	シ み
巴	ハ へ とも ともえ
庄	ショウ ソウ ホウ たいら まさ
弘	ケ コウ お ひろ ひろし ひろむ みつ
弥（彌）	ビ ミ ひさ ひろし ひろ ます みつ や やす
彦	ゲン さと ひこ ひろ やす よし
彬	ヒン あきら よし
怜	リョウ レイ さと とし
悌	ダイ テイ とも やす やすし よし

惇	ジュン ジュン トン あつ あつし まこと
椎	イ エイ エイ あり これ ただ のぶ
惣	スウ おさむ のぶ ふさ みち みな
慧	エ ケイ あきら さとし さとる
敦	トン あつ あつし おさむ つとむ つる のぶ
斐	ハイ と あきら あや よし
旦	タン あきら あけ あさ あさけ
旭	キョウ コウ あきら あさひ てる
明	コウ ゴウ あきら たか たかし
昌	ショウ あきら さかえ すけ まさ よし
晃	コウ あきら てる ひかる

晋	シン くに すすむ ゆき
智	チ あきら さとし さとる とし とも とものり まさる
暢	チョウ いたる かど とおる なが のぶ まさ みつる
朋	ホウ とも
李	り
杏	アン キョウ ギョウ コン
栗	リチ リツ くり
桂	ケイ かつら かつら よし
桐	トウ ドウ きり ひさ ひら
梓	シ あずさ
梢	ショウ ソウ こずえ すえ

梨	リ なし
楓	フウ ホウ かえで
楠	ナン くす くすのき
槙	シン テン こずえ まき
橘	キチ キツ たちばな
欣	キン ゴン よし やす やすし
欽	キン ゴン こく ただ ひとし まこと よし
毅	キ ゲ かた こわし しのぶ たけ たけし つよし とし よし
汐	ジャク セキ うしお きよ きよし しお
沙	サ シ シャ すな まさご
洵	シュン ジュン まこと

洸	コウ たけ たけし ひろし
浩	コウ コウ いさむ きよし はる ひろ ひろし ゆたか
淳	ジュン ジュン あき あつ あつし ただし とし まこと よし
渚（渚）	ショ なぎさ みぎわ
渥	アク あつ あつし やすし
熊	ユウ くま
爾	ニ ジ あき ちか ちかし み みつる
猪（猪）	チョ い いのこ しし
玲	リョウ レイ あきら たま
琢（琢）	タク あや たか みがく
瑛	エイ ヨウ あきら あきら てる

漢字	音	名乗り
磯	キ	いそ
祐（祐）	ユウ	さち すけ たすく まさ ます むら よし
様（祿）	ヨウ ロク	さち とし とみ よし
槙（顛）	チョウ テイ	さだ さち ただ つぐ とも よし
稔	ジン ニン ネン	とし なり みのる ゆたか
穰（穰）	ジョウ ニョウ	おさむ しげ みのる ゆたか
笹		ささ
紗	サ シャ	
紘	オウ コウ	つな ひろ ひろし
絢	ケン ジュン	あや
綾	リョウ リン	あや

漢字	音	名乗り
瑞	スイ	たま みず
瑠	リュウ ル	るり
瑤	ヨウ	たま
璃	リ	たま るり
甫	フ ホ	すけ とし はじめ まさ もと
皓	コウ ゴウ	あき あきら てる
眸	ボウ ム	ひとみ
睦	ボク モク	あつし ちか ちかし のぶ まこと むつ むつみ
瞳	スウ トウ ドウ	あきら ひとみ
矩	ク	かど つね のり
碧	ヒャク ヘキ	あお たま へき みどり

緋	ヒ あか あけ
翔	ショウ ソウ
翠	スイ あきら みどり
耶	ヤ か じゃ
聡	ソウ あきら さとし さとる ただし とし
肇	ジョウ チョウ ただし とし はじむ はじめ
胤	イン かず たね つぎ つぐ み
脩	シュ シュウ ス おさむ すけ なが のぶ
艶	エン おう つや もろ よし
芙	フ ブ はす
苑	エン オン その
茉	バツ マ マツ ま
茜	セイ セン あかね
莉	ライ リ レイ
萌	ホウ ボウ ミョウ モウ めばえ もえ
荻	ジュ ジュウ はぎ
葵	キ あおい まもる
蓉	ユウ ヨウ ひろし よし
蔦	チョウ つた
蕗	ル ロ ふき
藍	ラン あい
藤	トウ ドウ ひさ ふじ

蘭	ラン / か	那	ダ ナ / とも やす
虎	ケ コ / たけ とら	郁	イク コ / あや か かおり かおる たかし ふみ
虹	ケウ グウ コウ / にじ	西	ユウ コウ / とり なが みのる
蝶	ジョウ チョウ	錦	キン コン / かね にしき
諒	リョウ ロウ / まこと と	鎌	ケン レン / かた かね かま
魁	キュウ / たけ たけし つよし	阿	ア オ / お くま
輔	フ ブ / すけ たすく	隼	シュン ジュン / たか とし はや はやぶさ
辰	シン ジン / たつ とき のぶ よし	霞	カゲ / かすみ
迪	ジャク テキ / すすむ ただ ただす ひら ふみ みち	靖	ジョウ セイ / おさむ きよし しず のぶ やす やすし
遙	ヨウ / のぶ はる はるか	須	シュ ス / まつ もち もとむ
遼	リョウ / とお とおる はるか	頌	ジュ ショウ ズ / うた おと つぐ のぶ

（續表15）

漢字	音	訓	漢字	音	訓
馨	キョウ ケイ	かおり かおる きよ よし	鳩	キュウ ク	あつむ はと やす
駒	ク	こま	鶴	カク ガク	ず たず つる
駿	シュン	たかし とし	鷹	オウ ヨウ	たか
鮎	デン ネン	あい あゆ	鹿	ロク	か しか しし
鯉	リ	こい	麿		まろ
鯛	チョウ	たい	亀	キュウ キン ク コン	あま あや かめ すすむ ひさ ひさし

註：括弧內為可以通用的異體字

16.日本人常用稱呼表

　　日文書信中稱呼問題相當複雜，就拿"母親"來講吧，寫信中常有這樣的話："我母親向您母親問好"這很簡單。但在日文中則一定要寫：「母からもご母堂様によろしくとのことでございます」。同樣是"母親"，講自己的母親時，用「母」，而提到對方的母親時，就要用「ご母堂様」。

　　表16爲中日對照常用自他稱呼一覽表。

表16　日本人常用稱呼表

自他 稱 關係 呼	稱　呼　自　己　方　面	稱　　呼　　別　　人
祖　　　父	祖父　隠居　老父	ご祖父様　ご隠居様 ご祖父上様　ご老父様
已 故 祖 父	亡祖父　亡き祖父	故ご祖父様　亡きご祖父様 ご祖考様
祖　　　母	祖母　隠居　老母	ご祖母様　ご隠居様 ご祖母上様　ご老母様
已 故 祖 母	亡祖母　亡き祖母	故ご祖母様　亡きご祖母様
祖　父　母	祖父母　隠居ども 老人ども　老父母	ご祖父母様　ご隠居様方 ご老人方
已 故 祖 父 母	亡祖父母　亡き祖父母	故ご祖父母様 亡きご祖父母様
父　　　親	父　家厳　家父　老父　愚父 拙父　実父　養父	お父上様　お父君様　ご尊父様 ご賢父様　ご厳君様　ご親父様
先　　　父	亡父　亡き父　先父　先考 先代	故お父上様　ご亡父様　ご先代様 ご先考様　ご先父様
母　　　親	母　家慈　家母　老母　愚母 拙母　実母　生母　養母	お母上様　お母君様　ご尊母様 ご賢母様　ご母堂様　ご親母様

關係 自他稱呼	稱 呼 自 己 方 面	稱 呼 別 人
先　　　母	亡母　亡き母　先母	故お母上様　ご亡母様　ご先母様
雙　　　親	父母　両親　双親 老父母　老人たち	ご父母様　ご両親様　ご両人様 お二方様　ご両所様　ご双親様
已 故 雙 親	亡父母　亡き父母　亡両親 亡き両親　先父母	故ご両親様　亡きご父母様 亡きご両親様　ご先父母様
伯　　　伯	〈苗字〉伯父（父母の兄） 〈地名〉の伯父	〈苗字〉ご伯父様 〈地名〉のご伯父様
叔　　　叔	〈苗字〉叔父（父母の弟） 〈地名〉の叔父	〈苗字〉ご叔父様 〈地名〉のご叔父様
姑　　　母	〈苗字〉伯母（父母の姉） 〈地名〉の伯母 〈苗字〉叔母（父母の妹） 〈地名〉の叔母	〈苗字〉ご伯母様 〈地名〉のご伯母様 〈苗字〉ご叔母様 〈地名〉のご叔母様
哥　　　哥	兄　舎兄　長兄　次兄　伯兄 愚兄　拙兄〈名〉兄	お兄様　御兄上様　お兄君様 ご令兄様　ご伯兄様　ご賢兄様 ご尊兄様　ご長兄様　ご次兄様 〈名〉様
已 故 哥 哥	亡兄　亡長兄　亡次兄 亡き〈名〉	亡きお兄様　亡き御兄上様 亡きご長兄様　亡き〈名〉様
姐　　　姐	姉　長姉　次姉　伯姉　愚姉 拙姉　〈名〉姉	お姉様　御姉上様　お姉君様 ご令姉様　ご伯姉様　ご賢姉様 ご尊姉様　ご長姉様　ご次姉様 〈名〉様
已 故 姐 姐	亡姉　亡長姉　亡次姉　亡き〈名〉	亡きお姉様　亡き御姉上様 亡きご長姉様　亡き〈名〉様
弟　　　弟	弟　小弟　舎弟　末弟　叔弟 愚弟　拙弟〈名〉	弟様　弟御様　ご令弟様 ご叔弟様　ご賢弟様　〈名〉様
已 故 弟 弟	亡弟　亡末弟　亡き〈名〉	亡弟　亡末弟　亡き〈名〉

他 自 關 稱 係 呼	稱 呼 自 己 方 面	稱 呼 別 人
妹　　　妹	妹　小妹　末妹　叔妹　愚妹 拙妹〈名〉	妹様　妹御様　ご令妹様 ご叔妹様　ご賢妹様　〈名〉様
已故妹妹	亡妹　亡末妹　亡き〈名〉	亡き妹様　亡き〈名〉様
丈　　　夫	夫　主人　宅　宿〈名〉 〈苗字〉	ご主人様　ご良人様 ご夫君様　ご郎君様　〈苗字〉様
先　　　夫	亡夫　亡き主人　亡き夫 亡き〈名〉　亡き〈苗字〉	故ご主人様　亡きご主人様 亡き〈苗字〉様
妻　　　子	妻　家内　愚妻　老妻　小妻 拙妻〈名〉	奥様　御奥方様　奥方様 ご令室様　ご内室様　ご家内様 ご令夫人様　ご新造様　ご寮人様
先　　　妻	亡妻　亡き家内　亡き妻　亡き〈名〉	故奥様　故ご令室様　亡き御奥様
兒　　　子	息子　長男　次男　三男　末男 愚息　拙児〈名〉	ご令息様　ご子息様　ご賢息様 ご令嗣様　ご長男様　ご次男様 〈名〉様　お坊ちゃま
已故兒子	亡長男　亡次男　亡三男 亡末男　亡児　亡き〈名〉	亡きご長男様　亡きご次男様 亡き〈名〉様
女　　　兒	娘　息女　長女　次女　三女 末女　愚娘　拙女〈名〉	ご令嬢様　ご長女様　ご次女様 ご息女様　お嬢様　〈名〉様
已故女兒	亡長女　亡次女　亡三女 亡末女　亡女　亡き〈名〉	亡きご長女様　亡きご次女様 亡き〈名〉様
孩　　　子	子供　児輩	お子様　ご愛児様
已故孩子	亡児　亡き子供	亡きお子様　亡きご愛児様
孫　　　子	孫息子　男孫〈名〉	ご孫男様〈名〉様
孫　　　女	孫娘　女孫〈名〉	ご孫女様〈名〉様
孫子孫女	孫　孫ども	お孫様　お孫様方　ご愛孫様 ご令孫様

自他 關係 稱呼	稱　呼　自　己　方　面	稱　　呼　　別　　人
姪　・　甥	おいの〈名〉	おいご様の〈名〉様
姪女・甥女	めいの〈名〉	めいご様の〈名〉様
兒　　媳	嫁　嫁婦〈名〉	嫁御様　ご新造様〈名〉様
女　　婿	婿　家婿〈名〉	お婿様　ご令婿だ〈名〉様
嫂　　嫂	兄嫁　長兄嫁　次兄嫁　義姉	御兄嫁様　ご長兄のお嫁様 ご次兄のお嫁様
姐　　夫	姉婿　長姉夫　次姉夫　義兄	御姉婿様　ご長姉のお婿様 ご次姉のお婿様
弟　媳　婦	弟嫁　舍弟嫁　末弟嫁　義妹〈名〉	御弟嫁様　ご令弟のお嫁様
妹　　夫	妹婿　舍妹婿　末妹婿　義弟〈名〉	御妹婿様　ご令妹のお婿様
公　　公	父　義父　老人 しゅうと	お父上様　お父君様 おしゅうと様
婆　　婆	母　義母　老母 しゅうとめ	お母上様　お母君様 おしゅうとめ様
岳　　父	妻の里の父　外父　岳父	ご外父様　ご岳父様
岳　　母	妻の里の母　外母　岳母	ご外母様　ご岳母様
公　　婆	父母　義父母　老父母	ご父母様　ご両人様 ご両所様　お二方様
岳　父　母	妻の里の父母　外父母　岳父母	ご外父母様　ご岳父母様
老　　師	〈苗字〉先生　〈苗字〉師 尊師　恩師　旧師	〈苗字〉先生　〈苗字〉師　ご尊師様 ご恩師様　ご旧師様
先　　師	先師	ご先師様
學　　生	門弟　門下　弟子〈苗字〉	ご門弟　ご高弟　お弟子様 〈苗字〉

他稱呼 關係 自稱呼	稱 呼 自 己 方 面	稱 呼 別 人
師　　兄	先輩　恩人　敬友 〈苗字〉様　〈苗字〉氏	ご先輩　ご恩人　ご敬友 〈名前〉様　〈名前〉氏
師　　弟	〈名前〉君　〈名前〉様 〈名前〉嬢	〈名前〉様　〈名前〉氏 〈名前〉嬢
領　　導	上司　会長　社長　局長 部長　課長　係長　支配人	ご上司　貴会長様　貴社長様 貴局長様　貴部長様　貴課長様 貴係長様　貴支配人様
部　　下	〈名前〉	〈名前〉様　〈名前〉氏 〈名前〉嬢
佣　　人	使い　使いの者	お使い　お使いの者　ご使者
家　裏　人	一同　一統　皆皆　私ども 小生方　拙家 弊宅一同	ご一同様　ご一統様　皆皆様 ご一家皆様　ご家族の皆様 ご家内皆皆様
朋　　友	友人　親友　学友　級友 同窓　同学　〈名前〉氏 〈名前〉様	ご令友　ご親友　ご学友 ご級友　ご同窓　ご同学 〈名前〉様

說明：

(1) 祖父、祖母——即口語中的「おじいさん」、「おばあさん」，其對象包括所有與祖父母同輩的長輩，如中文裏的外祖父、外祖母、舅公、舅婆、叔公、嬸婆、姑公、姑婆、姨公、姨婆、伯公、伯婆等。若要詳細說明的話，外公、外婆可解釋性地稱爲「母方の祖父」、「母方の祖母」，其他則可以在「祖父」、「祖母」之前，加上他的名字或他所居住的地名，如「丁純祖父」、「天津のご祖母様」。

(2) 伯父、叔父——即口語中的「おじさん」，其對象不僅僅指伯伯、叔叔，而且還包括舅舅、姨夫、姑夫等。

(3)伯母、叔母——即口語中的「おばさん」，其對象不僅指伯伯、叔叔的配偶，而且還包括姑姑、阿姨、舅母等。

(4)與伯伯、叔叔、舅舅等同輩的男性長輩，都稱爲「おじさん」；與姑姑、阿姨、舅母等同輩的女性長輩都稱爲「おばさん」。如需加以區別，可採用說明(1)的方法。

(5)甥——自己兄弟姊妹的兒子，一律稱「甥」，沒有內姪和外姪之分。

(6)姪——自己兄弟姊妹的女兒，一律稱「姪」，也無內、外之分。

(7)我們平時所說的堂兄表弟一類的關係，在日語中統稱爲「いとこ」（「從兄弟」、「從姉妹」）。

17.日文標點符號使用表

寫好一封書信，準確無誤地把自己的意思傳達給對方，除了要具有書信的常識外，正確地掌握和使用好標點符號，也是十分重要的。

據日本文部省編印的「国語の書き表し方」規定，常用的標點符號有五種，即句號「句点」、逗號「読点」、點號「なかてん」、圓括號「丸カツツ」和方括號「カギ」。但一般常用的還有（雖「国語の書き表し方」中沒有明文規定）問號「疑問符」、感嘆號「感嘆符」、波浪形破折號和重覆符號。

下面，分別介紹日文中幾種常見標點符號的使用方法及作用

(1)句號「句点」

此符號在中式格式中爲"。"，在西式時亦可寫成"・"。日文中句號的使用方法比較簡單，主要用法有：

A　用於一句話結語時

・お手紙、ありがたく拝見いたしました。(貴函已收閲，謝謝!)

・春暖の候、各位にますますご清祥のことと拝察し、お喜び申し上げます。(春暖之時，想各位貴體一定愈來愈健康吧，可喜可賀。)

　B　用於括號中引用文的結尾處

・「はい、それが通知です。」と言った。(説：" 對，那就是通知。")

・「ずいぶん大きな柿の木ね。」妻の声がする。(聽妻子説：" 是非常大的柿子樹呀! ")

(2)逗號 (「読点」或「てん」)

　這一符號在日文中使用得最爲廣乏。根據情況，隨時隨地都可以用，目的在於使整個句子的意思更加清晰明瞭。由於日語是獨立的，其句子的成分是加入助詞等來表示，但有時一句話往往會有幾種解釋。爲避免這種不必要的誤會，現在人們越來越傾向於用逗號將句子分開。

　此符號在中式中爲" 、"，在西式時亦可以與中文的逗號一樣，寫成" ，"。其主要使用方法有：

　A　如主語後面的説明文比較長，用在主語後面

・日本語は、音韻や文法形式は簡単だけれども、文字と敬語法がとても複雑です。(日語的音韻和語法形式雖然簡單，但文字和敬語法却很複雜。)

・私は、これまで数十年の間に、かなりたくさんのものを書いてきた。(我在過去幾十年裏，寫了相當多的東西。)

・人数は、引率者以下五十名でございます。(人數包括領隊在內有 50 名。)

B　用於主語後面的主格助詞省略時

・君、それを知っているはずだ。（你應該知道的。）

・当方、出版社に勤めております劉星群と申します。（我叫劉星群，在出版社工作。）

・小生、平素、安田太郎先生に御指導いただいております台湾の留学生で、斉志平でございます。（我是台灣留學生齊志平，平日一直得到安田太郎先生賜教。）

C　前後兩句話用中頓法連接起來時，用於上一句話的結尾

・林さんはお茶を飲み、太田さんは小説を読んでいる。（小林在喝茶，太田在讀小說。）

・同氏が世を去り、現社長上杉博氏が就任した。（該人已去世，由上杉博擔任了公司經理。）

D　一個主語後面同時帶幾個謂語時，用於每一謂語的後面

・われわれはその件の情報を集め、分析し、結論を出した。（我們收集和分析了這方面的情報，所提出的結論。）

・七里の道には坂あり、谷あり、滝もある。（七里路上有斜坡、溪谷，還有瀑布。）

E　有好幾個修飾詞並列時，用於每一修飾詞後面

・きれいで、静かな、落ち着いた部屋が見つかった。（找到了既清潔，又安静，幽雅的房間。）

・明るく、やさしい、聡明な娘だった。（是個明朗、溫柔、聰明的女孩。）

F　用於表示條件、理由、原因的助詞後面

・入学が許可されましたので、ご通知申し上げます。（批准入學，特此通知。）

・電話による問い合わせには、一切応じられませんので、

御了承下さい。（電話詢問一概不答，請鑒諒。）

・お寒さの折から、御自愛下さい。（嚴寒之時，請多保重。）

G　用於呼喚、應答及感嘆詞後面

・おい、こら、名前を言え。（喂，你叫什麼名字？）

・はい、はい、私のこと？（是，是，是我？）

・わあ、こりゃすごい景色だ。（咳呀，這景色眞棒！）

・うーん、困ったな。（嗯，傷腦筋啊！）

H　用於接續詞或句首的副詞後面

・近く參上する予定ですが、取り敢えず書中にてお見舞い申し上げます。（準備最近去拜訪，先匆匆草書此信，特表慰問。　）

・しかし、彼は承知しなかった。（但是，他不知道。）

・けれども、みんな贊成ではなかった。が、それでもすんだことだ。（並非大家都贊成，可是事情已經過去了。）

I　賓語或其他部分提前，主語出現在句子中間時，用在主語前面

・まず實行だと、私は信じます。（我相信，首先要做。）

・「まだ早い。」と、彼は叫んだ。（他叫道："還早。"）

・解決策はないものかと、彼は考えた。（他想，難道就沒有解決的辦法了嗎？）

j　用於句子順序顚倒時

・あいつがばらしたんだ、その秘密を。（那傢伙揭發了這個秘密。）

・急ごうよ、遅刻するから。（要遲到了，快點！）

K　遇有比較複雜、難讀的句子時，爲避免誤解或斷錯句，適當地用在該部分的後面。

・われわれの、そうした努力もむだだった。（我們作出的

努力也白費了。）

・晴れた朝、空を飛ぶ鳥を見るのがすきだ。（我喜歡在晴朗的早晨，觀看天空中飛翔的鳥兒。）

・ここで、はきものを脱いで下さい。（請在這兒脱鞋。）

L　用於一句話中有附加內容插入時

・私が知りたいのは、彼がどんな結論を出したか、ということです。（我想知道的是他獲得了什麼結論。）

M　用於數字後面

・賛成したのは二、三人だった。（贊成的有二三個人。）

・一、二日中お伺いに参ります。（一二天裏會去拜訪。）

(3)　点號「なかてん」

A　用於文字、名詞並列時

・うぐいすには、春鳥・春告鳥・花見鳥・歌詠鳥・経読鳥・匂鳥・人来鳥・百千鳥・黄鳥などの別名がある。（鶯的別名有春鳥、報春鳥、賞花鳥、歌詠鳥、讀經鳥、香鳥、人來鳥、爭鳴百鳥、黃鳥等。）

・東京・大阪・名古屋などの大都会では交通機関がマヒし始めた。（在東京、大阪、名古屋等大城市裏，交通已開始癱瘓了。）

如是名詞以外的詞並列時，則不用點號而用逗號。如：

・貧しく、暗く、わびしい屋。（貧窮、黑暗、寂靜的屋子。）

B　中式書寫時，數字的小數點

・川・十五廾口へ川十（3.75公斤）

・丨・囜坮（1.4倍）

C　外來語或外國人名地名中的分點

・アダム・スミス　　　（亞當・史密斯）

D　專用名詞與普通名詞相結合，組成一個新名詞時

・ロサンゼルス・オリンピック　（洛杉磯・奧林匹克）

E　表示時間、日期、地名時的省略

・Pm 8.30（下午 8 點 30 分）

・57.24（57 分 24 秒）

・東京・新宿の盛り場（東京都的新宿鬧市）

・一九八七・七・四（1987 年 7 月 4 日）

F　表示對等關係的組合

・安倍・竹下會談（安倍與竹下的會談）

・加藤・中原戰　（加藤與中原的對陣）

G　略稱、簡稱時的分點

・I・L・O

・N・H・K

在這種場合，也可不用中點，直接寫成 " NHK "、" ILO "。

H　用於容易混淆搞錯的句子中

・長谷川竜之・助教授（會誤以為是「長谷川竜之助・教授」）

・理事長・谷竜之助（會誤以為是「理事・長谷竜之助」）

(4)圓括號（「カッコ」或「丸カッコ、パーレン」）

A　用於文章或句子後面所加的注釋部分與表示該部分與句子的結構沒有關係

・ゴシック体（肉体の活字書体）は……

B　表示有特殊的讀音或外來語的原文

・安房（あわ）・上総（かずさ）は……

・ゴシック（Gothic）或いは美術とは……

C　表示引用文的出典、出版年月等

「新竹交通大学における管理改革についての試み」

（新竹交通大學出版社，1983.12.初版）

(5)方括號

方括號又分爲單線方括號「カギ」"「　」"和雙線方括號「二重カギ」"『　』"。單線方括號用於：

A　表示文章中的會話部分，相當於中文中的引號

•「なあんだ、ここが浄瑠璃寺らしいぞ。」僕は突然足を止めて、声をはずませながら言った。「ほら、あぞこに塔が見える。」("什麼呀，那麼多像瑠璃寺啊!"我突然停住了脚步，抬高了聲音說："瞧，那邊有寶塔!")

B　表示文章中的引用部分

•私の立場を、一口で言えば、「始めにこばありき」ということにつきる。(我的觀點，用一句話說就是："醜話說在前頭。")

C　表示特別强調、要引起人們注意的部分

•やむをえない事情で、つまらない話題を材料にして、人と「おつきあい」しなければならないこともある。(有時是沒有辦法的，必須以無聊的話題爲題材，與人"交往"。)

D　文章中所舉的論文、文藝作品等的名字、標題等

•これは夏目漱石の「草枕」の卷頭である。(這是夏目漱石「草枕」的卷首。)

F　船舶、火車等交通工具的專有名稱

•弊社はすでに同信状にもとづいて、貴方用船の「津波」號に船積みしました。(敝公司已根據貴函，把貨裝上了貴方的"津波"號。)

•「ひかり」、七十四號で、広島に赴く。(乘"光"74號赴廣島。)

雙線方括號，相當於中文中的尖括號"《　》"，專門用來表

示書籍、報刊雜誌，如：

- 『朝日新聞』
- 『源氏物語』
- 『書林』

(6)　問號「疑問符」

日文中的疑問句，一般是在句末加假名「か」或「ね」，以「……か。」或「……ね。」的形式來表示的。比如：「明日，行きますか。」並不用問號。但近來人們逐漸開始傾向於用問號了，尤其是感情色彩較濃的句子，多不用「か」，而代之以問號。

問號有三大作用：

A　表示疑問

- だれか来たの？（有人來了嗎？）
- お召し上がりになりません？（您吃嗎？）

B　表示反問

- そんなことがあるだろうか？（會有那種事？）
- 先、そうおしゃったのではありませんか？（剛才您不是這樣說的嗎？）
- その声は、我が友、李徴子ではないか？（那聲音難道不是我的朋友李徴子的嗎？）

C　表示懷疑

- そんなこと、君、できるの？（那種事，你會做嗎？）
- あら、もう起きちゃったの？（啊，已經起來啦？）

在表示純粹疑問時，「か」和問號不能用時並用，如：「君、行きませんか？」（你去嗎？）屬於畫蛇添足。

(7)　感嘆號「感嘆符」

一般用於表示感嘆「感嘆符」，或叫喚「呼びかけのしるし」

及命令「強めるしるし」的句末。

- すごい人出だな！（這麼多人啊！）

- おおい、田中君！（喂，田中！）

- 進め！進め！（衝啊！）

必須注意上述的問號和感嘆號，在用公文、商業書信中一般都不用，多用於宣傳廣告、傳單、小說等。所以文部省編印的「国語の書き表し方」中亦沒有列入。但現在使用的人有越來越多的傾向了。

(8)　波浪形破折號「波ダッシュ」

表示時間、空間上的通過、跨越等，即從××到××的意思

- **1949 年〜1986 年**

- 東京〜台北

- 十七〜十八歳

波浪形破折號占一格。

(9)　重覆符號

A　在日文中，每當有相同的漢字接連著重覆出現時，應使用重覆符號。比如：「山山」，就要寫成「山々」；「国国」寫成「国々」；「人人」寫成「人々」。這一符號叫重覆符號。原本是為了手寫時方便而發明的，漸漸使用多了，就成了一條規則。其基本原則是同一漢字接連重覆出現時可以使用，如：

- 木木——木々

- 年年——年々

- 日日——日々

- 戰戰恐恐——戰々恐々

- 三三五五——三々五々

這「々」符號在日文中叫「同の字点」或「漢字の返し」。

如果字面上接連重覆，但在意思上並沒有重覆時，則不可使用符號「々」，如：「民主主義」、「大学学務課」、「税務署署長」、「中学校校長」等。同樣，「株式会社社長」也不能寫成「株式会社々長」。並且，即使是可以使用的，如：「国々」在書寫時，第一個「国」正好寫到行末，第二個「国」要換行寫到抬頭上去時，也不能寫成「々」。

　　B　有些單語中有兩個同樣的假名連在一起的情況，比如：「たたみ」，這時可寫成「たゝみ」。這「ゝ」叫做假名重覆符號「仮名返し」，其使用原則與漢字重覆符號相同，如：

・おお——おゝ
・すすむ——すゝむ
・ととのえる——とゝのえる

遇有濁音時，加上兩點為「ゞ」，如：

・だだし——たゞし
・かがみ——かゞみ
・すずしい——すゞしい

　　同樣，僅在字面上重覆，但在意思上並不重覆時，不可使用符號「ゝ」，如：「かわいい」、「そののち」、「あわてて」、「とともに」等。

　　此外，下列情況也不能用符號「ゝ」：「バナナ」、「ココア」、「手がかり」、「読んだだけ」、「すべてです」、「おそくくる」。

　　C　在中式寫法時，還可以用於兩個假名重覆的，如：「いろいろ」可以省去後面的「いろ」，而寫成「いろ〱」。但在西式寫法時，一般是不用的。

　　⑽　其他符號

　　除了上述標點符號之外，日文中常見的標點符號還有一些，

如：

A　省略號「テンテン」……

省略號用於句末，表示以下省略，使人產生一種回味無窮或沉默的感覺。如：

・何本あるかしら？一本、二本、三本……（有幾根？一根，二根，三根，……"）

B　小破折號「全角ダッシュ」或「つなぎせん」

其用法與波浪形破折號相同，也表示時間、空間上的通過、跨越。另外，還可用於電話號碼、銀行帳號的數字表示及地址標記時「丁目」、「町」的省略。如：

・東京478－7531　（電話號碼）

・5－19477394　　（銀行帳號）

・秋田、八日市七一九一六　　（地址標記）

小破折號占一格。

C　大破折號「二倍ダッシュ」──

大破折號可以與省略號一樣使用，除此之外，還有以下作用

a　承啓省略句後面的文章。

・満場の拍手──彼は、演壇を降りた。（全場鼓掌，他走下講台。）

b　表示同一事物的另一種講法，類似中文中的"換一種說法"、"也就是。"

・まとめ方──構成を考える。（考慮歸納方法，也就是結構。）

c　當一句句子中間有其他說明、注解等成分插入時，用於插入部分的首尾。

・そんな考え方はアナクロニズム──時代錯誤──であろ

う。（那種想法大概是 anachronism ——時代錯誤吧。）

大破折號占兩格。

除此以外，還有尖括號 ◇ （〈〉）、方括號 ▭ （〔〕）、引號 " "（" "）等標點符號。由於使用得不太廣泛，在此恕不一一列舉了。

18. 候文與現代文對照表

在第二次世界大戰結束前，候文一直在日本的常用書信體中占主要地位，無論是公函還是私信，很少有人用現代文。候文的特點是對仗工整，讀起來朗朗上口，接續詞豐富，大有廻腸蕩氣之韻。候文全部用的是舊式假名，而且送假名多有省略，十分接近漢文樣式，常使用讀音順序符號「かえり点」，如：「レ」點，

表17　候文與現代文對照表

候　　　　文	現　　　代　　　文
候	ます　です　ました　ましょう
御座候	ございます　ございました
有之候	あります　ありました
にて候　に候	であります　でございます　でございました
にて候まま に候間　候故 候につき　候へば 候まま　候条 候により	でありますから ですから でしたから でしょうから
可候(候べし)　候はん	でしょう　ましょう
可申候　可申上候	いいましょう　申し上げましょう
致候　仕候	します　いたします　しました
可致候　可仕候	しましょう　いたしましょう

候　　　　文	現　　　代　　　文
居り候	いる　います　おります
致したく候(致度候) 仕りたく(仕度候)	したい　したいのです
候とも　候も	……でも　……にしても ……ましょうとも
候へども (候得共)	……するが　ますが ましたが　ましょうか
候ひしも	……たが　ましたが
候や(候哉)	か　ますか
可相成候	なるでしょう　なりましょう
ず候　不候(候はず)	……ません
不致候 不仕候	しません　いたしません
まじく候 候まじ	ますまい
候ひき置候	ました
存候 奉存候	思います 存じます
願上候 奉願上候 奉懇願候	おねがい致します
奉賀候 奉賀上候 奉慶賀候	お祝いいたします
被成候 被致候 被遊候 遊ばし候 相成候	なさる 遊ばされる なる

候　　　文	現　　代　　　文
被下度候 可被候	ください くださいますよう
可被候 可被成下候	して下さい　なさって下さい
間敷候 （まじく候）	なさらないでください
致兼候	できません
候はば 候節は	ますならば　であれば
候由　候趣 候儀　候事 候旨　候段 候次第	だそうで　とのこと というわけ
御光来 奉待上候	おいでをお待ちいた しております
御伺ひ 可申候	まいります　伺います
奉難 有存候	ありがとうございます
無之候	ありません
乍恐縮 恐れ入候共	おそれいりますが
乍失礼 乍憚	失礼ですが 憚りあることですが
不悪	あしからず
為念	念のため
不拘	かかわらず
乍他事	他事ながら

一、二、三點等，請看以下例句：

・不レク二起コ衣ヲ不レ待タ二起コ于一。

　爲了便於大家查閱資料和閱讀舊式書信，特列出候文與現代文的對照表，供使用時查對。

19.名人信件欣賞

(1)福澤諭吉寫給兒子福澤一太郎的信

活潑磊落、人ニ交ルノミナラズ、進テ人ニ近接シテ、殆ド自他ノ差別ナキガ如キ其際ニ、一片ノ律儀正直深切ノ本心ヲ失ハザル事。

律儀正直深切ノ働ハ、明処ニ於テスルヨリモ暗処ニ於テスルヲ貴トス。陰徳ハ陽徳ヨリモ功能大ナリ。

穎敏ノ機転ニ注意シテ、徒ニ人ニ不平ヲ抱カシムル勿レ。無益ニ人ニ厭ハルヽ勿レ。世間ノ人ハ思ノ外自儘勝手ナルモノト覚悟シテ、多ヲ人ニ求ル勿レ。他人モ亦此方ヲ見テ常ニ自儘勝手ナル者ト思フモノナリ。

人ニ交ルハ馬ニ乗ルガ如シ。某人ニハ交リ難シト云フハ某馬ニハ乗ラレヌト云フニ異ナラズ。騎馬達人ノ眼中ニハ天下悪馬ナシ。諭吉ハ小少ノ時ヨリ緒方遊学中今日ニ至ルマデ、顔色ヲ變ジテ人ト争論シタルコトナシ。其間随分不愉快ヲ覚ヘタルコトハアレドモ、夜モ寝ラレヌ程立腹シタルコトナシ。又如何ニ難渋スレバトテ私ニ愚癡ヲ鳴ラシタルコトナシ。汝ノ母モヨク承知ノ事ナラン。

汝ノ後来ヲ案ズルニ、人ニ交ル事ノ拙ニシテ、自カラ不平ヲ抱キ又随テ人ニ不平ヲ抱カシムルコト多カル可シト懸念唯此事ナリ。謹テ忘ルヽ勿レ。

參 考 譯 文

一太郎：

　　活潑豪爽，不能只是與人接觸，而要主動地去接近別人。在與別人相處到幾乎不分彼此的境地時，亦要注意不失自己的本色，要講信用，要誠實，有熱情。

　　講信用、誠實、熱情的效果，暗處要比明處更爲可靠。陰德的效能大於陽德。

　　應注意不使自己鋒芒畢露，不要一味造成別人對自己的不滿，不要淨惹人討厭。要認識世上的人都是隨心所欲的，要比想像的糟得多，不能要求別人過多。要知道，別人也同樣一直認爲你是隨心所欲之人。

　　與人交往如同騎馬。說與某人不好交往，無異是說某匹馬無法騎。在騎馬高手的眼中，天下並不存有不可駕馭的烈馬。諭吉自年青時求學於緒方私塾至今，從未與人拉下臉來爭吵過。其間亦有非常不愉快之事，但從沒有因爲生氣而晚上睡不著覺。無論多麼艱難困苦，我從沒發過牢騷。這點你母親是很清楚的吧。

　　我擔心你將來不擅長與人交往，結果自己彆了一肚子怨氣，因此再去抱怨別人。我只擔憂此事，這是很有可能的。千萬謹記，不可忘懷。

諭　吉

明治 13 年 8 月 3 日

（根據岩波書店『福沢諭吉全集』第 17 卷譯出）

作者介紹

福澤諭吉（1834～1901年）：日本近代資產階級權威思想家之一。

這是福澤諭吉在1880年（明治13年）寫給大兒子的一封信，也是他一生中寫給兒子們衆多信件中的第一封。這封信在「福澤諭吉全集」中有一注解，說明它是爲大兒子指出了日常做人的哲理。福澤諭吉一生中寫下了許多著作，其中有我國讀者亦非常熟悉的「勸學篇」、「文明論概略」等。福澤諭吉不但是個思想家、教育家，同時也是個十分疼愛兒子的慈父。在這封信中，他向兒子指出了應該如何與人交往，即不能消極地與人接觸，而應“主動地去接近別人。在與別人相處到幾乎不分彼此之境地時，亦要注意不失自己的本色，要講信用、要誠實、有熱情。”接著又解釋了怎樣做到熱情、誠實，說講信用、誠實、熱情，人們看不到的（暗處）要比人們看得到的（明處）更爲難能可貴；“陰德的效能大於陽德”、“要注意不使自己鋒芒畢露，不要一味造成別人對自己的不滿，不要淨惹人討厭。他還向兒子指出了對人世間的看法，“要認識世上的人都是隨心所欲的”。告誡他“不能苛求別人過多。要知道，別人也同樣一直認爲你是隨心所欲之人”。其次，他還以自己爲例，說我“自年青時求學緒方私塾至今，從未與人拉下臉來爭吵過”。這裏的緒方，指的是緒方洪庵「おがたこうあん」。緒方洪庵是日本江戶時期有名的醫生，其人思想開放，在大阪開設了緒方私塾，主要講授荷蘭語及西方科學文化。福澤諭吉自21歲那年起，跟緒方洪庵專心從事研究、學習。這是福澤諭吉走上社會，接觸人生的開始。但信中說從未與人吵翻過，這就有點文過其實了。據有的回憶錄說，福澤諭吉非常擅長辯論，常常與人爭得面紅耳赤。這也許是愛子心切，不希望兒子也像自己一樣樹敵過多吧。這封信的

最後幾句話，深切地反映了福澤諭吉爲兒子不擅長社交而焦慮的心情："我擔心你將來不擅長與人交往，結果自己憋了一肚子怨氣，因此再去抱怨別人。我只擔憂此事"、"千萬謹記，不可忘懷"。

　　這封信的內容通俗易懂，反映了普天下父母的共同心情。但由於此信寫於明治前期，當時日本語言正處於現代文與古代文的交替階段，文章結構、假名標記等在很大程度上還是舊的，這在閱讀上造成了一定的困難。但畢竟已離現代日語不遠，掌握住幾個常用句法、假名標記法後，即可看懂。

　　本書由於考慮到對象不同，沒有收錄家信一類範文，通過此信，亦可以略曉日文家信一二。

(2)　志賀直哉給小林尾關的信

　　拝呈　御令息御死去の趣き新聞にて承知誠に悲しく感じました。前途ある作家としても実に惜しく、又お会ひした事は一度でありますが人間として親しい感じを持って居ります。不自然なる御死去の様子を考へアンタンたる気持になりました。
　　御面会の折にも同君帰られぬ夜などの場合貴女様御心配の事お話しあり、その事など憶ひ出し一層御心中御察し申上げて居ります。同封のものにて御花お供へ頂きます。

志賀直哉

　2月24日

　小林おせき様

參　考　譯　文

小林尾關：

　　謹啓者　從報上得悉您兒子去世的消息，感到萬分悲痛。作爲一個大有前途的作家，他的死是太令人惋惜了。另外，我以前曾

與他見過一次面，私人之間也有感情。想到他那意外之死，我感到眼前一片漆黑。

我們見面時，他曾講起每當自己回不了家時，晚上您總是非常擔心。想到這一些，我更能體諒到您現在的心情了。請用隨信寄上的錢，代我買些花供在他的靈前吧！

志賀直哉
2 月 24 日

（根據岩波書店 1984 年 3 月 19 日版「志賀直哉全集」第 12 卷譯出）

作者介紹

志賀直哉（1883～1971 年）：日本小說家。擅長寫短篇小說，風格多變，文字優美。他的《到網走去》、《正義派》、《學徒的神仙》等膾炙人口的短篇，也深受我國廣大讀者的喜愛。

這是志賀直哉在得知日本無產階級作家小林多喜二被反動政府殘害致死後，寫給小林多喜二的母親——小林尾關的唁信。

1933 年 2 月 20 日，小林多喜二因叛徒告密，在東京被特高警察逮捕，當晚即被毒打致死。小林多喜二死後，政府當局還掩蓋事實的真相，所以在志賀直哉的信中有"不自然的死"之說。當時日本輿論檢查很嚴，思想統制非常厲害，任何一句被認為是對天皇不敬，對政府不滿的話，都有可能使人遭到殺身之禍。志賀直哉在日本文壇上已是很有名氣的作家了，他這樣寫，也是冒了很大風險的。信中還有"眼前一片漆黑"等寥寥數語，概括了一個正直的作家想要說的千言萬語。在這封信裏，志賀直哉不僅表示了對死者的哀悼、懷念，對反動當局倒行逆施的憤慨，而且還流露出了他對死者年邁的母親的體恤和關心。小林多喜二因積極反對日

本軍國主義發動對華侵略戰爭，而遭到當局追捕，被迫轉入地下後，有一次曾到志賀直哉的家裏去拜訪過他。那天，兩個人談到深夜，志賀直哉留他在家中住了一宿。當時，小林多喜二可能向志賀直哉談到了自己家裏的情況，以及老母如何為自己擔心受怕，所以，志賀直哉在信上寫了"我以前曾與他見過一次面"、"見面時，他曾說起每當自己回不了家時，晚上您總是非常擔心……"等話。隨後，志賀直哉又寫道："想到這一些，我更加能體諒到您現在的心情了"。

　　眞是文如其人，一封簡短的弔唁信，寄託了多大的情誼啊！

　(3)　川端康成 寫給長谷川泉的信
　　拝復　御貴翰御高著ありがたく拝受いたしました　講談社の全集の入門には精密な御調べによる御文章をいただき勿論拝読いたしました　御文中 私の祖母と姉とが同年に死去いたしましたやうにお書きになっておるのだけは御思ひちがひです姉は祖母におくれて私が十一、二才のころの死去だったと思ひます　一高文芸部員として拙宅へお越し下さった事は忘れておりました　とりあへず御礼申上げます

　　　　6月17日　　　　　　　　　　　　　　川端康成
　　長谷川泉様

參 考 譯 文

長谷川泉 先生：

　　敬覆者　惠函和大作均已收悉，謝謝！講談社會全集的　入門　中，您經過周密調查後所寫成的大作，我收到之後，當然拜讀了。文中寫到我祖母和我姊姊是在同一年去世的。只有這一點，是您記錯了吧。我記得姊姊晚於祖母，是在我十一、二歲時才去

—401—

世的。您作爲一高文藝部成員光臨過寒舍，這事我已記不得了。

謹此致謝

川端康成

6月17日

（根據學燈社「國文學」雜誌1984年第29卷12號譯出）

作者介紹

川端康成（1899～1972年）：日本著名小說家，新感覺派代表作家之一。主要作品有：《伊豆的舞孃》、《雪國》、《古都》、《千羽鶴》等。1968年獲諾貝爾文學獎，1972年自殺。

這是一封他自殺身亡前一年寫給長谷川泉的回信。長谷川泉是日本文學評論家、詩人。當時（1971年）日本講談社（一出版社名）要出一套《日本現代文學全集》，其中第66卷爲《川端康成集》，該卷中的解說及《川端康成入門》一文，就是由長谷川泉撰寫的。《川端康成入門》概括地介紹了作者的生平、家庭及文學藝術、創作手法等。書出版後，長谷川泉就寫了封信，和書一起寄給了川端康成。我們選的這封信，就是川端康成在接到所贈之書及信後，給長谷川泉的回信。所以信的一開頭就是"惠函和大作均已收悉"。長谷川泉在《川端康成入門》一文中介紹他家的情況時寫道："他是由祖父母撫養長大的。祖母在他7歲那年去世。從2歲時起就不住在一起的姊姊，也在他10歲那年去世了"。手稿上是對的。但不知怎麼搞的，編輯在發稿時修改錯了，誤爲祖母與姊姊是同一年去世的了。所以川端康成在信中寫道："文中寫到我祖母和我姊姊是在同一年去世的。只有這一點，是您記錯了吧"。這裏，川端康成寫得十分誠懇，指出人家的錯誤，不是直言你錯了，而是委婉地說："是您記錯了吧"。對自己的家庭情況，他也很審愼。祖母

、姊姊的去世，這些在戶口上都是有明確記載的，完全可以說得肯定一點。但川端康成却避免使用判斷句，而採用了"我記得……"的句式，表示了對作者、編輯的尊重。

最後一句："您作爲一高文藝部成員光臨過寒舍，這事我已記不得了"。這是指20多年前，長谷川泉和另外兩個同學，很冒昧地到川端康成家拜訪自己母校老前輩的事。一高，卽舊制(1949年以前的學制)的第一高等學校，後來併入東京大學。長谷川泉在信中舊事重提，說當時也沒徵得您同意，就冒昧到府上拜訪了。"雖初次見面，却仍受到熱情款待，使我們很感動"。

這封信很短，一共才不過百十來字，但要點突出，使人看了一目瞭然。而且，用詞十分簡練、生動，令人讀來朗朗上口；同時又寫得很謙恭、和藹，絲毫沒有一點架子。眞不愧是出自大作家的珍品。

(4) 岸田劉生寫給椿貞雄的信

御手紙拜見しました。

貴方の挙げられた様な人々と自分をならべられると恐縮します。しかし尊敬を持って下さる事は嬉しく思ひます。

私に解る事だけは御話致しませう。

いつでもよい時に御出で下さい。右大変簡単で失礼ですけれど、今外出しかけて居ますので気が急いで居るので只用件の御返まで。

12月29日

岸田　劉生

椿　貞雄様

參 考 譯 文

椿貞雄：

　　你的來信收到了。

　　你把我與你所列舉的那些人相提並論，使我感到惶恐萬分。不過，你對我懷有尊敬之意，這使我感到非常高興。

　　我只能談些我所知道的事。

　　歡迎你隨時來作客。以上非常簡短，不成敬意。因我正忙著要出門，心理著急，請你多包涵。謹此致覆。

岸田劉生

12 月 29 日

（根據岩波書店版「岸田劉生全集」第 10 卷譯出）

作者介紹

　　岸田劉生（ 1891 ～ 1929 年 ）：日本現代名畫家，擅長油畫，對北歐的古典畫、中國宋、元朝繪畫等都很有研究。代表作有《麗子像》、《鄉村姑娘》等，並著有繪畫理論——《初期肉筆浮世繪》等。

　　這是岸田劉生給後來成為他弟子的椿貞雄的回信。當時，岸田劉生在日本美術界已是名噪一時了。19 歲的椿貞雄還在上高中，寄宿在代代木山谷的伯母家。那是在椿貞雄剛到東京後的某一天，他上街散步，突然看到離自己住處不遠的一戶人家門上掛著"岸田劉生"的門牌，不禁心花怒放，按捺不住內心的渴望，就給岸田劉生寫了封信。這一封信，就是岸田劉生給他的回信。據椿貞雄在日後的回憶錄中寫道。他在信中冒冒失失地提出了想拜訪岸田劉生的念頭，所以岸田劉生的信中有："歡迎你隨時來作客"。

這封信反映了岸田劉生平易近人的性格，並且很謙虛"我只能談些我所知道的事"、"你把我與你所列舉的那些人相提並論，使我感到惶恐萬分"。

(5) 森鷗外致第一屆日本醫學大會發起人的信

拝啓 兼て御招聘の栄を 辱 うし明4日の会にて講演すべき筈に候ひしが此度の大会は我邦にて始めて全国の医を一堂に会したるものなれば後のためしにも引かるべき事なるに講演の命題立意僕が意に適ひしものなく或は新道理、新事実を発表すべき材料かとおもふ者も集まり居り候へ共昨歳暮以来、公務鞅掌未だ之を淘汰せむ程の余暇を得ぬ所詮、此会の 間にはあひかね候はむ然れば明日の講演は御免除あらまほし、此意御酌量を請ひたく此の如くに候頓首明治23年4月3日、森林太郎、第一回日本医学会発起人各位足下。

參 考 譯 文

第一屆日本醫學大會發起人、各位先生：

敬啓者　早先承蒙邀請，本應在明日（4日）的大會上作演講的。但是，此次大會為我國之首次舉行，全國的醫生滙聚一堂，這必將為後人開創先例，成為楷模。而演講的題目之中，沒有合我意者。也許參加大會的人們中，會有人提出新理論、新發現的。我自去年歲暮起，公務纏身，至今仍未有空閒對其加以整理總結，自忖很難趕上本次大會。故懇請免去明日演講。敬請斟酌，值此叩首。

森林太郎

明治 23 年 4 月 3 日

（根據岩波書店「鷗外全集」第 12 卷譯出）

作者介紹

　　森鷗外，原名森林太郎（1862～1922年）：日本明治時期的小說家、翻譯家、評論家。東京大學醫學專科畢業，曾任陸軍軍醫總監。森鷗外的文學造詣很深，業餘從事翻譯和創作，其名作《舞女》是日本浪漫主義代表作之一，又曾翻譯過歌德、易卜生等人的作品。

　　這封信乍看是封純粹的公務性信函，通知大會發起人，自己由於準備不周，請求取消在醫學學會上的演講。似乎反映了森鷗外爲人十分謙遜、誠懇。其實，我們如對信作進一步分析的話，會發覺事情並非如此。

　　首先，既然是辭退演講，爲什麼要在輪到他作報告的前一天，才突然地提出來？收到這樣的辭退信，大會主持者將何等狼狽啊！並且，這封信在同年4月9日，即在他寫此信的5天後，公開發表在森鷗外自己主辦的雜誌《醫事新論》上。當初刊登時，還有句說明，說這僅是信件全文的一部分，實際信件要比這長得多。自己寫給別人的信，又通過自己主辦的雜誌公開發表，這未免太令人費解了。據此，我們只能爲森鷗外是想把事情公開挑明，將自己辭退演講一事推到大會上去。或者說，他是以辭退演講的方式，向大會下馬威。這哪裏是什麼謙遜，簡直是在公開下戰書。

　　森鷗外所以向第一屆醫學大會發起人寫出這樣的話，這裏面也是有其原委的。當時，森鷗外剛從德國留學回來不久，思想激進，血氣方剛，看不慣日本社會上的各種痼疾弊習。他將日本第一屆醫學大會的發起宗旨與德國醫學大會的宗旨作了比較，發覺日本的醫生們並沒有想去學習外國先進的思想、方法和技術，而一味單純模仿西方的形式。於是，他就在雜誌上撰文，對該會的宗旨進行抨擊，指出這樣的會不能給尚未開化的社會帶來任何進步。這樣，當

然引起了醫學大會 發起人的不滿。爲此，他被從人們認爲非森鷗外莫屬的《東京醫事新志》總編的寶座上趕了下來。隨即，他自己辦了一個《醫事新論》雜誌。這些都是在寫此信半年以前的事。

第一屆日本醫學大會是由當時日本醫學界頗有名望的長老們提倡召開，並由他們具體計劃、籌集資金的。會議從 4 月 1 日起，爲期一周。邀請當時醫學界名流 50 人作報告，同時還舉辦各種展覽會。森鷗外作爲 50 名演講人員之一，被安排在 4 日發言。此信就是在輪到他演講的前一天，即 3 日發出的。

他在信中寫道，這是"我國之首次"、"必將爲後人開創先例，成爲楷模"。其意是，在大會上演講，就得有"新理論、新發現"。否則就算不得什麼演講。自己因爲做不到這點，所以就請求辭退。言外之意是其他進行演講的人都能做到這一點嗎？這封信實際上充滿了辛辣的諷刺。

文章很短，言簡意賅，語氣謙恭而含意銳利。

(6) 芥川龍之介寫給山本喜譽司的信

（前略）レルモントフは「自分には 魂 が二つある、一は始 終働いてゐるが一つは其 働 くのを観察し又は批評してゐる」といった。僕も自己が二つあるやうな気がしてならない。さうして一つの自己はもう一つの自己を、絶えず冷笑し侮辱してゐるンだもの、僕は意気地のない無価値な人間なンだもの、それはボルクマンもよみ、ノラもよんだのだから、何故自己の生活に生きないといはれるかも知れない、けれども僕は到底そんなに腰がすゑられない、僕は酔ってゐる一方においては絶えず醒めてもゐる。僕は囚はれてゐる一方に於ては、常に解放せられてゐる。生慾と性慾との要 求を同時に一刻も空虚を感じない

ことはない。まるで反対なものがいつも同時に反対の方向に動かうとしてゐる。僕は自ら聡明だと信ずる、唯其聡明は呪ふべき聡明である。僕は聡明を求めて却って聡明のために苦んでゐるのだ、其相搏ってゐる大きな二つの力の何れかゞ無くなってくれゝばいゝ。さうしなければいつも不安である、かうまで思弱まるほど意気地のない人間なんだもの。君は嗤うかもしれない、けれども嗤はれてもいい、しみじみかう考へこむのだから。（後略）

　　11 日夜 12 時蠟燭の火にて　　　　　　　　　　龍生

山本喜誉司様

參 考 譯 文

山本喜譽司

……。

雷蒙托夫曾說過："我有兩個靈塊，一個在不停地工作着，而另一個則對工作着的進行着觀察、批評"。我也總感到自己有兩個自我，並且一個自我不斷地對另一個自我進行嘲笑和侮辱。我是個沒有志氣、毫無價值的人。《波爾克曼》也讀了，《娜拉》也讀了，爲什麼不能按自己的生活方式活下去呢？但是我無論做什麼總是不能專心致志。我一方面酩酊大醉，另一方面又一直清醒着。我在受到囚禁的同時，又無時無刻不感受到解放。生存的欲望、性慾，不時湧起，同時又沒有 1 分鐘不感受到空虛。就像是兩個完全相反的東西，老是在同時朝相反方向運動。我相信自己是聰明的。不過，這聰明是該詛咒的。我在尋求着聰明，同時卻又爲這聰明所煩惱。在這樣相互激戰着的兩股巨大力量中，有一股力量消失掉就好了。要不然，我將永遠得不到安寧。我就

是這麼個沒有志氣、乃至思慮過度的人。也許你會笑話我吧，你要笑就讓你笑好了，我可是實實在在那麼想的。

……。

龍生

11 日晚 12 時於燭光之下

（根據筑摩書房「芥川龍之介全集」第 7 卷譯出）

作者介紹

芥川龍之介（ 1892～1927 ）：日本著名小說家。其主要作品有短篇小說《羅生門》、《鼻子》、《河童》等。對近代日本小說發展產生了很大影響。

這是芥川龍之介在高中時寫給他初中時同學的一封信。芥川龍之介如同許多早熟的青年一樣，如飢渴般的拼命讀書，並且十分喜歡歷史，在上初中時曾幻想將來要當個歷史學家。關於這時期的情況，他在後來的小說《大導寺信輔之半生》（未完稿）中描寫到：我想"要成為歌德筆下的浮士德博士似的人物，上自碧落下至黃泉，所有的事情都要探究個明白"、"要成為一個偉大的學者"。而懷疑主義則是他的銳利武器。有人認為，芥川龍之介天生就是個懷疑主義者，是很厭世的。其實並不然，這與他的出生及童年的環境有關，但至少在他上高中，即寫這封信時，他已經流露出了不少的懷疑和厭世觀點，由於他是在辰年辰月辰日辰刻誕生日，所以才取名叫龍之介。

19 歲的少年在信中表現了不同於一般同齡人的煩惱。雷蒙托夫所說的兩種靈魂，他也具備了，"一個自我不斷地對另一個自我進行嘲笑和侮辱"。這時，他已閱讀了《約翰》、《加布里埃爾》、《波爾克曼》、《娜拉》（《玩偶之家》）等作品。他不滿足於自

—409—

己的生活，一方面酩酊大醉，另一方面又一直清醒著"、"我相信自己是聰明的。不過，這聰明是該詛咒的"，我"為這聰明所煩惱"這些都反映了芥川龍之介的矛盾的心情，也是他性格的最初的自我寫照，同時，又暗示了他將來曲折的人生乃至最後自殺身亡的悲劇。

全文很長，我們只選取了其中的一段。

版權所有
翻印必究

定價：250元

編　　　者：王智新・江麗臨
發　行　所：鴻儒堂出版社
發　行　人：黃　成　業
地　　　址：台北市中正區100開封街一段19號
電　　　話：三一二〇五六九、三七一二七七四
郵 政 劃 撥：〇一五五三〇〇～一號
電 話 傳 眞 機：〇二～三六一二三三四
印　刷　者：槙文彩色平版印刷公司
電　　　話：三〇五四一〇四
法 律 顧 問：蕭　雄　淋　律　師
行政院新聞局登記證局版台業字第壹貳玖貳號
中華民國八十三年十一月初版

本書經上海交通大學出版社授權
本書凡有缺頁、倒裝者，請逕向本社調換